护理 平凡而偉大的事業

护士 聖潔而善良之天使

謝建群書於癸巳春

天使心语

——护士日记

编 委 会

主 编 王 珏

副主编（按姓氏笔画为序）

张 洁 张雅丽 陆静波 周文琴 姚丽文

编 委（按姓氏笔画为序）

王 珏 王 霞 牛倩敏 孙 青 张华春

张 洁 张雅丽 陆静波 陆 瑾 沈永红

谷 敏 周文琴 姚丽文 崔 屹

上海浦江教育出版社

图书在版编目(CIP)数据
天使心语：护士日记/王珏主编.—上海：上海浦江教育出版社有限公司,2013.5
ISBN 978-7-81121-277-8

Ⅰ.①天… Ⅱ.①王… Ⅲ.①日记-作品集-中国-当代
Ⅳ.①I267.5

中国版本图书馆CIP数据核字(2013)第072697号

上海浦江教育出版社出版
社址：上海海港大道1550号上海海事大学校内　邮政编码：201306
电话：(021)38284910(12)(发行)　38284923(总编室)　38284916(传真)
E-mail: cbs@shmtu.edu. cn　URL: http://www.pujiangpress.cn
上海印刷十厂有限公司印装　上海浦江教育出版社发行
幅面尺寸：169mm×239mm　印张：25.5　字数：328千字
2013年5月第1版　2013年5月第1次印刷
责任编辑：倪项根　封面设计：赵宏义　责任校对：王艳
定价：45.00元

序

“不是每一种花都能代表爱情，不是每一个人都能直面生死，白衣天使做到了！”

当又一个“5·12”国际护士节来临之际，上海中医药大学系统附属医院的护士姐妹们用她们朴实无华的语言、天使般的心声，唱响了一曲动听的歌。

《天使心语——护士日记》真实地记录了辛勤工作在救护生命第一线的护士们的所思所想，醇美的感情在字里行间涓涓流淌，感动着每一个阅读者。

她们给病患者带来战胜病魔的勇气，给绝望者带来新生的希望；她们用天使的大爱，播洒人间最美的真情，挽住人间最美的霞光！

她们像天上的星星，虽然普通而渺小，却始终在点燃自己，照亮别人！她们护卫着生命，坚守一春又一春，从青涩到成熟，无怨无悔！

她们更是快乐的天使，展示着靓丽的风采，收获着纯真的爱情，享受着家庭的温暖！她们是孝女、是爱妻、是慈母！她们拥有友情、亲情、爱情和每一天的好心情！

祝愿护士姐妹们，健康快乐到永远！

上海中医药大学医院管理处处长
黄　平

前　言

《天使心语——护士日记》由131篇上海中医药大学附属医院的护士日记荟萃而成。日记真实地反映了护士从业的心路历程；记载了她们鲜为人知的酸甜苦辣；谱写了她们尊重生命、关爱生命的动人故事；演绎了她们仁爱敬业、感恩奉献的护理文化；讴歌了她们奋发向上、追求卓越的职业精神……一个个故事，孕育着人间的真爱，闪耀着人性的光辉，彰显着与众不同的职业时尚。

护士承担着平凡的工作，但却始终追求卓越，坚守自己的承诺。她们用责任心规范自己，用爱心呵护患者，坚持最大的努力让患者康复，让生命发生无数喜悦。因为有爱，护理工作如同阳光雨露温暖和滋润着患者的心田；因为懂得感恩和珍惜，护患关系才如此融洽。

笔者认为社会应该给护士更多的人文关怀，对护士的辛勤付出多一些理解和支持，对护理工作多一些赞许，对护士多一些尊重和关注，使护士拥有愉悦的心情，更好地服务患者。

本书编写、出版得到上海中医药大学和附属医院领导的高度重视和支持。学校党委谢建群书记为本书亲笔题词，学校分管领导施建蓉副校长亲自指导，学校医院管理处黄平处长为本书作序，各附属医院分管副院长为日记作点评，在此一并表示感谢！

衷心希望本书让你、我、她感知到一份力量，一份爱的传播。让我们携起手来，与爱同行。

王　珏

2013年3月

TianShiXinYu

目录

天使心语

——护士日记

TianShiXinYu

目录

天使心语

——护士日记

目录

天使心语
——护士日记

TianShiXinYu

目录

天使心语

——护士日记

TianShiXinYu

目录 天使心语

——护士日记

目录

天使心语

——护士日记

目录

天使心语 ——护士日记

TianShiXinYu

目录 天使心语

——护士日记

目录

天使心语

——护士日记

目录

天使心语
——护士日记

TianShiXinYu

目录

天使心语

——护士日记

TianShiXinYu

目录

天使心语

——护士日记

TianShiXinYu

目录

天使心语

——护士日记

TianShiXinYu

目录

天使心语

——护士日记

TianShiXinYu

目录

天使心语

——护士日记

急诊护士的一天

丁　汀　岳阳中西结合医院急诊医学科

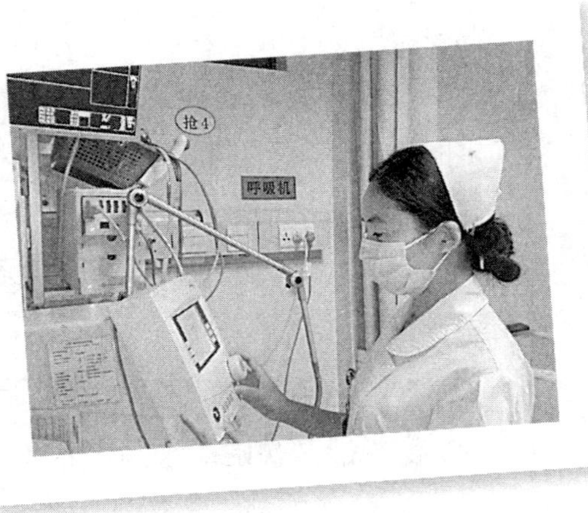

“想念是会呼吸的痛……”伴随着梁静茹的歌声，我按掉闹钟，一股脑儿从床上爬起来，这是我每个工作日的开始。

戴上护士帽，整理好个人仪表，对着镜子里的自己微笑，告诉自己要努力做好每一天的工作，要对病人负责，也要对自己负责。

踏入急诊的那一刻，我立刻进入了工作状态，尽量做到急病人所急，想病人所想，使病人满意。

当我是一名预检台的护士时，分诊正确无误是我的职责，多年的经验使我常常能从病人繁杂的主诉中得到重点而基本明确诊断，从而降低分诊失误率。另一重要工作就是联系各科医生，心中将各科分机号码熟记，随时调用，被医生们戏称为“总机”。

当我是一名“静脉班”护士时，严格“三查七对”、熟练完成静脉穿刺工作、做到“一针见血”，则成了我的首要任务。当然，“只要功夫深，铁杵磨成针”，当年我还是病人口中的“小护士”时，也是时常找老师帮忙“搬救兵”的。经过长时间的磨练，静脉输液技术得到明显提高，有一种“水到渠成”的感觉。

翻班或许是作为护士觉得最为辛苦的一件事，长期的昼夜颠倒，使得人情绪多少有些烦躁。此时，作为一名值班长，在护士长不在的情况下，掌控全局，带领好手下的“兵”，以身作则，完成好整个急诊的护理工作，做好“小头头”。

或许在大家眼里，我还是个“黄毛小丫头”，年纪轻，平时嘻嘻哈哈，无忧无虑。殊不知，工作中，我也是个激进的“偏执狂”。为了临床护理工作，为了科研课题，可以每晚熬夜，直至工作或任务顺利完成，才放下一颗安定的心。

我从小就被妈妈说成是一个爱瞎操心的人，如今更加愈演愈烈。上班时老是不放心这个，不放心那个。都说护士越是做得老越是做得怕。其实这就是严防差错的最好栏栅，只有做到严格查对，才能保证工作的正确性，虽然会增加工作量，但心里踏实。办法可能有点“土”，但贵在实用。

晚上总是听着《樱桃小丸子》的动画片入睡，如果要问我为什么喜欢，我就是喜欢她的平凡和快乐吧。现在不是流行“快乐工作”嘛，祈求以后的每一天都在快乐地工作，做一个真正减轻患者痛苦以及带给他们希望的快乐天使。

岳阳中西医结合医院护理部陆静波主任点评

日记详实记载了急诊紧张而平凡的护理工作，折射出了急诊护理工作的要求：高水平、高速度、生命第一。同时，也体现了护理工作的重要性及护士的敬业精神、职业道德和与时俱进的护士风貌。

中医药大学医院管理处王珏副处长点评

丁汀护士的日记读来让人感到轻松自如，却引人思考。文中细细流淌的是她对护理工作的热爱，对生命的尊重。愿“忙并快乐着”的境界始终陪伴你左右。

新护士长的甜酸苦辣

丁莉雯　岳阳中西医结合医院普外/泌尿外科

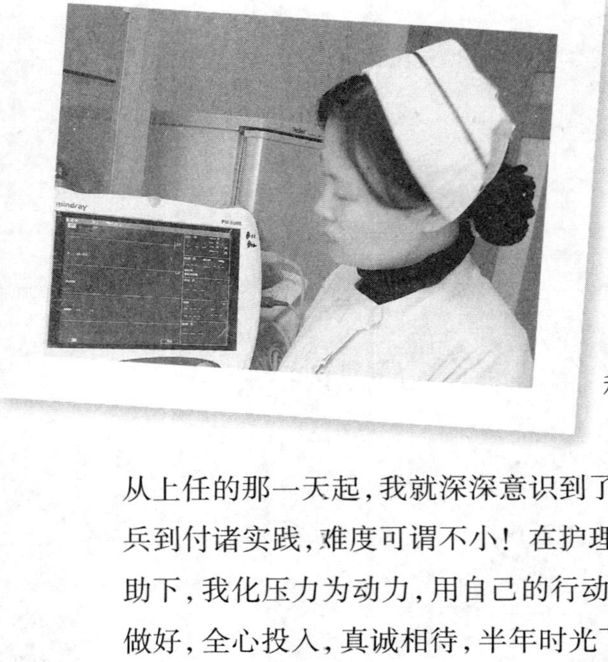

在很多人眼里，护士是一项很低级、很被动的工作，每天穿梭于病房之间，执行医嘱，繁忙而机械的工作着。其实护理是一门艺术——心与心沟通的艺术。护士是患者的守护者，在病魔猖狂时，我们是天使，用一颗同情的心、一双乐意工作的手，解除病人的病痛，用无私的奉献支撑起无力的生命。

作为一名新上任的副护士长，从上任的那一天起，我就深深意识到了所面临的压力和挑战。由纸上谈兵到付诸实践，难度可谓不小！在护理部领导和科室主任及护士长的帮助下，我化压力为动力，用自己的行动——从心做起，从心出发，把工作做好，全心投入，真诚相待，半年时光下来，我不仅融入了外科这个大家庭，更成为这个家庭中不可或缺的一员！在短短半年中，我们先后迎接了等级医院复审、“三好一满意”“医疗质量万里行”等重大检查，并在检查中取得了优异的成绩，为医院建设增光添彩！

我作为护士长，与我的普外科护理姐妹们同甘共苦，用我们的实际行动改变着人们对护理工作的看法，诠释了“白衣天使”的真正意义。从对入院患者的温馨提示（包括患者想要了解的住院环境、就餐、医护介绍），到为患者量身定做的健康指导，患者的需要就是我们的工作。护理工作不单单是一种治疗与被治疗的关系，为患者提供更人性化的服务，倡导正确的生活方式、科学的饮食习惯、合理的防病措施，个性化的健康教育是护理工作者承担的另一项重任。护士更要善于学习、借鉴，脚踏实地，不断地完善自己，充实自己，提高护理业务水平。及时转变观念，取长补短，实践护理模式的转变，让病人得到更全面、更整体、更系统化的优质服务！

作为一名年轻的护士长，我在工作中喜欢以诚待人，平等相处，做一个引路人。威信并不是靠严苛的指责和高声怒骂来建立的。宽松的工作氛围配合严谨的工作态度，更适合于如今年轻而敏感的一代。发现她们工作中的优点，及时给予表扬；工作中出现的疏忽和缺陷，我及时发现和纠正，让她们自己去努力改正不足，而不是居高临下地给予指责。这样，既维护了她们的自尊心，也克服了工作中的各种毛病和缺陷，让她们发挥自己最大的潜能，更好地为患者服务。

“三分治疗，七分护理”。护理工作是一门精细的艺术。然而在工作中总会有许多不如意：工作强度大，待遇偏低，晋升机会少，照顾家庭与工作的冲突，社会对护士缺乏理解、信任和尊重，护士以至医护人员遭受辱骂和殴打事件时有发生。这些都让我们感到心痛，因此，尽管每年有大量的学生毕业从事护士这一职业，却也有不少人因为不堪重负而跳槽。在这种环境下努力让自己保持平和的心态，摆正一种积极心态是最重要的。不管出于何种原因，既然我们选择了这一行，就要珍惜自己的工作，从精神上来完善自我，做到真正的问心无愧。

尊重所有病痛的人，不要吝啬你的微笑和付出，我相信付出了就会有回报！

岳阳中西医结合医院陆嘉惠副院长点评

普外科工作量大、工作节奏快，作为一名新上任的护士长丁莉雯能融入并适应普外科的工作。做到深入病房脚踏实地带领众多年青护士完成各项护理工作，在工作中充分信任、理解、尊重普通护士，正确引导年青护士对自身工作价值的认同，在普外科营造了一个朝气蓬勃的护理氛围。

中医药大学医院管理处王珏副处长点评

成长是需要过程的，在副护士长岗位上丁莉雯能全心投入，处理好各方面工作，难能可贵。相信她在不断实践的基础上一定能做得更好。

产房里的小故事

马璐璐　普陀医院产科

产房对于外界来说，总是一个神圣又神秘的地方。每天在产房上班，总会听到、看到各种各样的故事，有感人的、有趣的、无奈的、紧张的，但几乎无一例外，所有的故事都是在一家人添丁进口的喜悦中落下帷幕。在产房工作五六年，目睹了每一个产妇的焦虑与阵痛下的失控，每天与高度紧张焦虑的家属沟通，一次次感受新生命诞生的喜悦，

这一切都带给我很多不一样的人生感悟。尤其是在自己做了准妈妈之后的这些日子里，每一位产妇的汗水和泪水都给了我极大的触动，每一个宝宝的第一声啼哭都触及我心底最柔软的神经。我替她们开心，更为自己的这一份工作能帮助那么多产妇，呵护那么多娇嫩的生命而骄傲。

还记得那是极普通的一天，早晨接班时产妇晓丽（化名）正在产房的导乐陪伴室待产，夜班同事交班时特意交代，说这名产妇比较紧张，是半夜里在一群家属的前呼后拥中走进待产室的。现在她还未正式临产，宫缩也不是很强，但是精神焦虑，很不配合，一旁陪产的丈夫比她还要紧张，

一趟趟跑过来要求我们去看看、再去看看。当时工作年资最高的吴老师接班后就对她进行了全面检查，并且宽慰产妇和家属，告知他们宝宝并不是很大，晓丽的骨盆条件也很好，胎心胎位也都很正常，安慰她要好好休息，放松一点，肯定能顺利生下宝宝，我们也会定时过来检查。但她的丈夫却希望我们寸步不离，认为我们对他爱人关心不够，并不停地在产妇宫缩阵痛时焦躁地重复“怎么办怎么办？很痛么很痛吧”！时间一长，晓丽变得更加紧张不安。我们当班人员很快发现了问题的症结所在，劝解晓丽将陪产人员由更为焦虑的丈夫换为有分娩经验、更稳重的母亲，并在她妈妈进入导乐室之前跟老人家详细解释了产妇目前的状况，分析了顺产分娩的极大可能性。后来，晓丽在妈妈和吴老师的陪同和安慰下终于不再过度焦虑，平静下来。

但是不久之后，越来越频繁的宫缩和加剧的阵痛再一次让晓丽失去信心，当知道隔壁待产室的产妇因为胎心不好而立即剖宫产结束分娩时，晓丽提出“我受不了了，医生，求求你，我要开刀，我不要自己生了”！而此时她的宫口已经开到4厘米，进入了产程的活跃期，一切进展都很顺利。当时吴老师很耐心地跟晓丽解释她的产程进展情况，安抚她的情绪，为她树立信心，替她分析顺产分娩对产妇和新生儿的种种好处，指导晓丽合理呼吸和休息，并且亲切地给晓丽喂水喂饭，不停地陪她聊天给她擦汗。在晓丽每次要放弃时就及时地夸赞她有勇气，表现很好，不断树立信心为她打气。终于几个小时后，晓丽顺利产下可爱的宝宝，母子平安。当班的同事在她产后都跟晓丽打趣说：真要开刀的话你现在肚子上可就多了一条伤口，没这么精神咯！晓丽也不住地向我们表示感谢，说我们都是她心灵的支撑，一路搀扶着她撑到最后，获得胜利！

这样的故事每天都在上演，但是做每一位产妇心灵的支撑，陪她们走过人生中最特殊也最重要的时刻，这不仅是我的工作，更是我最骄傲、最有成就感的事情。产房的工作忙碌而琐碎，每天都在碰到不同的产妇，做着相似的事情，但是我有信心像每一位产房的老师那样，将重复做出精彩，让每一个故事都在欢喜与满意中落幕。

普陀医院护理部姚丽文主任点评

助产士的工作是迎接新生命的到来，她们是拉开人生帷幕的人，她们双手托起的是明天的希望。所以助产士必须拥有扎实的专业知识，掌握精湛的操作技能，富有强烈的责任心，确保新生儿顺利安全的到来和母亲的平安。

中医药大学医院管理处王珏副处长点评

日记中的小故事深深打动我，故事中的助产士是如此敬业，用心呵护着产妇及其家属，直到婴儿诞生。她们的价值在婴儿的第一声啼哭中得以实现，她们无愧为生命的守护神。

从心理学角度理解护理管理工作

王秀琴　岳阳中西医结合医院针灸科

护理管理是一种行为，一种模式，同时也是一门艺术。管理者的领导方式和领导行为直接影响员工的工作效率。一个善解人意、知人善任的护士长，必然会使护理群体和睦，护理工作协调，护理管理事半功倍。在护理管理工作中，护士长面对的是一个由不同的技术层次、年龄、性格及爱好形成的有不同心理状态的护理群体。为了使每个成员都能在最佳的心理状态下进行工作，护士长可以运用正确的心理管理方法，促进正常心理状态的发展，诱导转化不良的心理状态，提高护理人员的心理相容水平，形成团结协作的良好氛围，最大限度地取得心理学上的正效应，最大限度地提高护理质量与效率。下面就这一问题，谈几点工作体会。

首先，扩大护士长的非权力性影响力。非权力性影响力是由品格因素、才能因素、感情因素等构成的。护士长既是护理工作的领导者，又是组织实施者，护士长要了解掌握并满足护士的心理需要，充分调动她们各方面的积极性，而这些仅靠权力是不够的，自身良好的素质、言行都会产生无形的影响力，都会加强权力的控制力。护士长遵纪守法，爱岗敬业；

严于律己，宽以待人；秉公办事，光明磊落；知识广博，处处身先士卒，都会在广大护理人员中产生巨大的信赖感，这样的感召力胜似更多的发号施令。比如交接班巡视病房时，护士长主动、热情地与病人打招呼；帮病人拉床单、盖被子；扶病人坐上轮椅车；需要时为病人递上一张餐巾纸……每一个细节都会对护士行为产生影响，他们会模仿护士长的言行，主动关心病人的行为在不断的强化中成为一种习惯。无论是白天还是黑夜，这样的情境无处不在，病人满意了，护士长心里也多了一份踏实。

其次，开发护士的创造力。好的环境和好的心态将有利于护士创造力的发挥，在一个融洽和谐的环境中，护士们更能保持良好的心态，从而更有可能得到放松，她的思维更活跃，同时更敢于表达自己的想法。帮助护士在护理与非护理、病人与非病人之间寻找新的视角，获得解决问题的最佳结合点。一个集体在正常的心理状态下，群体中的和蔼性、协调性和上进性大于厌恶性、敌对性和落后性。但群体中不良因素是客观存在的，对群体的团结十分有害，护士长应抓住要害因势利导，采取多种措施促进成员之间友谊的发展，协调处理群体内部的人际关系，促进成员之间心理上的协调一致。

针灸科收治的95%以上是中风后遗症病人，躯体的残疾也会造成他们心理的缺陷，情绪抑郁，思维方式发生改变。一方面认为自己的病情康复不了而抑郁，另一方面又认为自己一定能恢复到以前健康的状况。常常表示要努力锻炼，但实际行动中又变得懒散乏力，语言和行为脱节，甚至其行为变得幼稚。作为针灸科的责任护士除了完成正常的治疗护理工作外，处理矛盾冲突及突发事件是常事。责任护士丰富的临床经验、高超的护理技术、耐心的服务态度，使他们在病人心目中有着独特的魅力。护士长应该相信无论是谁，不管处在什么样的位置，都一定能够将自己的事情做好。

再次，要善待护士的过失。护理工作的不规律性及护理人员紧缺，导致了护理工作的超负荷运转，再加上繁重的家务劳动，紧张的业务学习，会使护士感到力不从心，疲惫不堪，绝大多数护士希望能得到护士长的关怀、理解和信赖。护士长要随时了解她们的思想动态，及时伸出援助之手，为她们排忧解难。同时在工作中，要尊重护士的人格，善于发现人才，识才用才，最大限度地满足护士的自我实现欲。在工作中过失在所难免，特别是出现过失后，最沮丧的是护士本人。一旦出现了过失，采取正确的处理方法，合理的惩罚、分析发生过失的原因、制定新的防范措施。过失出现后，更重要的是帮助她们恢复自信心，消除她们心中的阴影，让积极的情绪重新回到她们的身上。

另外，学会自我心理调适。护士长了解和掌握每一位护士的性格特点，要善于觉察护士的情绪变化，帮助护士学会自我心理调适。积极面对人生，自信豁达，知足常乐，笑口常开；改变不合理观念，通过有意识改变自己内部语言来改变不适状况；合理宣泄自己的不良情绪；必要时寻求专业的心理医生帮助。一位性格内向、少言寡语的年轻护士，平时工作认真、踏实，有一天变得无精打采，工作显得不够主动，甚至有点思想不集中。护士长及时了解情况，用心感受她的处境与心情，并给予积极的心理支持，真诚地为她提供处理问题的方法和建议，结果使这位护士如释重负，挂满泪水的脸上露出了笑容。针灸科是一个其乐融融的大家庭，由于工作的需要，每一位离家的成员都会恋恋不舍，其中有一个很重要的原因就是这里有包容和理解。

西方有智者说过："你改变不了客观，但可以改变主观；你改变不了环境，但可以改变心境；你改变不了他人，但可以改变自己；你改变不了事实，但可以改变态度；你改变不了过去，但可以改变现在；你不能控制他人，但可以掌控自己；你不能样样顺利，但可以事事尽心；你不能左右天气，但可以改变心情；你不能选择容貌，但可以展现笑容。"心态决定状态，这就是主导人生境况的砝码。

岳阳中西医结合医院陆嘉惠副院长点评

在护理管理中应用护士长非权力性影响力，重视护士心理状态，及时舒缓护士心理压力，创造和谐向上的团队氛围，尤其是护士发生过错时护士长采取合理的惩罚+分析发生过失的原因+制定新的防范措施的工作方式，值得我们护理管理者借鉴和思考。

中医药大学医院管理处王珏副处长点评

王秀琴护士长用心理学知识为她的护理管理工作保驾护航，强调以人为本，以人为核心，是人性化管理的体现，不失为一个良策。

只要病人需要的，就是我们要做的

王佩莉　普陀医院门诊

每日穿梭在门诊便民服务中心前的患者如织，其中总能看见一抹亲切的粉红色，有的在有条不紊地指导着患者们正确就诊；有的正为患者打印化验单；还有的在帮助患者预约下次的专家门诊时间……她们在平凡的岗位上用爱浇灌、用心耕耘，遵循“只要病人需要的，就是我们要做的”的朴素理念，全心全意为患者服务。面对无家属陪伴的老年人、残疾人及语言障碍等患者主动上前搀扶，陪同就诊，代付费取药；为不识字的患者代填病卡；面对情绪激动的患者，保持平和的心态，用自己擅长的语言、表情、肢体动作以及书面等形式拉近与他们的距离。

炎炎夏日，服务台走来两位互相搀扶的耄耋老人，其中一位老人步履蹒跚，行走不便。经细心询问才得知那位老人已90高龄，她的左脚踝因细菌感染而破溃疼痛，家中子女均不在身边，这次是由好心的邻居陪同前来看病的。服务台护士小王和小李帮老人挂了号，用便民轮椅推着老人就诊、治疗、取药，详细告知老人服药的方法和复诊的时间，并叮嘱老人下次直接到服务台找她们。老人非常感动，露出了笑容，不时地用双手作揖表示感谢！经过几次换药，老人的脚伤大有好转，每次来都是笑吟吟的，小王和小李也一如既往地陪伴着她，嘘寒问暖。老人的笑脸就是对我们工作的肯定，"送人玫瑰，手有余香"，犹如园丁看到自己栽种的花草生机勃勃而心情喜悦一样。

临近下班时分，门诊大厅已逐渐冷清下来，"护士，捡到一个钱包"。随着话音一只破旧的皮夹被人放在了服务台前。翻开皮夹，露出一张身份证和两张工商银行卡，夹层里还有一张纸片，仔细一看，原来是张第二天中午去宁都的长途汽车票，售价280元。这下服务台的护士们着急了，正值春运，失主一定要回乡过年的，要尽快联系到失主才行。她们群策群力，有打电话给派出所的，有联系银行的，还有询问门诊各科室有没有见过来寻物的患者的。功夫不负有心人，在她们的不懈努力下，终于联系到了失主，原来失主是华师大的一名学生，正懊恼丢了车票不能回家。当把钱夹交到失主手中的那一刻，失主的眼眶湿润了，此刻他觉得自己太幸运了！虽然早已过了下班时间，虽然三九的严冬寒风凛冽，但我们的心里却温暖如春……

如果说护理事业是一条奔腾不息的河流，我们则是激流中悄悄绽放的朵朵浪花。我们每个人都用实际行动展现着自己的人生价值，那就是——燃烧自己，温暖患者。这就是我们门诊便民服务中心的风采，这就是我们白衣天使无悔的奉献情结。

普陀医院护理部姚丽文主任点评

门诊是医院的重要组成部分，是医院的前沿阵地，是医院面向社会的窗口。门诊患者形形色色，于是做好门诊护理工作对于提高医院服务水平和服务质量显得尤为重要。

中医药大学医院管理处王珏副处长点评

王佩莉护士的日记讲述了门诊便民服务中心护士的故事,平凡的故事如繁星闪烁,是那么的璀璨,那么的感人。实现自己的价值是每个平凡人的渴望与追求,这既体现在精神上的慰藉,也包括物质上的满足,而我们的护士更多的是追求精神层面的慰藉——“燃烧自己,温暖患者”。

尊重生命　博学谨行

王春华　市中医医院石门路门诊部

从我选择做护士开始，我就选择了无条件地尊重自己的职业和尊重生命。这种尊重，不分贫富贵贱，超越种族地域；同时，生命又是一个复杂的过程，作为卫生人，不仅要学、要博学，更要谨行，因为我们面对的是活生生的人的生命。

作为一名护士，我见到过太多的生老病死。而作为一名母亲，我也经历过这种痛：那时，我的儿子是从腹中被紧急抢救出来后，便在抢救室内静脉用药、吸氧、胃肠减压，看到一出生便生命垂危的儿子仿佛在用微弱的呻吟呼救，我的心在滴血。当我的血输入他那羸弱的体内，仍不能改善症状时，我绝望地开始绝食了。当他爸爸用超人的勇气与力量将他转送到早产救护中心救治并逐渐开始好转时，我觉得黎明即将到来……正因为有过这种经历，我比别人更能深刻地诠释生命对于自己和家人的意义，更能体会医生、护士医疗护理技术和职业道德对于病人和家属的重要性。我努力地学习、刻苦地钻研，希望自己变得强大，在工作中帮助更多的人，尽可能地减少遗憾、无助、生离死别；我也学习其他专业知识，希望自己学以增智、学以立德、学以践行、学以创新，在护理领域内走得更远；同时，我也知道谨行对护理工作的重要性，因为我对所有生命都是心存敬仰和敬畏的。

护士是平凡的——平凡的工作、平凡的语言、平凡的举动、平凡的生活。我们没有华丽的词藻、亮丽的容姿，只是在病人危急时给予救治、在病人需要时给予帮助、在病人痛苦时给予抚慰。我们的职业决定了我们不能因为疾病的凶猛而逃脱退缩，相反，会为生命的精彩而喝彩，会为生命的逝去而伤神，所有这些行为都是基于对生命的充分尊重和重视。我们的职业要求我们做到对病人无尊卑、贫富之分，无地位、职业之分，一视同仁。成千上万的护理姐妹在各自的岗位上就是这样默默工作着，她们用实际行动表明人生不是一支短短的蜡烛，而是一支由我们暂时拿着的火炬，用人间最朴实的行动表达了她们尊重生命的誓言。

市中医医院徐建副院长点评

尊重生命、尊重自己的职业。护士岗位是平凡的，但守护生命和健康的职责是神圣的。而履行神圣职责需要每个护理人员博学谨行，用学以增智、学以立德、学以创新、学以践行之力，在护理领域里走得更远、更高，筑起敬畏生命的坚定基础。

中医药大学医院管理处王珏副处长点评

王春华护士长的“尊重生命，博学谨行”，高度概括了护理工作对护士的要求，读来引人思考，发人深省。

男 护 士

王 琦 市中医医院手术室

我很是不幸，在读初二的时候生过一场大病，前后有一年多的时间没有去上课，但在医生精湛的技术和护士的精心照顾下，保住了小命，我很爱医师护士们。

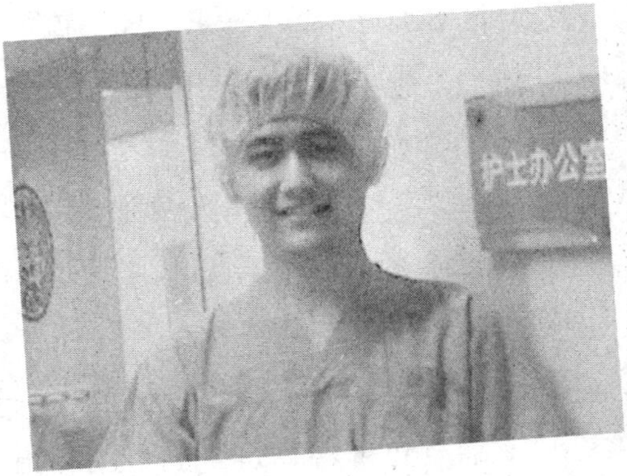

几年后，我也毅然地选择了护理行业，成为一名男护士。从那天起，我就时刻告诉自己不要后悔。记得让我印象很深的有这么一个男护士，他叫巴桑邓珠，他怀着成为一名医生的愿望，却被分配到护理专业，但这并没有让他苦闷很久，直至最后他被授予南丁格尔奖章。我也一样可以像巴桑邓珠那样成为一名出色的护士！带着对未来美好的憧憬与抱负，我第一次踏上了通往护理学院的大门。

记得刚来到医院还是实习生的时候，我就遇到过生与死的场景。在CCU实习的时候，3床收了位男性心梗患者，他姓柴，陪伴他的还有他的妻子和孩子。入院时他们全家还有说有笑，可就在入院后的第三天，病人突发呼吸心跳骤停，医生护士的奋力抢救也没能将这位年轻的患者从死神手中夺回。死者的妻子得知这一噩耗,马上晕厥过去。孩子也似乎知道了什么,趴在父亲的身上大喊:“爸爸,爸爸,起来,我们回家……”那一刻,作为实习护士,我的心在颤抖,生命竟是如此的脆弱。

转眼工作已有两年多了,这两年多的护理工作生涯却让我的内心起了变化。我发现平凡的工作中处处有着感动。

再一次来到我熟悉而又陌生的手术室,熟悉是因为之前实习的时候我在手术室轮转过,陌生是因为怕无法胜任手术室的工作。在手术室工作期间,记得自己有过很多的第一次:第一次打敷料包、第一次洗手上台、第一次接送病人、第一次术前和术后回访病人……所有的第一次依然让我记忆犹新。在工作期间,我收获最多的就是老师们“放手不放眼”的耐心指导,学会了许多手术室的专科知识,培养了良好的操作技能,真正让我体会了手术室的整体性和复杂性,也明白了反复核对病人身份的重要性;我学会了在学习中做事,用心记录每个细节,在不断丰富理论知识的同时,也更好地提高了自己实践能力。

护士长为了让我更快进步,特地安排了一名很认真负责的男护士任老师对我进行一对一的帮助和指导。不仅如此,在与其他各位老师的接触中,也让我能纠正自己在手术配合过程当中做得不足的地方。我很高兴融入这个团结而有凝聚力的集体。

在这两年中,我学到了很多。现在的我已经可以熟练地独立完成骨科、泌尿外科、中医外科及普外科的所有中小手术的护理配合,以及疼痛科、眼科等手术的护理配合。

我很荣幸,自己也能成为白衣天使中的一员,也可以救治他人!这也正印证了一句话:“付出,不是因为渴求回报;回报,却是为了答谢付出。”

市中医医院护理部张洁常务副主任点评

作者从儿时的亲身经历，从生与死的现实残酷中深深感悟，并恪守"付出，不是因为渴求回报；回报，却是为了答谢付出"的信念，掷地有声，让人感慨、钦佩，同时也让我们看到护理队伍的勃勃生机。

中医药大学医院管理处王珏副处长点评

巴桑邓珠是第39届南丁格尔奖得主，四川的男护士。事实证明，男护士同样可以在护理事业上有所建树。王琦的文中写道："我也一样可以像巴桑邓珠那样成为一名出色的护士！"这是他的职业追求目标，他成长并快乐着。感谢医院给予男护士一个很好的平台和发展空间。

奉献最美

王燕萍　曙光医院肿瘤科

人们把护士称为“白衣天使”，身为护士的我，每天体验着更多是人间的酸甜苦辣。在护理工作的每个日日夜夜，我始终坚持着自己的信念：“用心做好每一件事，认真对待每一天。”

我每天都在与患有各种不同的癌症病人在一起，帮助他们抗击癌魔，有年轻的也有年老的，但他们都是那样的坚强和乐观，很多时候常常被他们感动。在这里我想把与他们接触的点点滴滴记录下来。

记得科室收治了一名肺癌脑骨转移的患者，住院没几天因放化疗后导致全身皮肤大面积剥脱、出血，全身疼痛和生活无法自理，无家属陪护，全身皮肤破损伴恶臭及免疫力低下。见此情况我立即与床位护士对其皮肤进行清创，为患者每天每2小时换药一次，同时协助进行床上洗头、床上擦浴，为患者更换清洁衣裤。为了能让他得到更好的治疗和康复，给患者精心制定护理计划和措施，每日按时进行晨、晚间护理、卧位护理、排泄护理、饮食以及安全护理。虽然每日操作过程中又脏又臭，但听到患者对我说："护士长，谢谢你们这几天的照顾，昨天晚上是我生病以来睡得最舒服的一晚，你们不怕脏、不怕臭、不怕累，你们的服务让我有了家的感觉。"说着说着流下了激动的眼泪。看着、听着，我的内心无比感慨，其实他说的这些都是我们应该做的。作为一名护士，每天都是机械性地重复劳动。但我们面对的是一个人，而不是一个机器，如果你只是毫无感情地机械性地操作，这样服务的双方都是不太会满意的。提供服务者，会觉得工作枯燥之极，没有被人承认的价值；而被服务者，会觉得没有受到足够的重视。正是由于我们真诚的付出，得到了病人发自内心的感谢及眼泪！

选择了护理工作，就注定是选择了奉献。无数个节日，我们依然奋斗在护理岗位，放弃与亲人团聚，但我们无怨无悔！真诚的祝愿天下所有的癌症患者都能开开心心地度过每一天！

曙光医院周嘉副院长点评

护理工作除了需要护士懂得专业知识外，更多的要懂得微笑及奉献精神。王燕萍为了肿瘤科患者的身心，付出了常人难以想象的努力，不怕脏、不怕累，精心呵护，将一切热情及关爱都奉献给了患者，成为他们心目中的"关爱天使"。

中医药大学医院管理处王珏副处长点评

"用心做好每一件事，认真对待每一天。"是王燕萍护士长的承诺，这份承诺是对护理工作深深的爱。护理工作因为有众多护理科技工作者的承诺而变得更加温馨。

对护理职业的思考

王　璐　岳阳中西医结合医院皮肤科

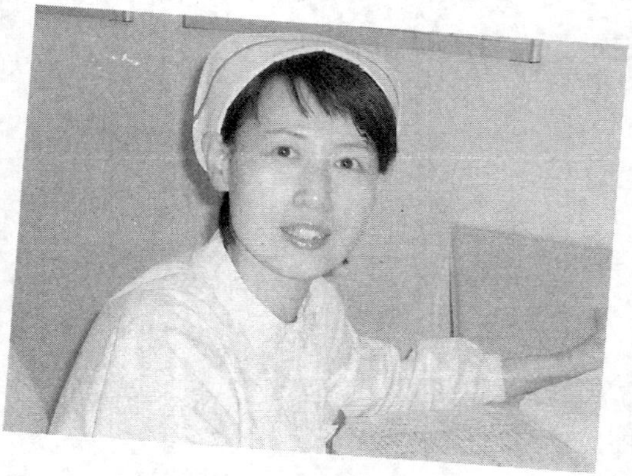

护士，总是被喻为“白衣天使”，因为身穿整洁白衣的护士们总是像天使一样陪伴在患者身旁。在夜深人静时，巡房护士的身影依然闪动，默默关怀，送去温馨；患者惆怅时，嘘寒问暖的护士亲切的话语，似淙淙流淌的小溪，用甘洌驱走阴霾的浓黑；患者去世了，擦洗、清理、穿衣，还是护士相伴左右。但目前，因为工资收入低、劳动强度高、工作压力大、职业风险高、社会地位低，加之近年来频频报道的医护人员被打被砍事件，越来越多的“折翼天使”选择了辞职、转行。

每年，如此庞大数量的护士不惜放弃在学校所学到的专业知识和几年的工作经验，断然离开护士岗位，着实让人揪心不已。现状如此，欲彻底改变，非一二日之事，更非一二人之为可变之。本人认为，以一人之力，不可改变环境，但以一人之力，却可改变人心，心之所然，行之所然。人心，经过不断自我调节和修炼，必愈发坚强，终引领自己始终坚守护理岗位，并不断提升自我行业价值。

我从事临床护理工作10余年，心也曾经迷茫过、彷徨过，但并未迷失自己。现结合自己和他人，总结归纳其原因，不外乎我们从未丢下责任心、细心和爱心。

责任心就如楼房的根基。护士责任心可防止护理差错的发生。几乎临床所有的护理差错、事故都是由于护士未能正确执行最基本的“三查七对”制度，而未落实该制度归因于职业责任心的欠缺。护士的责任心可提高职业敏感度，防微杜渐。曾听过这样一个例子：一位护士在巡房时发现一位反复心衰的患者正在往床头柜上的大杯子里倒水，就问：“这是你的杯子呀？这么大。”患者回答说：“是呀，老同志们在一起讨论，说多饮水对身体有好处。”该护士马上与患者进行交流，建议患者控制饮水量。结果两天之后，心衰症状就完全消失，病情逐渐稳定下来，患者自此对护理工作特别支持。护士的责任心是护士不断学习，提高知识和技能水平的推动力。上班很累，但一些护士仍利用业余时间听专家讲座；一些年轻的护士打针水平不好，就在自己手上练习。这些行为，没有责任心的推动，是无法产生的。

在责任心基础上，护士更应具有细心这一素质。怎么在工作中更好地做到细心？简单概括，即多观察，多考虑。有一次中午开完饭后，护士看到一位没有订饭的患者的家属还没来帮该患者送饭，于是上前问道：“王奶奶，儿子还没来吗？”她答道：“是啊，儿子刚打电话说要晚些到。”于是，护士马上拿出自己的盒饭给她。虽然这个事例很小，但做细致了，就很出彩，也很有意义，因为，它的效果是扩大化的，患者可能因为护士一两件细致到位的小事而格外配合某位护士的所有操作，进而推进护理工作顺利进行。

具备了责任心、细心，一位护士如果充满爱心，那她将享受帮助他人的快乐！反之，她就只是为工作而工作。有护士说“护士是医生的工具，干得再好也是工具”“医生的嘴、护士的腿”。对于这种说法，我引用一位学者的话："面对同一个病人和同一种病，医护关心的角度各有侧重，是互异的，又是互补的。护理可能缺少医生开颅剖腹的惊险，但护理会像春雨滋润心田，调动病人内在的力量战胜疾病、维护健康。"那春雨，便是护士的爱心！

最后，谈谈我对护理事业前景的看法。随着护理毕业生学历不断提高、越来越多男护士的加入、护理学成为一级学科等等突破性的发展，我看到了护理事业的希望。但面对一些目前存在的问题和现状，可以说，护理事业任重而道远。而我们每一个护理人，首先做好自己，以每一个人的绵薄之力，为护理事业贡献一份力量。

岳阳医院陆嘉惠副院长点评

作为国家中管局的重点学科、"十一五""十二五"重点专科的皮肤病专科护士长，王璐充分利用科室优势，通过自身的不懈努力，获得了"国际造口师（ET）"的资格证书，成为了专科护士的典范。而作为医院护理质量控制小组的骨干，积极投身护理质量、护理安全和护理服务的工作，不仅实现了自身专业技术水平的提高和自我价值的体现，而且各类荣誉称号的获得也带给王璐对护士职业的思考，那就是天使的"责任心、细心和爱心"。

中医药大学医院管理处王珏副处长点评

在护理生涯中，王璐和所有的护士一样，也曾经迷茫过，彷徨过，但并未迷失自己。她的这份坚守源于她的责任感和使命感。在她坚守的10余年中她付出了爱心，收获了成长带来的喜悦。愿所有的护士能够快乐的付出；愿社会对护理工作多一份理解和关爱。

护士，不言谢

方 谊 市中医医院骨伤科

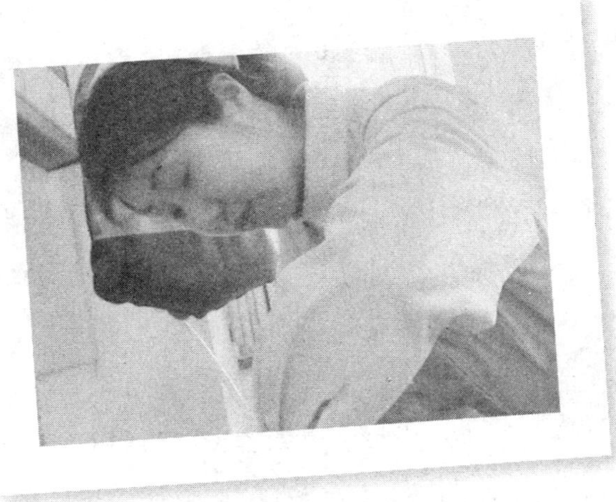

记得那是一天上午，办公室的电话铃声响起，“喂，是护士长吗？我们已经平安到家了。谢谢你们照顾，护士们也要多注意休息，别把自己累垮了。谢谢你们，谢谢你们了”。电话那头，是刚出院的20床的患者家属，因掩饰不住内心的激动，一个劲地向我们致谢……

回想起来，那是年初的时候，我们收治了一位患有多种内科夹杂症的股骨颈骨折的失智老人，这位老人由于长期卧床，尾骶部的压疮已严重溃烂，疮面中渗出的血液夹杂着脓液，使空气中充斥着刺鼻的异味，家属把老人送来医院后，就匆匆离开了，从此也很少过问。我们在叹息之余，为这位老人制定了详细的护理计划。由于患者下肢打着牵引，根本无法翻身，因此尾骶部的换药工作护士需半蹲下身才行，这一蹲就是一个多小时，待换完药后，腰几乎都直不起来了。虽然室外是北风呼啸，可是我的脸上却沁出了滴滴汗珠……因为老人伴有失智，每晚都大叫大嚷地吵着，邻床病友无法安睡，于是我们的夜班护士，不得不经常穿梭在病房之间，像照看孩子般安慰呵护着老人。清晨交班时，望着她们疲倦的脸庞、浮肿的双脚，我真的很心疼，可是她们却并无一句怨言。

渐渐的，老人的压疮长出了新的肉芽，病情也得到了控制，当家人再次见到面色红润的老人时，诧异了。感谢我们之余，也深表惭愧，于是每天也都会多留些时间来陪伴老人，慢慢的老人的脸上也有了笑容，看到这个温馨的场面，我们每个护士都欣慰地笑了……于是，出现了开头那激动的一幕。

是啊，我们的工作虽没有惊心动魄的豪言壮语，也没有可歌可泣的英雄事迹，但是我们用最宝贵的青春，换来了千家万户的健康和幸福。是我们的努力与付出，使病患在最痛苦、最绝望的时候，相信人间有挚爱、有关怀。“岁月的诗篇是蓄满希望的火柴，点燃每个人的期待，让爱相随，让所有的人都活得有尊严”。我们将会继续与患者的生命同行，让患者因我们的护理而减少痛苦，因我们的安慰而树立信心。

最后，我要感谢我的这份职业，是她让我懂得了如何平等、善良、真诚地对待每一个患者生命，懂得了如何珍爱生命和奉献守信，我为选择了这份平凡而又崇高的职业而无怨无悔，护士的工作不言谢。

市中医医院徐建副院长点评

“用心护理，用情呵护，尽心尽职无怨无悔”，这就是护理职业内涵的诠释。作者在护理工作中用“心”照顾患者，用“情”感动患者家属，在平凡崇高的护士岗位上，默默无闻地工作着，真诚地护理每一个患者。

中医药大学医院管理处王珏副处长点评

护士承担着临床大量的护理工作，用真情点燃生命的火焰，然而却说“护士，不言谢”，多么崇高的职业境界啊！我们认为社会应该给护士多些人文关怀，对护士的辛勤付出多一些理解和支持，对护理工作多一些赞许，对护士多一些尊重和关注，使护士拥有愉悦的心情，更好地服务患者。

新手上路

叶　茵　普陀医院老年科

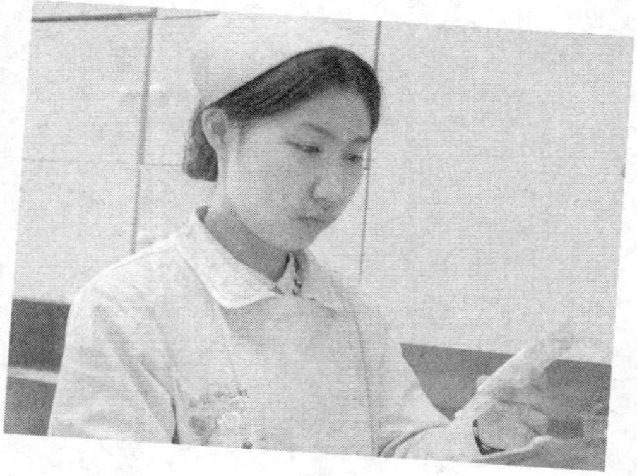

清晨，窗外零零星星的飘起了小雨，使这个入冬的季节更增添了一丝丝清凉。如平时一样，我早早的便走在了上班的路上，或许对一般上班族而言6点多的时间段应该还躲在被窝里睡得香甜。但对我来说这应该是在马路上穿梭的时间了。

转眼4个月的工作时间让我开始习惯起这样的生物钟节奏了，甚至连生物钟都“训练”的恰如其分，而对于这样的习惯我很欣然接受，也乐在其中。

每天一如往常换好护士服、整理好仪表，我便开始投进一天的工作状态了。看排班表，准备用物，填写本子，一切都像是习惯似的，能有现在这样的“习惯”还得感谢带我的老师们。还记得刚来时我笨手笨脚一无所知的样子，我想那时候一定给老师带来很多困扰了，虽然之后每每问起她都笑着说“没有啦”，但是我还是明白带新人总是不容易的！每每提及工作和家人分享，我都会提到对我工作生涯而言必不可少的老师们。

巡视病房这个环节我总是很喜欢，因为感觉真的很温馨。你是否能体会到每天都有很多人和你相互问早安的快乐？是否能体会到别人询问你是否吃过早饭时的那份关心？“您昨晚睡的好吗？”“年轻人天冷了你们衣服多穿点。”“两天没看到你上班了，想我吗？”……你一言我一语这些温暖的话语都可以在巡视病房的过程中感受到，而且大家都会洋溢出一个个大大的笑容，很内心很真诚。

输液是护理工作中的一个重要环节，有时候会突然想到刚开始实习时拿针都会心有戚戚焉的那个我，真是自己想想都会觉得很好笑。之后来到这里，老师们都会对我从旁指导，告诉我诀窍还帮我打消害怕失败的顾虑，这才能有现在完全能够坦然面对打针、抽血的我，又不得不大大的感谢一番了。

忙碌着常规的事情之余，转眼就到了午饭时间，虽然只有短短的半小时，却是休息片刻的好时光。一边和老师们聊着最近的奇闻异事、新鲜趣事，一边休息吃饭真的觉得很愉快很惬意。

下午，大家都会到病房去做基础护理，所谓的基础护理其中也包括“擦身”这一项。还记得第一天来住院部的时候根本想不到擦身竟然也会是工作的一部分，而且来到老年科的第一次擦身真的记忆犹新。当初实在是不想擦身的，看到皱巴巴还起着皮屑的皮肤真的不想碰到，但是却也依然记得，当我硬着头皮完成这项“艰难任务”的时候，病人那左一句谢谢右一句谢谢，体恤地拉着我的手对我说“护士这份职业是多辛苦多劳累啊！你们那么忙还要帮我这臭老头子擦身，我都90几岁了，自己家人也没有这样仔细地帮我擦过身啊……”听到这朴实的一句话，我真的觉得当时自己的想法是多么不该，多么低俗了。还记得有一次自己上中班胃不舒服，几位老人看到了纷纷抢着把自己的药给我吃，有的说“小叶子，我的药好，是刚配的”，另一头只听到“叶子，我的药才最有效”“你去躺一会儿，我们能照顾好自己”……现在想起当时的情景依然感动万分，即使我们非亲非故，但11病区把我们连在一起，让我们如家人一般。

我现在真的由衷地觉得护士这份职业给我带来很多的热情因子。当我每次看到拄着拐杖、行动不便的病人时，我真的情不自禁地会提醒他们小心地滑，走慢些。我也渐渐觉得他们年迈的背影竟是如此的可爱。

我也很庆幸我做了一名平凡的护士，平凡，是生命的要素。没有人一生下来就星光璀璨，即使以后的生命里取得了很大成就，如果他自命不凡也不会拥有完整的真实生命。我坚信：伟大，来自于平凡！

普陀医院护理部姚丽文主任点评

真情其实很简单，有时就是：一声轻轻的问候，一杯温暖的开水，一次简单的搀扶……真情温暖了患者的心，消除了患者的愁，搭起了护患的桥，连起了护患的情。

中医药大学医院管理处王珏副处长点评

叶茵护士的日记让我们看到了一位新护士成长并快乐着，这是我们所期待的。在护士职业生涯中你会碰到困难，受到挫折，你也会收获帮助他人的幸福。希望你常常告诉自己“加油！再上一个台阶”。

发生在病房里的爱心小故事

田　君　曙光医院呼吸科

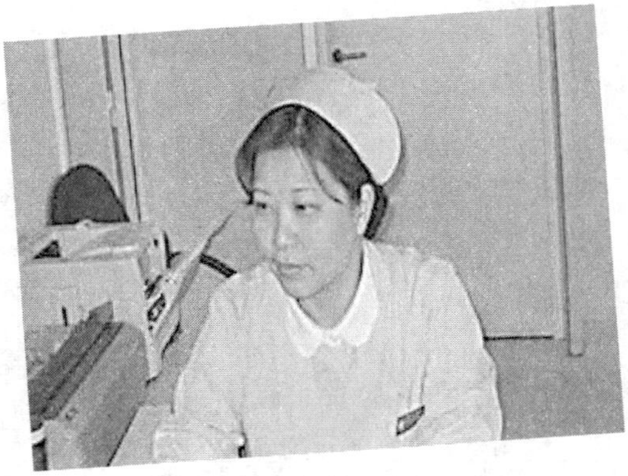

丙辰中秋，欢饮达旦。透过窗户向外眺望，想象着今晚一定是一幅星临万户动，月傍九霄多的其乐融融之景，我却想起了15床日渐康复的脑炎患者，想起了今天他眼里噙满热泪向两位农民工兄弟及护理人员不断感激的画面，我不禁陷入了回忆之中。

“马上要转进一个插管的30岁左右男性农民工病人，初步诊断病毒性脑炎，刻下昏迷，在上海举目无亲，工地上的工友送来的，妻子还在做月子呢，家乡就两兄弟，现在通知家属了。”实习医生边说边感叹着。话音刚落，手上的抢救才结束，又要投入到新的水深火热之中，我和同仁们开始匆忙准备起了呼吸机和抢救用物。没多久患者转入的时候我们都目瞪口呆了，只见患者神志昏迷、灰头土脸、衣衫褴褛，内衣裤裆内聚积着厚厚的粪，全身污垢臭气熏天。工友支支吾吾交待该患者在外独自打工，没有任何积蓄，请不起护工，工友们凑了点钱，想着这点费用医院能看到哪是哪，也算尽了全力。语毕，我们深表同情，同时第一反应还是安置病人要紧，这下真难为了我们几个年轻的刚工作不久的护士，大家先将他隔离，赶忙为他冲洗，细心的为他检查全身皮肤情况，为他换上了干净的病服，东拼西凑为他借来了生活洗漱用品和毛巾，义务为他理发等等。一双双爱的手，接力着爱与责任。让我们倍感安慰的是，该患者确诊为单纯性脑炎，在无其他病症的有利情况下，我们制定了完整的护理计划和有效措施，班班交接，严密观察该患者的意识状态、呼吸变化、瞳孔大小、对光反射等等生命体征。患者在最短的时间内已经脱离危险从监护室转到了普通病房，同时这份爱心和耐心也传递给了病房的护士们，在后期积极为患者补充营养，不断给予心理支持和鼓励，如今患者已经日渐康复。考虑到患者经济窘迫，每天身体需要摄入一定的营养才能达到机体需要，我们商量着一起从家里打点鸡蛋羹，买几箱牛奶轮流给他送去，平时经常抽空前去病房探望和关心。

有人称赞护士是天使，也有人夸赞为英雄，其实我们只是平凡的工作者。我们也有泪，有不被部分患者理解的泪，有对生命终结而爱莫能助的惋惜的泪，更想有的是因为经过我们精心的护理后使患者能康复欣慰的泪，感受着最平凡的幸福。我得到最大的启发是：“从心开始，用心去做，三分靠治疗，七分靠护理。”只要我们全心投入，真诚相待病人，每天的工作就不觉得枯燥无味，我们的工作就会得到病人的认可和支持。

曙光医院周嘉副院长点评

医护人员每天面对各种各样形形色色的人，但是无论贫富贵贱，皆一视同仁，视如至亲。我们的护士用无私的奉献支撑起无力的生命，让痛苦的脸上重绽笑颜，用爱心为患者撑起一片希望的蓝天，这是优质护理内涵最好的诠释。

中医药大学医院管理处王珏副处长点评

田君护士长的爱心小故事令人感动，呼吸科全体护士默默地奉献自己的一份爱、一份汗水、一份真情。因为世间有这么好的护士，生命便多了一份安宁，未来更多了一些希望。

十　年

冯士雯　岳阳中西医结合医院手术室

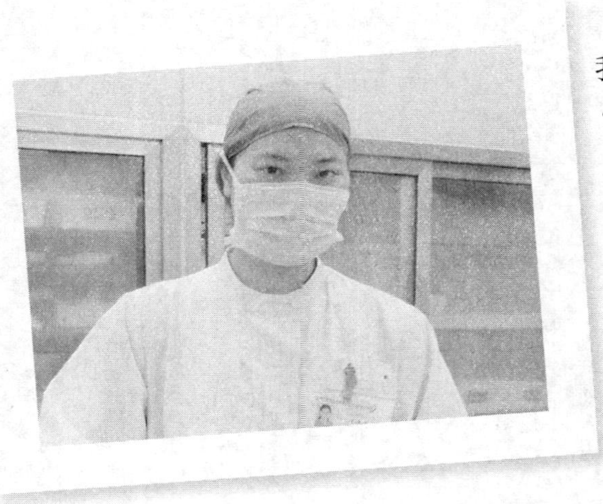

晚上，和昔日的同窗通完电话，我耳边不停地回响着她的那句感慨“10年了……”可不是啊，毕业至今，不知不觉在护理岗位上走过了10年的青春岁月，顿时心里不由自主地想起过往的点点滴滴……

一袭绿色洗手衣，一顶蓝色手术帽，一张蓝色防护口罩遮住的脸庞下露出两只明亮的眼睛，这就是我工作时的形象。是的，我是一名手术室护士，一名无影灯下的“天使”。

没在手术室工作过的同事一说起手术室，都会露出羡慕的眼神：“手术室不错啊，干活爽快，不像病房那么多琐碎事，总也做不完……”然而，我却要说这10年的炽热青春年华，我是在血淋淋的伤口边走过的，是伴着肠梗阻患者胃肠减压时的粪臭味、各类大出血患者的血腥味以及各类消毒液的味道走过的。

每台手术犹如一场战争，当我穿好手术衣戴好手套，战斗就拉开了序幕。手术台边，我动作麻利地准备好各种手术器械，全神贯注地盯着医生的每一个动作，快速而准确地为他们传递着托盘上的手术器械，竭诚地做好配角，当好二传手。无影灯下，手术室里有的只是手术器械轻微的叮当声、吸引器的滋滋声、医疗仪器的嘟嘟声……这样的熟练配合是需要经过几十个甚至几百个手术的磨练。

工作的特殊性要求手术室人员不分白天黑夜，24小时全天候待命。已记不清多少个深夜，我被急诊电话惊醒，不管是雷电交加或是风啸雪寒，必须从温暖的被窝中爬起来，将舒适、温馨关在身后。曾和朋友开玩笑说手术室里出来的都是圣斗士，因为只要手术开始就必须做到腿脚酸了要站得住，肚子饿了要忍得住，眼皮打架了也必须得顶住。记得几年前的一个冬天，由于是备班，日间手术结束我回到家时已是晚上7点多，可饭还没吃到口，科室电话就打来了，来了一个颅脑外伤，双下肢开放性骨折的病人。病人创伤性休克，已处于昏迷状态，情况危急，需立即手术。我匆匆换上刚脱下的外衣，赶到医院投入到抢救病人的战斗中去了。止血、清创、输液、手术，一切都紧张而有序。时间一分一秒的过去，病人血压有所回升，能摸到脉搏了，我们在场的每个人心里都涌起一种狂热的喜悦和激动。病人的生命比什么都重要啊。此时谁也没注意到自己的双脚、衣服上都溅上了血污，汗水也已浸湿了帽子和口罩。经过4个多小时紧张抢救，病人终于得救了。当病人平安送回病房后，我才感到累，一阵一阵的饥饿感侵袭着我，是啊，已经10几个小时滴水未进了，双脚也疼痛难忍，尽管身体很累很乏，但心里却感到很轻松，更感到充实。在与死神的较量中，我没有豪言壮语，只有忙碌的身影，面对患者，我得失无悔，因为我的付出换来的是一个个鲜活的生命。

曾有人说：自己的左手温暖自己的右手是一种自怜，而用自己的双手温暖别人的双手，却是一种奉献。我想，当我选择这份职业，我就选择了奉献，而在奉献的同时我也会“予人玫瑰，手留余香”。

无影灯虽然不是世界上最美丽的灯光，但不可否认，它是世界上对生命来说是最重要的灯光，它也会是我人生旅途中的一盏指航灯，指引着我接下来一个又一个10年的前进方向。

岳阳中西医结合医院护理部陆静波主任点评

10年，说长不长，说短也不短，但作为一名手术室专业护士，10年的工作经验很宝贵，正逐步从青涩走向成熟，无论从体力还是经验都是手术室护士的黄金期。手术台上的战斗还将继续，望能不忘初衷，继续奉献，用自己的专业知识、专科技能服务患者。

中医药大学医院管理处王珏副处长点评

无影灯下一丝不苟、技术娴熟的护士形象跃然纸上。冯士雯护士把无影灯当作她人生旅途的指航灯，很好地反映了她对手术室护理工作的热爱。希望在更多的10年中能做好传、帮、带。

护理绝症少女的感悟

冯园园　岳阳中西医结合医院乳腺病科

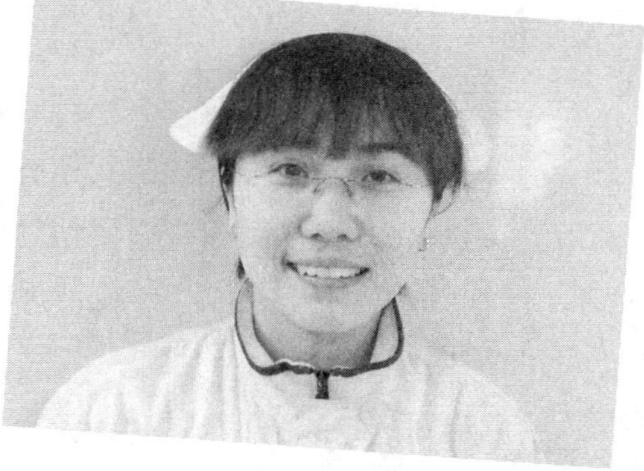

护士这个职业总要和许多形形色色的人接触，而刚踏上职业道路时，我却是个内向害羞不善交际的青涩小女孩。

记得她是个漂亮的小姑娘，留着一头乌黑的长发，长长的睫毛微微向上翘起，每次查房时我都忍不住多看她两眼。也许使我如此关心她的原因并非只是因为她的外表，更可能是她18岁的年龄背负了太多的痛苦。卵巢癌，使这个原本应该充满梦幻、满载希望的季节变得如此苍白暗淡。

每次走进病房，总是看见她默默地折着纸，手边总放着一个大口的瓶子，里面浅浅的铺着一层刚折完的幸运星。

幸运星吗？多么讽刺啊！癌症已经大范围转移了，她面前的路究竟还有多长，谁也不知道，但我唯一清楚的是，她即将与辛苦留着的长发告别，以后是否还有机会再蓄发呢？得看老天了吧，可为什么在她的眼中我看不到迷惘和焦虑。

我对她好奇，想了解她，我同情她，我想帮助她，我更想知道支撑她的是什么信念，可是又羞于启齿。于是，我只是在旁边默默地看着。

那是一个晚上，窗外下着雨，空气显得潮湿异常，病房里流淌着悲伤的气氛，小姑娘隔壁床的阿姨去世了，家属默默地送她最后一程，在处理床单位的时候，我看见她又在折着幸运星，默默地、缓缓地。忽然，有一滴水珠滴在她的手上，是我眼花吗？坚强如此的她？接着又是一滴。

"你怎么了？"

她抬起头，两个眼睛红红的，里面注满了泪水。"我不久也会死的，对吗？"

我不知道怎么回答。

"我不想死，我想活下去，我还有很多梦想没有完成。"

我紧紧咬着下嘴唇，我想要帮助她，可我能为她做些什么呢？

"救救我，姐姐，救救我，我不想死！"她终于彻底放弃了她坚强的外壳，失声痛哭起来。

也不知道是哪来的勇气，我紧紧抱住她。

她在我的怀中抽泣着，哭了很久，我没有想到她的肩膀是如此瘦弱，看起来如此坚强的人内心却是如此脆弱。我痛恨早点没有发现她伪装的外表，痛恨自己只是远远的旁观，痛恨自己胆小懦弱内向的性格，如果我早点与她沟通……

现在，我已经脱去稚气，完全是一个独当一面的护士了。每每遇到难题打算退缩的时候，我都会打开更衣箱的门，那里面静静地躺着一瓶已然经历了十载寒暑的幸运星，然后就会变得充满勇气。

岳阳中西医结合医院护理部陆静波主任点评

生命有时候是非常脆弱的，对于患者而言更加如此。作为医护人员我们除了打针发药外，更应该从心理上关心这些特殊人群，特别是那些即将走向生命尽头的病人，他们所承受的痛苦是常人难以忍受的。南丁格尔说：护士必须要有同情心和一双愿意工作的手。在未来的日子里，相信我们每一位护理人员一定会用自己的爱与奉献帮助每一位患者。

中医药大学医院管理处王珏副处长点评

冯园园的日记让我们感受到了病魔的无情、生命的脆弱。在生命的尽头有时护士虽然不能创造生的奇迹，但是却能给患者带去心灵的抚慰。

用爱心、诚心换您舒心、放心

吕晓玭　普陀医院急诊监护室

ICU（重症监护病房），工作强度更高的病区，这里的病人每天24小时在护士的严密监护下与死神搏斗。我们为病人进行全方位的治疗和护理服务，从输液喂药做检查，翻身拍背到吃喝拉撒、清洁身体。毫不夸张，我们护士在这里是病人生命的依托。虽然常常要面对家属的不理解，但正是我们的日夜守护才给了重症患者生的希望。

一次，病房收治了一位重症颅脑外伤的病人，为了更好地治疗，当天便为该患者进行了气管切开。由于监护室的特殊性，家属不能陪护，极其担忧的家属为了陪护问题和我们护士起了争执。就这样的小矛盾，让双方都不甚开心。可我们的护士并没把情绪带给病人，依然精心护理着病人。一周后病人意识逐渐恢复，在一次家属探望时，不能开口说话的病人忽然吃力地举起手，在空中比画着什么，家属也看不明白他想要什么。当把纸和笔递到他手里时，他在纸上歪歪扭扭写下了四个字“谢谢护士”。家属哭了，带着这四个字郑重地来到我们护士台向我们赔礼道歉。事实证明，再多的意见、不理解，在我们护士的实际行动面前都将化解。一个生命垂危的病人，仍然不忘向照顾他的护士说一声谢谢，作为护士就算再辛苦也是值得的。我们做的是平凡的事，却能从中体现自己的价值。这种感动就像穿透寒冬的花香，就像穿透黑夜的阳光，伴着那整洁的工作服反射出庄严的光芒，这光芒再次激起了我的责任心与使命感。对病人来说我们像一缕春风又似一道阳光。一声亲切的问候，会令病人放下几丝忐忑；一个鼓励的眼神，会令病人增加几分力量；一双轻柔的手，会令病人减去几分病痛……我们是微小的水滴，在最需要的地方默默地奉献着自己。

还记得一个闷热的夏日夜晚，收治了一位高空坠落伤病人。当时病人已陷入昏迷状态，脸上和衣服上都是血迹和呕吐物，大小便失禁。看此情景，我们立即投入到抢救中，赶紧把病人头偏向一侧，清除口腔分泌物，擦净脸上脏物，连接心电监护，病人此时心率120次/分，血压85/50 mmHg，呼吸15次/分，迅速建立静脉通路，快速静脉输液，熟练地配合医生实施抢救。气管插管、连接呼吸机、备血、留置导尿，整个抢救过程动作轻柔、技术娴熟，每一项都认真地完成。经过一个晚上的紧张抢救，病人的病情得到缓解，此时天已经亮了。看到转危为安的患者，疲惫的脸上露出一丝微笑，此时，深刻体会到作为一名护士要有良好的心理素质和熟练的技术。

工作中的付出与收获，让我不再害怕青春在平凡中流逝，相反，我会让青春在平凡中闪光！

普陀医院护理部姚丽文主任点评

众所周知，监护室是收治危重患者的特殊科室，且有严格的探视时间，在这特殊病房里没有自主意识的病患很多，于是光有细心、爱心、耐心是不够的，还要有良心。护士的所有操作的规范性、准确性都要对得起自己肩上所担负的责任。

中医药大学医院管理处王珏副处长点评

“让青春在平凡中闪光！”承载的是护士的理想与信念。可敬的护士愿意用自己的爱心和诚心换取病人及家属的舒心与放心，多么可贵的品质，多么高尚的人格。愿社会给护士更多爱的回馈。

感　动

朱　莉　市中医医院门急诊科

感动，是来自内心一份微微的震颤，让自己的思绪随着一种高尚的情感，在阳光的爱抚下闪着动人的光亮，慢慢升华……我从事护理管理岗位已有10几个年头了，看到的、听到的为岗位默默奉献的动人故事不胜枚举，但是有时作为她们的大姐姐、知心朋友，还是忍不住会感动，这份感动让我能带领我的团队中的每一位护士发亮并闪光。

一位40出头的中年护士，丈夫因工作需要长期在外地，家中上有老、下有小，我们只知道她异常宝贝儿子，但并不知道她内心的秘密。许多在正常孩子看来轻而易举、能独立完成的事，她却要亲力亲为、细心照顾。有一次遇节假日排班，从来好商好量的她却要连休好几天，为此我有些纳闷，坚决地回绝了她的要求，并解释说其他同事也有孩子，都是心头肉……她没多辩驳，一声不响地走开了。之后一个偶然的机会得知是因为早年怀孕时生病服过药才令她的儿子有自闭症，每每孩子生病或是受伤，她便要经历一番心灵上的煎熬，而长期在外的丈夫帮不上任何忙。因为需要照顾哭闹的孩子，她非但无法安睡，甚至还会因此产生出一种愧疚心理，她在心灵上遭受的谴责与痛苦是无以复加的。那个需要休息的节假日正是带儿子去康复治疗的日子……当然坚强的她克服了，后来我在和她谈心中了解到，她不愿意被大家认为是需要照顾的，因为干了20几年护理工作的她深深知道职业的特殊性，没有太多的豪言壮语，她只是轻声说“能克服，会慢慢好起来的”。

我为她保守了属于她的秘密，同时我也尽我所能为她留意、联系治疗自闭症的知名医生，为她收集各种食疗方和民间秘方，遇到困难替她顶班……每当孩子的治疗有起色了，她会兴高采烈地告诉我，而她的工作也更努力积极了，常常看到她以热情的笑容面对患者，我想她更知道病家的痛苦。

我的团队需要这样的护理力量，用真诚的心去和她们沟通，而她们给予我的信任和支持也让我感动，我相信团队里的每个护士都是闪亮的星星，都会熠熠生辉！

市中医医院徐建副院长点评

护士长能在护理管理中很好地应用人文管理、人文关怀的理念与技巧，重视并尊重个人的需要，充分调动了护士的积极性、主动性。为如何稳定护士队伍，增强护理队伍的向心力、凝聚力做了一个很好的典范。同时我们也为这位长期默默承受着巨大压力的护士，仍处处以工作为重的精神深深感动。

中医药大学医院管理处王珏副处长点评

现代护理管理模式，不仅是护士对病人实施人文关怀，同时护士长对护士也应实施人文关怀，让护士始终感受到自己处于被信任、被尊重、被重视的主人翁地位，只有这样，才能更好地提高护理服务质量，构建和谐的护患关系。朱莉护士长文中的案例是一个有力的佐证。

忙碌的一天

任燕青　普陀医院妇科

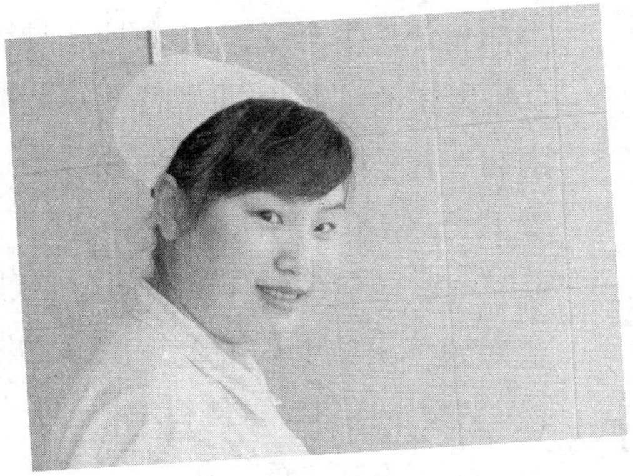

淅淅沥沥的冬雨打在窗户上，上海又迈入了四季中最难熬的寒冷冬季。当大多数人还躲在被窝里时，我已来到了医院。提前15分钟到岗已经是多年养成的习惯了。我喜欢早一点到病房，在晨交班前先进病房与老病人打个招呼，与新病人混个脸熟。

“小任，你早啊！早饭吃过吗？”9床阿姨亲切地与我打招呼。我笑着回答她：“吃过了，你呢？高血压药片吃了吗？”9床阿姨是一位子宫内膜癌，高血压病患者。她于一周前做了全子宫+双附件及盆腔淋巴清扫术。目前是术后恢复期。由于她本身性格爽朗再加上住院时间长，俨然已经与医生护士很熟悉了。我一边熟练地帮她测量血压一边叮嘱她天气转冷了要注意保暖，按时服药。旁边的8床是昨晚新收治难免流产的病人，我向她做了自我介绍，也许夜间没睡好，她只是对我点了点头。

七点半准时交接班后，开始了每日的晨间护理。一日之计在于晨，一天工作良好的开端就从晨间护理开始。窗外的雨还是没有停，朦胧的雨丝让人感到湿腻不适。推着治疗车走进病房，整理床单位，将病人的用物放置整齐，看着整洁的病房，顿时觉得心情开朗许多！繁琐的工作这才正式拉开了序幕。跟着医生查房，静脉输液治疗，执行临时医嘱，收治新病人，完成术前准备，安置术后病人。这些工作十几年如一日地进行着。有时我问自己，这就是我的生活吗？谁能理解那一袭白衣背后的心酸。

今天我负责的病人是一位卵巢癌术后化疗的病人，她这是第二次化疗。患者本身性情比较抑郁，对于化疗有一种恐惧心理。整个化疗过程中都非常紧张，我只能不断地在身边安慰她，告诉她用药的顺序、方式，缓解她紧张的情绪，并向她介绍一些成功的病例，以增强她的信心。像这样的病人几乎每天都能遇到，也几乎习以为常。忙碌地穿梭于病房中，关照着4床清宫术后的注意事项啊，6床明天手术的术前宣教啊，9床阿姨的出院指导啊等等。忙碌的时间总是过得很快，行军打仗似的午餐后我又很快回到了岗位上。听胎心、发口服药、落实消毒隔离、巡视病房、更换补液，又是一连串每日例行的护理工作。虽然说不上多么伟大，但我觉得这是一项很有意义的工作。

下午雨还没有停，9床阿姨在收拾物品准备出院。我走进病房，阿姨拉着我的手不断地说着感激的话语，阿姨的手干燥而温暖，脸上洋溢着真挚的笑容，仿佛一下子温暖了我的心。病魔是可怕的，但是通过我精心的护理使患者康复，当她们面带幸福的笑容，迈着轻快的步伐走出医院时，那种成就感自豪感油然而生！

快要下班了，工作也将告一段落。十几年的工作，已经让我从单纯的养家糊口转变为自己的真心喜爱。每日的劳累辛苦在看见病人康复后都化为无形，感觉自己真的有一对隐形的翅膀。我热爱我的工作，也希望自己能在平凡的岗位上发光发热。

普陀医院护理部姚丽文主任点评

曾有人说过“拉开人生帷幕的人是护士，拉上人生帷幕的人也是护士”，护士是用爱心、耐心、细心和责任心解除病患的病痛，用无私的奉献支撑起无力的生命，重新扬起生活的风帆，让痛苦的脸上重展笑颜。

中医药大学医院管理处王珏副处长点评

任燕青护士日记中写道：“每日的劳累辛苦在看见病人康复后都化为无形，感觉自己真的有一对隐形的翅膀。”从中我看到了天使由内而外的美丽，她们在平凡中孕育人间的伟大，无愧于“白衣天使”这一光荣的桂冠。

因为爱，所以坚持

庄冰玉　岳阳中西医结合医院手术室

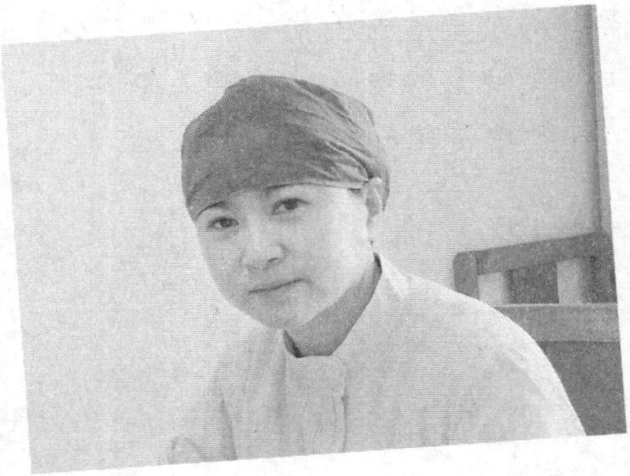

今晚是护士长总值班，一天的手术共有32台，每年的长假前手术室都会特别的繁忙。作为一名手术室护士长，就要协调好各科室的关系，安排好连台手术之间的顺序，合理的安排手术房间，做好连台手术之间的消毒隔离工作，还要忙着准备长假期间的医疗用品的备货，以保证长假期间急诊手术的正常开展。晚上坐在电脑前赶手术室护理查房的方案，抬头一看，已经10点多了，该去查病房了。

一个人走过寂静的走廊，看窗外万家灯火，想想自己已经在护理岗位上整整22年了。19岁刚刚从护校毕业，怀着一颗救死扶伤的心，幻想着自己穿着洁白的工作服，在无影灯下和医生们一起抢救病人。白衣天使，一个多么神圣的称呼！就这样，我一毕业就进入手术室工作。

每天跟老师练习穿针引线、洗手铺台、传递器械……虽然那时很忙，经常忙到下午两三点才能吃上午饭，晚上值班，经常通宵达旦地忙到日出东山；虽然有时因为技术不熟练在台上被医生骂而哭过鼻子；虽然经常会半夜三更一个电话把我从暖暖的被窝里拉出来，急忙赶往医院参加急诊抢救病人；虽然在患者治愈出院时都记得对医生千恩万谢，却很少有人想到在医生背后默默付出的我们。有时也感觉很苦很累，但是我从来没有怨过，没有放弃过，正因为对手术室护理的这份热爱，使我坚持到了现在。我在繁忙的8小时之外，抽出大量的时间去进修、学习，从一名中专生到现在的本科生，并且拿到了学士学位，这其中的辛苦也许只有自己能够体会到。

年轻时总感觉作为一名护士，只要有扎实的理论基础，熟练的护理技术，就可以当一名合格的护士。但是在2002年生女儿时，我才发现仅仅有这些是不够的。因为那时检查说我女儿宫内发育迟缓，我住了整整一个月的医院，整个角色的转变，让我从另一个角度去看待护士，让我以一个患者的身份去要求护士。那次当我忐忑不安地一个人孤零零躺在手术台上等待剖腹产时，进来了两名护士，看了看我无意地说了声：“肚子怎么这么小？”翻了翻病历：“哦，宫内发育迟缓，难怪！”虽然这只是很普通的两句话，我却听得浑身冰凉，我这才知道，作为一名医务人员无意的一句话会对患者的心理产生多么大的影响！所幸，女儿生出来，平安健康。

通过这件事，我感觉要做一名好护士，更重要的要有一颗关爱的心，要有同情心和责任心。也许只是一句亲切的问候，一句轻声的安慰，都会让患者感觉如沐春风，尤其是远离家人，一个人孤零零躺在手术床上，陌生的环境，陌生的人，生死未卜的时候，是多么需要安慰啊！

尽管我做手术室护士长还不到一年，也经历了很多的磕磕碰碰。虽然现在医患矛盾还很严重，虽然护士的地位还很低，收入也不高，但是我仍会选择坚持！

岳阳中西医结合医院陆嘉惠副院长点评

作为一名老资格的手术室护士，从代理护士长到独当一面的手术室护士长，庄冰玉不经意间成为了综合性医院中所谓的“最厉害护士长”。年轻的她工作勤奋、思维敏捷，在日常平凡的岗位上付出了辛勤的努力。近两年，医院手术量倍增，要在确保手术安全的前提下，有序高效地开展手术、做好大量沟通协调工作的同时，进一步提升护理质量、完善护理服务，庄冰玉的决窍唯有“用心”两字。

中医药大学医院管理处王珏副处长点评

一次躺在手术台上接受手术的经历引发了作为护士的庄冰玉的思考，让她在工作中能与患者换位思考，这是她热爱护理事业的折射。愿岳阳医院手术室护理团队在庄冰玉护士长带领下，创建出手术室优质护理特色品牌。

没有翅膀的天使

刘文萍　普陀医院中医内科

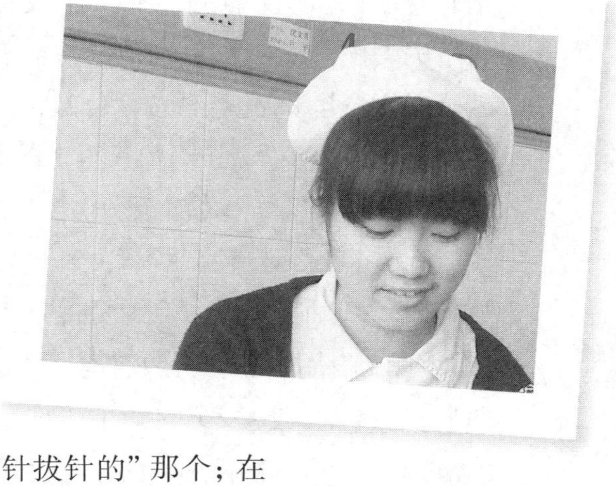

有人说，护士是春天的滴滴细雨，汇同潺潺溪流滋润大地；有人说，护士是盛夏的缕缕和风，在宁静的病房轻轻吹拂；有人说，护士是深秋的一片红叶，悄然飘落在硕果满园的大地；有人说，护士犹如寒冬的一枝腊梅，无意与群芳争春竞妍。我要说，护士是不长翅膀的天使，将健康送给每一个人。在大众眼里，我是“只管打针拔针的”那个；在亲朋好友眼里是穿着白大褂，戴着燕尾帽的天使。没有人知道，我们每一个姐妹的右手里，都握有一个加药控针赠予的茧子，脚底下，也有硬硬的一层，小腿出现静脉曲张，纤纤玉指也由于反复搓洗而不再细嫩如初。那黑眼圈，则是长期夜班留下的印痕。

不管之前你是中了六合彩，还是走路撞了车，只要你的脚踏进了科室，就要收起自己的情绪。开始一天紧张忙碌的生活。

7：15，我与清晨的第一缕阳光一起准时出现在病床前，我们谓之“巡视”，很有“领导感”的一个词。

7：30，交接班。这时人就高度紧张起来，病人一天一个样，更何况过了一夜。然后领导讲一些最近要注意的事项，反复地提醒到要注意核对，不管什么东西都要核对核对再核对，医生开出的医嘱也要核对，突然感觉自己的压力好大。

8：00，晨间护理：整理床铺，空气消毒。手忙着的同时，嘴也不能闲着："睡得好吗？"等等。都是些家长里短的普通问候，但这也是例行的工作内容。通过对话、观察，第一时间掌握病人的情况，看原先的护理方案和护理措施，是否需要调整。而这时，清理卫生、打扫垃圾的我们就成了情感垃圾桶。今天很好，很走运，没有人抱怨、冷嘲热讽。但1床A是怎么了呢？用被子蒙着头，问他两句也不吱声。B术后老躺着不敢坐起来，就硬叫他坐起来，边给他按摩背部，边说："老张啊，我爸爸椎间盘突出腰疼我还没给他按摩呢，哪怕只坐5分钟也好啊，多变换一下姿势，有利于预防压疮。"婆婆妈妈的。很好，老张坐起来了。

8：30，收拾到最后一床，看到床上地上都是东西，就说，"帮你把东西放到橱子里好吧？"没想到对方冷不丁扔过来一句："别给我说这些没用的，就问你什么时候打针？!""打针？针肯定是要打的，床还没有整好，东西乱七八糟的，我怎么现在就能给你打针！"——但这只能是心里话，没说出来，患者什么时候都是对的，这是我们的理念。

9：00，开始给病人输液。选血管、消毒、扎止血带……再消毒，穿刺成功，输上第一批液体，我的双腿就像上了发条来回奔走。几床快滴完液体了，几床该推针了，几床要准备收新病人了，几床要用心电监护，几床要出院了……这些统统要清晰地记在脑子里，可是即使脑子里真的有一台小电脑，遇到突然弹出的窗口你也要紧急处理。这边正写记录单呢，那边有人喊："护士，我觉得心慌！"那你绝对得是一路小跑，通知医生处理：这时候的我们，真是"日理万机"，脚下生风，每个病房来回穿梭，就像乾坤大挪移，尽管十八般武艺齐上阵，还是无法让每个病人都满意，有时想想就一个字:“冤!”

11:30,终于松了一口气,洗了手准备在值班房里吃饭了,时不时还会有点小事情把你叫出来,吃顿安稳饭真是不容易。

在我的带领下,病人像参观景点一般,对于重点场所,如护士办公室、医生办公室、标本留置处、洗刷间、开水间,都要反复讲解,比导游更敬业!对于展板上的教育内容,我们还要看病人的文化水平,理解能力,做最适合他的讲解。有通俗易懂白话版的,有简单概括精练版的,有详细讲解示范版的。相比入院宣教和出院前宣教,这应是最简单的了,一个流程下来,嗓子就算不冒烟也要蹿火了!

的确,我是“打针拔针”的,还得说说打针。去给患者打针时有的患者很善于观察,先看护士的胸牌,若看到牌上写的是“护士”,碰到通情达理的患者会体谅、配合。碰上挑剔的,就说,“回去叫你的老师来!不要买一赠一”!年轻的护士本来就很紧张,让病人这一说,心理压力就更大了,若是一针打上了,还好,若是一针没打上,就等着患者横眉立目地讽刺吧。万幸,一针见血。这是一名乳腺癌术后化疗的患者,血管打了几个疗程的化疗后已经不太好找了。输着液体,患者的手臂顺着血管的方向出现了发红,患者急了,埋怨还是没打好针。这是化疗药本身的刺激作用所致,怎么是没打好针呢!只能耐着性子给患者解释。

14:00,做基础护理。惦记着早晨蒙头大睡的X床病号,赶过去再跟他聊天。这时的病号经过上午的治疗和几次接触,显然情绪好多了。即使是这样,我也不能掉以轻心。以前大医院有病人从2楼病房窗口跳下来的事件,领导拿着当反面教材教育我们,强调心理疏导的重要。对稍有心理、行为异常的病人,我们都会严加注意。给我分管病室的患者剪指甲,先到A床,A床像吃了枪药一样:“我是来治病的,不是来剪指甲的!”事情的结果当然还是把指甲剪了。妈妈开导过我:“‘穷人心焦病人邪’,你就让着点。”我当然会让着的,但想想,如果“被”剪指甲的是我妈，是我先生，我将会得到怎样的回报？泪水在眼圈里打转，但我不会让它流出来。

15：00，继续收新病人，繁琐的书写让你来不及抱怨，一会儿床的患者因为几天没有拉了，要灌肠了。患者杨某灌肠，试水温，39℃，正合适，用石蜡油涂抹患者肛门，以减轻插入肛管引起的不适，轻轻插入肛管，将灌肠筒里的药水全部灌入……患者家属在旁边目睹了全过程，说了句："护士，你真伟大！"我伟大吗？不管是正话还是反话，你说我伟大就算是伟大吧。顺便说一句，在我们眼里，病人没有男女之分，都是病人；在我们心里，我们没有男女之分，都是工作。因为护理工作，要求全方位的整体护理，我们接触的不仅仅是病人的手、胳膊，我们还会给男病人导尿，做会阴护理，还要床上擦浴。人体，在我们这行，没有神秘、羞涩，只有健康与否。

16：00，忙碌暂时告一段落，才感到脖子酸痛，头晕脑胀，腿发软，开始整理医嘱，确保其正确性、规范性。

16：30，接着治疗、测血糖、测血压、测氧饱和度，遇到特殊情况还要特殊处理。接着就是交接班，再巡回病房，看一天的治疗情况，效果如何，就是再一次巡视，以给中班值班人员做好相应准备和必要提醒。

17：00，终于可以下班了。庆幸今天没有突发急症和病危的出现！这样的情况一旦发生，没有上下班，也不管你是否还有除工作外的其他事情，全力以赴，紧张到窒息的抢救！

上周二的这个时候，脑梗死患者张某突发心慌，赶紧带上吸氧装置来到床前给病人吸上了氧气，遵医嘱给患者应用抢救药物。尽管使用了各种抢救措施，也没能将患者的生命挽回，一种挫败感和忧伤充溢心间。医学再发达，也有无能为力的时候，我们所能做的就是减轻他的痛苦，提高每一天的生活质量，这也是现实！前天有个患者王某，吃晚饭的时候突然觉得胸闷不适，医生开出医嘱，我们火速执行，平卧位、吸氧、上心电监护，补液挂上去，动作迅速敏捷，病人很快被妥善安置好了。有时候你不得不感叹，我真的就是比天使少了一对翅膀而已啊！

19：00以后，是完全属于自己的时间了。晚饭后老公要拉我一起去超市逛逛，我却瘫倒在沙发上怎么也起不来，嘴里却喋喋不休跟他说着今天出院的一位患者，说他老伴怎样一边走一边拉着我的手，一个劲儿地说着“闺女”“谢谢”……一声“谢谢”，算是对我、对我们所有付出的认可，这时，什么辛苦、什么抱怨，也都释然了。

普陀医院护理部姚丽文主任点评

护士是我们每个人一生中谁也无法拒绝的天使，从出生到生命的每一天，几乎每个人的生命都和护士有关，在临床工作中，她们面对鲜血、呻吟和泪水，毫不迟疑地用责任和爱心，认真履行自己的神圣使命，伴随着每天的第一缕阳光，迎接着一个个新的生命，让一个个生命走出了痛苦，迎来了欢乐。

中医药大学医院管理处王珏副处长点评

刘文萍护士按时间顺序写下了她一天的工作，可以用“马不停蹄”来形容。从中也不难看到在受到委屈时她的内敛；看到她对生命的尊重；看到她对工作的一丝不苟……护士是天使，赞美你！

用人性化管理　建和谐团队

刘永彬　龙华医院西七病区

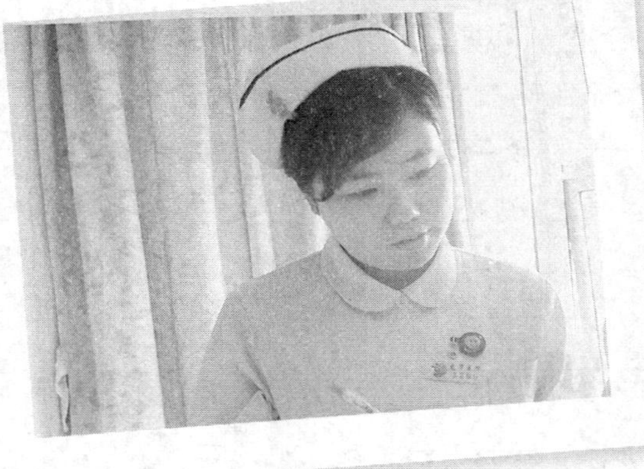

护理管理是一种行为、一种模式，同时也是一门艺术。管理者的领导方式和领导行为直接影响员工的工作效率。一个善解人意、知人善任的护士长，必然会使护理群体和睦，护理工作协调，护理管理事半功倍。

我所在的护理团队是一支平均年龄29岁的年轻队伍，护士们有着青春期的朝气蓬勃，也有着成熟女性的沉稳。她们对护理事业的理解，存在着不同的想法，从而也会影响她们对护理工作的态度。因此，在平时工作中，需关注护士的身心健康，关注护士的情绪反应，注意缓解护理人员的压力。

当护士在工作中出现不足或缺陷时，作为护士长应注意处理方法，着眼于改进工作而不是惩罚个人，分析原因并对流程加以改进。个人的处理尽可能淡化，尽量保证当事人尊严，目的是在于让全体护士均记住教训，而不是加重当事人的心理负担。每年新护士入科时，我们都会为她准备一次迎新会，并送上一份小礼物，希望她能尽快融入我们护理团队的大家庭，希望她能感受大家庭的温暖与和睦。今年，我们为新护士准备的是两本书，《快乐工作》和《工作可以平凡，态度不能平庸》，希望她们能以积极的态度面对工作、面对患者、面对挫折和进步，在工作中享受快乐，在快乐中创造价值。通过这样的方法，新护士们很快便以良好的精神风貌投入到工作中，并通过每月科会进行读书笔记的交流，让每位护士从中感受新成员的成长，为她的点滴改变而给予最大的鼓励。

作为护士长，搞好科室管理，还必须调动全体护理人员的积极性，让大家都参与管理，创立团队精神。有资料报道，一般人的积极性60%是靠领导者的调动才能发挥出来的，因此，护士长应使用各种激励手段，以调动护理人员的积极性。首先，护士长应关心护士的思想、工作和生活情况，因人而异，善于沟通，注意发现每个护士的特点和各自的需要，有问题及时解决，才能做到知人善任，用人所长。其次，是要发动护士参与目标的制定，这样他们会因为参与了制定和实现与自己有关的目标而受到激励。

今年迎接国家中医院等级评审，是一次团队凝聚力的考验。科里人员十分紧张，有3位护士先后病假。既要完成平时忙碌的工作，又要练习操作还要熟练掌握访谈内容，大家都有些疲惫。当她们劳累时，护士长和她们一起相互鼓励；当她们迷茫时，护士长和她们一起梳理分析，建立信心；当她们有怨言时，护士长和她们在一起，总是最晚一个下班。对评审细则的掌握，娴熟的护理操作和烂熟于心的护理常规，护士长始终走在大家的前面，引领大家，鼓舞大家。评审当日，除了翻班护士，所有人员都上班了，大家都以饱满的姿态迎接专家的到来。虽然有紧张，虽然有不足，但是仍然要为她们的团结、认真、努力和专业，送上热烈的掌声。

每个护士在工作中都不是一部机器，而是一个有血有肉、有思想、有感情的人，所以护士长不仅要关注她们外在的工作情况，还要注意她们的心理状况及其健康。这样才能营造一个温馨的工作氛围，从心灵深处唤起每个人的主观能动性。

龙华医院张嗣博副院长点评

护士是接触病人时间最长的医务人员，护士的情绪变化也会感染到病人，影响到护理工作的质量和安全。作为护士长，应把握好每一位护士的情绪变化，尽可能调动她们以阳光、和蔼、耐心的心态去面对病人，这是我们管理者过去常常忽视的问题。刘永彬护士长提出并实践的让护士快乐工作的理念相信对于我们所有人而言都是一个很好的启迪。

中医药大学医院管理处王珏副处长点评

刘永彬护士长管理中注重人性要素，体现在她对护士的尊重、激励，尽力给护士提供成长发展空间，从而达到护士个体、护理团队和患者皆赢的局面。经验值得学习和借鉴。

在这里你会有很多第一次

刘　娟　曙光医院宝山分院ICU

老子有云："道生一，一生二，二生三，三生万物。"世间万物，由无到有，由少到多，由粗到细，从低级到高级，从简单到复杂，存在着无限的奥妙。正如总有个人会让你怦然心动，总有件衣物让你爱不释手，总有首歌让你余音绕梁而三日不绝，总有个地方让你流连忘返回味无穷。于我，ICU就是那无限神往而敬畏的地方。

重症监护室（Intensive Care Unit，ICU），配备了各种先进的、精密的监护和治疗设备，是对各种急危重症实施集中的、连续的强化监测、救治和护理的特殊场所。在ICU轮转工作，对我来说是一个很大的挑战。之前已经了解到ICU患者病情复杂而又多变，有的意识模糊甚至昏迷；有的导管众多如需胃管、导尿管、深静脉管辅助；有的烦躁难耐，常需要用棉手套及约束带，以至于你不禁会叹息，患者俨然成了一个有意识的木偶人。

来到这里后我经历了很多第一次：第一次给男性患者导尿，那时还在想要是导尿没成功怎么办，多囧；第一次给上呼吸机的患者吸痰，会想要是患者突然氧饱和度急剧下降，心跳猛然加快或是骤停怎么办；第一次遇到用三腔二囊管的患者，当时还极力的回想课本上是怎样讲述对三腔二囊管患者进行护理；第一次参与大抢救，真是手忙脚乱，不知道自己该做些什么……太多的第一次。相信这里还会有更多的第一次等待我去经历、学习与感悟。

都说ICU是个大炼炉，身经百战之后去哪个科室都不会害怕。到这里一个月收获太多，感触也太多。ICU护士对所有抢救都要做到心中有数，特别是高难度的护理操作。对技术要求高，如呼吸机、除颤仪、大型仪器设备的使用等，在工作中要做到稳、准、快、忙而不乱。而且要能够独当一面，承担起组织抢救的分工及配合工作，尤其是危重病人的抢救记录，字迹清楚准确，医学术语应用规范等。

荀子曰："不登高山，不知天之高；不临深渊，不知地之厚。"随着时间的打磨与浸泡，经历ICU的洗礼与锤炼，我将更加博学、审问、慎思与明辨。宝剑锋从磨砺出，梅花香自苦寒来。不经历风雨，又怎能见彩虹呢？

期待更多的第一次！

曙光医院宝山分院护理部王霞主任点评

ICU是医院的一个重要部门，也是护士掌握各种抢救仪器及技能的重要场所，经过这里磨练的护士，深受临床科室的认可。许多优秀的护士经过这里的锻炼都走上护理管理者的岗位。这里成为护士长的摇篮。我们期待有更多的护士热爱ICU，像刘娟一样把本职工作做好就是最大的成功者。

中医药大学医院管理处王珏副处长点评

刘娟护士的日记叙述了她在ICU轮转时所遇到的众多第一次，并期待着更多的第一次。字里行间不难看出她是一个好学的护士，是一个勇于挑战自我的护士。相信在她不懈努力下一定会成为一名优秀护士。加油！迎接更多的第一次。

平凡中的涟漪

刘慧娟　市中医医院心病科

刚毕业时，身边有许多朋友问我，为什么选择护士这么辛苦又卑微的工作。我也曾经千百次地问自己，是否甘心一辈子做这样平凡的工作，让青春流逝于平凡中。转眼3年过去了，这3年的护理工作生涯却让我的内心起了变化。我发现平凡的工作中处处有着感动。

一次，我在为一位插管病人进行口腔护理，由于病情恶化，病人已经不能自主进食和吞咽，只能依靠鼻饲，而长期鼻饲的结果就会造成口腔内积结痰痂，不适可想而知。当我小心翼翼地为他清理完毕之后，不能开口说话的病人忽然吃力地举起右手在空中比画着什么，我看不明白他想要什么。当我把纸和笔递到他手里时，他在纸上歪歪扭扭写下了两个字，大家知道他写的是什么吗？我看清楚了，那两个字是：谢谢。我当时的感动难以用语言来形容。一个生命垂危的病人，仍然不忘向照顾他的护士说一声“谢谢”，作为护士，就算再辛苦也是值得的。

这种感动就像穿透寒冬的花香，就像穿透黑夜的阳光，伴着那整洁的工作服反射出庄严的光芒，这光芒再次激起了我的责任心与使命感。我们做的是平凡的事，却能从中体现自己的价值。

去年的“5·12”护士节，我意外地收到了一张贺卡。原来是我在实习时认识的一位老病人写来的。在贺卡里他说我是一个很有爱心的孩子，我的笑容能为病人带来阳光和温暖，希望我再接再厉成为一名优秀的白衣天使，还说了很多鼓励的话。我不记得曾为这位老人做过什么，也不知道他怎么打听到我的地址，看着写得满满的两页纸，我的心里不止是感动，还有深深的思考。

我们很平凡，就像平凡的小草，而小草虽小也能成为辽阔无垠的大草原，一如葱郁的精神田园还需要什么坚实的东西成为心灵的依托吗？不需要，我们坚守这份平凡。一份春雨，一份秋实；一份汗水，一份收成。当我们辛勤劳作后，一个个病患者褪去满脸的愁苦康复出院之时；当我们在内心充满震撼和激动中迎来一个崭新的生命之时；当我们累积一份份病人康复后工整的病历归档之时；当街头巷尾在似曾相识的笑脸中追忆熟谙身影之时，我们会感到满心的幸福和骄傲。对病人来说，我们像一缕春风，又似一道阳光。一声亲切的问候，会令病人放下几丝忐忑；一个鼓励的眼神，会令病人增加几分力量；一双轻柔的手，会令病人减去几分病痛……我们是微小的水滴，在最需要的地方，默默地奉献着自己。

玉兰从冬到春默默经历严寒，当人们在玉兰树下赞叹玉兰花香时，你能说沙沙作响的风声不是皎洁的玉兰在笑吗？我不再害怕青春在平凡中流逝，我要让青春在平凡中闪光！

市中医医院护理部张洁常务副主任点评

何为卑微、何为伟大、何为低贱、何为崇高？不同的人生追求有不同的理解。小草以点绿映春辉，大树以擎天送清凉，农民以汗水提收成，护士以平凡赢崇高，世人会力挺你们用平凡坚守折射着青春的光芒。

中医药大学医院管理处王珏副处长点评

一个生命垂危的病人写下歪歪扭扭“谢谢”两个字和一位老病人的贺卡让刘慧娟护士感动不已，并引发了她对护理工作的深深思考，引领她踏实地走在护士职业的征途上。多么纯净的心灵，多么可爱的护士。护理队伍中因为有你而更加生机勃勃，让我们为她喝彩，让我们为她加油！

医患矛盾大环境下的小和谐

许　萍　普陀医院急诊病房

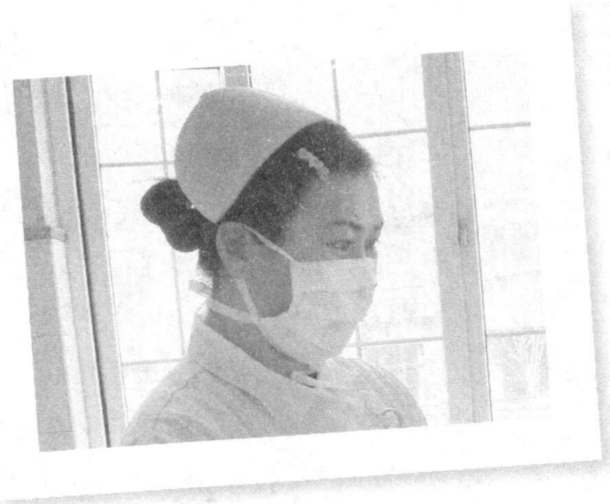

当下看病难、看病贵的社会大环境，老百姓牢骚满腹，都说我们医务工作者朝南坐，不体谅病人疾苦。其实，我们也满腹委屈，都说白衣天使，应该是折翼的天使吧！曾经有医生开玩笑的说："我们现在上班的首要目标是不要被人捅死，保住自己的小命。"虽是一句玩笑话，都确实反映了当前医患矛盾的激烈。

我们普陀医院地处城乡结合部，住宅人口密集。固定就医床位与人口比例有极大的不平衡。这些年，随着人口不断老龄化以及人均寿命的延长，慢性疾病住院床位就更加紧张了。我院领导为了缓解患者住院床位紧张的问题，才想办法加设了急诊病房。

我是急诊病房护理组的一名普通护士，急诊病房的环境相比较住院大楼确实差距很大。9~10个病员同居一室，可想而知，患者及家属的意见肯定要多于普通病房。由此，我们增加了许多解释工作。既然硬件设施不到位，就要软件设施更加到位才能弥补患者及家属心理的不平衡。我们常说，医院最主要是把病诊治好，相比较救护车送来住在急诊大厅里等床位，我们这里只能比上不足，比下有余了。每天多安慰两句，缓解患者的焦虑情绪。

“把病看好，早日出院”，是我们经常挂在嘴上的一句话。我们病区收治病人重，收治疾病种类多，各类疾病患者专科床位不够都安置在我们病区。患者年龄都是八九十岁甚至是百岁老人，好些身上都带有褥疮。有些患者虽然无法挽救生命，但我们都尽最大努力配合医生治疗，陪伴他们走过人生的最后旅程。

说起来，虽然我们急诊病房的住院环境差，但还是有真心喜欢我们病区的病员。我们这里有个老病号，提起她的名字急诊科的同事无人不知，她在我们这里就医的历史可比我这个十几年工龄的老护士还要长。罹患再生障碍性贫血十几年，每每高热感染，她都舍近求远来我院急诊，每次都住我们病区。我曾开玩笑打趣道：“你们家离人民医院那么近，为什么舍近求远，我们病区环境不适合血液病人住，为什么这些年都来我们病区治疗呢？”她爱人说：“习惯了，你们承主任了解她的病情，护士认真负责，笑脸迎人，我老婆静脉针很难打，你们急诊病房的护士技术好，我们喜欢你们这里。”虽然她戴着双层口罩躺在病床上，但对我们一直称赞有加。其实原先他们也是总有意见的，但经过我们的沟通，关系就像朋友。“喜欢你们这里”是一句对我们工作的褒奖，更是一句鼓励，是一句医患关系和谐的证言！何其珍贵的一句话！

如今新住院大楼已经竣工，相信会给更多患者带来福音。我们护理战线上的每位同仁都要以己之力，珍惜大环境下的小和谐，期待和谐面的不断扩大！

普陀医院护理部姚丽文主任点评

急诊留观室的病人具有流动性大、留观时间短、涉及多科、病情多变的特点，再加上病人心理复杂、想法不一，且病人来源于社会的不同层面，情况复杂，与医护人员之间最容易产生矛盾。作为一名护士，特别是急诊留观室的护士，除了具有急救知识和经验、抢救技术熟练等硬技能外，护患的沟通技巧也显得尤为重要。

中医药大学医院管理处王珏副处长点评

护患矛盾一直以来困扰着我们，并想方设法加以化解。许萍作为一名普通护士能考虑珍惜“矛盾大环境下的小和谐”确实令人欣慰，让我们对护患关系与护患矛盾的处理充满信心。

温暖的一天

孙自红　普陀医院老年科

又是新的一天，新的开始，7：00准时踏进病房，姐妹们也陆续到来，大家一边迅速换好护士服，一边在嘀咕，“这两天越来越冷了，不知道温度一下子这样低，他们吃不吃得消哦”……“是啊，毕竟都是年纪那么大的人，hold不住的呀”……“快点走吧，也好早点准备起来”……

今天的工作就这样从有条不紊的准备中开始了，大家都认真做着分内事，我也不例外，清点、检查、登记后便开始交班了。夜班老师仔细清楚地交代着每位患者的生命体征，病情治疗，护理措施。不时还会听到，5床高老昨晚刚住进来，有点情绪不稳定，吵着想回家，要注意哦。23床殷老说晚上突然冷起来了，空调好像不够热，已经报了维修……也许刚听到的人会觉得好笑，这种事也要提出来交班，可对于老年科里的每一位来说，已是习以为常的事情了，还是那句“至理名言”：干保无小事！

在我们这些小辈看来，他们是一群特殊的群体，许多人戎马一生，经受过战争的洗礼，见证了共和国的诞生，是真正意义上的老一辈。平常的日子里，他们更是我们口中亲切喊着的爷爷奶奶。病房也许是老人们人生旅途中最后一个家，工作的点点滴滴中我们也尽可能使他们感受到家的温暖……短暂的几秒思绪放空后，我赶快把自己拉回到日常紧张有序的护理工作中来。大家各司其职，静脉滴注，发放药物，执行医嘱治疗，加强保暖措施……

让我最想写进日记里的是今天下午的老干部工休会，病区里骨干医生和护士给老同志们做健康宣教，知识普及。会后，还组织大家观看新一代的革命电影。可别小看了这些，会上要说什么内容，以怎样的方式能让老年人容易理解，我们都要经过精心设计。甚至于大家的座位怎么安排，也是护士长和姐妹们仔细商量过的，腿脚不方便的让他少走几步坐轮椅来；耳背眼花厉害的安排坐前排；容易胸闷头晕的要坐在门口或窗口，保持室内的空气流通；会中，如果观察到哪位有不适，要立即通知医生协助他回病房休息……没想到，今天短短一次工休会也让我学到不少，护理工作怎样才是真正落到实处和细处，要看你放多少心血和认真进去，真是可见一斑。虽然，等到《建国大业》放完，早已过了我们的下班时间，可是扶着每位老人们回自己的房间，看到他们乐呵呵的样子，听着他们津津乐道讨论的话题，好像时间并不是那么重要了。

是啊，时间在某些时候又算得了什么，对于这些风烛残年的老人来说，能每天感受到自己的存在才最重要。几年相处下来，早已经让我们和这些爷爷奶奶们亲如一家了。纽扣松了，我们为您扣好；走不动路时，我们会搀扶着您走；身体不舒服时，我们会和家人一起守护在您身边……

普陀医院护理部姚丽文主任点评

老年科患者的特点：生理功能减退，变得动作迟缓，口齿不清，反应迟钝，视听力下降等，所以尤其要求护士对他们进行重点防护，防止意外发生。老年科患者住院周期长，护士们与患者建立深厚的情感，把他们当成自己的爷爷奶奶，体贴的生活照顾，细致入微地观察病情，耐心地解释与沟通，真心为他们提供个性化的护理服务。

中医药大学医院管理处王珏副处长点评

读着孙自红护士的日记，眼前出现了一幅幅温馨的画面。年轻的护士如同儿孙般搀扶着老人漫步；抚摸着老人的手唠着家常；围坐在生日蛋糕前为老人庆生……给那些老年患者家的温暖。这些都是护士用她们真情和爱心营造的。护士是最淳朴、最有爱心的人。

心情随笔

孙　青　曙光医院护理部

岁月无声，无形的日子总是这样匆匆而逝，一年，这么快就离我们远去了，忽然心生感慨，我在护理管理岗位这么多年，收获了什么？付出了什么？在医疗竞争激烈的今天，今后应该怎么做？

在医院的职能部门中，护理部功能繁多，护士的人员管理、护理质量控制、人才培养、奖金分配、职前职后培训、科研教育等等，每天工作忙忙碌碌，没有一丝的松懈。每到迎接各级各类检查时感觉就像上了发条，不知疲倦，经常把家当成“旅店”，忙碌中岁月悄然而逝……当收获集体的成功荣誉后，冷静下来忽然发现失去了自我，个人的发展脱节。在医学快速发展的今天，护理管理者的职称、学术水平、创新影响力对护理学科的发展起着至关重要的作用。学习如何有效管理时间，提升自身素质成了我的当务之急。

我们每天都在做着护理专业的事情，对于自己从事的专业领域的知识与问题，常年这样做下去，可以发展成为一个熟练的操作工，也可以发展为这个领域的专家，完全取决于自己。护理工作琐碎平凡，不容易有大的发展和创新，但是历经经验积累，具有获取新信息的意识，关注这个专业的变化与发展，善于发现问题解决问题，每一项工作都可以做到最精最好，也可以不断地研究改进，可以将多年的重复技能操作，在理论与操作上不断的改进与发展，成为护理科研的领军人物。

世间的工作很难分出高低，最重要的是你在这个领域中做得如何，而做得好一定是始终对自己的工作保持着良好的热情的人。热情是人生最中心的性格品质，是重要的生活态度与职业态度。许多护士常常抱怨各种不如意，工作辛苦、社会地位低、付出与回报差距大等。在不被理解的时候，我也会抱怨，但是抱怨只会让我们迷失。生命有限，只有在工作中投入热情，通过自己的努力来实现自身的价值，获得现实意义的认可。

我院获得国家中医药管理局“十二五”中医护理重点学科建设项目，对我们来说既是机遇又是挑战。护理学科如何与医学并驾齐驱，对于护理管理者是严峻的考验，只有角色定位清晰、提高自我发展能力，才能承担起发展护理学科的历史责任。

上海中医药大学附属曙光医院周嘉副院长点评

护理学科的发展需要一代代人的努力，任重而道远，同时对护理管理人员提出了更高的要求。孙青通过对岗位要求的思考，转化为内心充实的力量，希望通过自我发展能力的提高带动整个护士队伍的提高。

中医药大学医院管理处王珏副处长点评

护理队伍在医院中占有很大比例，因此护理管理质量的高低在一定程度上决定着医院的兴衰。孙青副主任能站在学科发展高度审视护理管理，是科学的管理态度，值得推崇。

改进服务流程　提高管理能力

孙桂红　岳阳中西医结合医院急诊医学科

“爱在左，同情在右，走在生命的两旁，随时撒种，随时开花……”这是冰心老人对医务工作者最诗意的赞美！生活，工作，不会永远都是那么顺利的，在磕磕绊绊中才会让我们更坚实的成长。我爱我的职业，因为它与人类最宝贵的生命相连，平凡孕育伟大，崇高源于细小。在6年的护理管理工作中，我认真学习全新的管理理念，注重加强个人自身修养，以身作则，以诚相待，实现非权力性影响力，而使护士都能信服，积极支持自己的工作。工作中我经常站在病人的角度去换位思考，多了解病人的需求，多与病人沟通，用我真诚的心、乐观开朗的情绪去感染病人，拉近我们与病人的距离。我一直秉持“细节决定一切”的理念，平常工作中，总喜欢揣摩一些护理工作小细节，把平凡而琐碎的护理工作，从一个一个小侧面展开，使我得以感受潜藏其中的内涵，感受护理工作赋予的精彩人生。

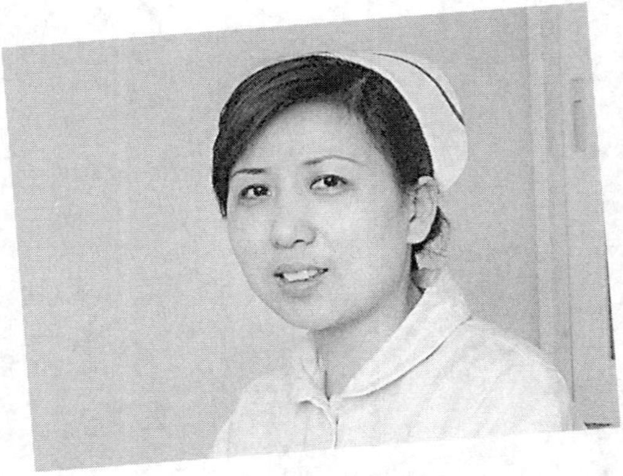

今年我被任命为急诊医学科护士长，我以此为新的起点，更加注重护理服务内涵质量。积极响应卫生部提出的“关爱患者，从服务细节做起”号召，提出“三原色输液专区的划分，进一步畅通绿色通道”等细节举措，以患者满意、社会满意、政府满意为目标，积极转变急诊护士服务观念，完善急诊输液流程，强调输液区域划分，提高了护士有效巡视和观察，充分满足病人的就诊输液需求，保证了患者输液安全。同时，进一步加强急诊绿色通道的管理，提高危急重患者的抢救效率。半年来，通过“三原色”等文明举措和原有的丰富便民措施大大提高了患者满意度，使急诊护理工作真正“贴近患者、贴近临床、贴近社会”，树立了良好的岳阳急诊护理服务形象。

服务没有终点只有起点，质量没有最好只有更好。作为一名护士长，我知道我还需要做得更多、更多，我会继续努力，不断进取，创造新的业绩，以实际行动来报答一切关心和支持我的领导、姐妹和朋友们！

岳阳中西医结合医院陆嘉惠副院长点评

对于急诊护士长的要求，我想主要是“高效、细致与善于沟通”。急诊科是医院的风口浪尖，工作强度高、工作量大，没有过硬的技术、干练的工作作风、细致的态度以及善于沟通的能力是“吃不下”急诊的。孙桂红在众多护士长中被选为急诊科护士长，这与她具备的这些“素质”有关。今年，急诊输液区的“三原色”创举被登上《新民晚报》头版，又显现了她有一颗不凡的“智慧心”。

中医药大学医院管理处王珏副处长点评

孙桂红护士长深入实际的创新举措，使急诊医学科的护理管理更科学、更规范、更人性化，推动护理服务水平的提高，值得借鉴。期待有更多的管理创新举措。

我在成长

严海珠　市中医医院儿科

“我这么勤劳，怎么生的你这么懒。”这是从前母亲经常挂在嘴边的话。在母亲眼里，我是一个不爱操心的懒丫头。可是，自1998年9月，我走上护理岗位的第一天起，母亲就发现这个懒丫头变了。

懒丫头懂事了。1998年我毕业分配到医院急诊，急诊的繁忙、劳累和不可预测性是众所周知的，病人似细水长流般地从不间断，护士从上班到下班无法停下休息，思想上的紧张也得不到缓解。最主要的是病人及家属对护理工作及病情变化的不理解，甚至是无理取闹，高强度、高体力、高要求的急诊科工作让我又爱又怕。那时我也不时地在心里问自己：“如果现在就要求我这样坚持到退休，我是否能够坚持到底呢？”直到2003年春天，一个普通而又伟大的名字——叶欣，在中华大地广为传颂，作为广东省中医院二沙急诊科护士长，作为中国大陆第一个因抗击“非典”殉职的护士长，在突如其来的“非典”考验面前，在这没有硝烟的特殊战场上，她像天使一样挽救了许多人的生命，自己却染病倒下了。听了她的事迹，我内心受到巨大的震撼，在这场特殊的战争中，她不顾染病的危险，全身心地挽救了他人的生命而牺牲自己，这是一种多么无私的奉献精神啊！我暗自下定决心，再难走的路，再险恶的工作环境也阻挡不了我救死扶伤的使命。

懒丫头变得细心了。2004年CCU病房成立，急需护士，我被调到CCU工作。CCU的病人病情重，情绪大多不稳定，病人往往都是在死亡线上挣扎着。这就需要护士有过硬的专科技术，良好的心理素质和极强的应变能力。每当看到通过自己的努力，把一个个生命垂危的患者从死亡线上挣扎过来时，面对那些失而复得的生命，我会对自己说："这场与时间赛跑的抢救战结束了，我们又赢了！"

2010年我参加竞聘，当选为儿科护士长。作为儿科护士长需要有一份高度的责任心，无限的耐心和爱心。由于儿科工作的特殊性，护士付出的劳动要比成人科室多出好几倍，面对种种压力，我和姐妹们没有退缩，我深深感到我们这个集体的可贵。每个人都克服了自己的困难，顶住了超负荷的压力，全身心地投入到儿科护理工作中。这是一种集体的精神，一种集体的力量。我将一如既往，带领我的护士姐妹们真正做到：幼吾幼以及人之幼。

"爱在左，情在右，在生命的两旁，随时撒种，随时开花，将这一径长途点缀得花香弥漫，使得穿花拂叶的行人，踏着荆棘，不觉痛苦，有泪可挥，不觉悲凉！"冰心这段话是对护士工作最好的诠释。作为一名护士长，我深信，丰碑无语，行胜于言。患者在你心中有多重，你在患者的心中就有多重！

市中医医院徐建副院长点评

作者从"懒丫头变得懂事到变得细心"这一发展阶段，很好地诠释了从一名护士到护士长的成长历程。随着时间的推移，能够精准地找到自我的角色定位，并且成功完成角色转换，付出了巨大努力。"行胜于言"的理念让我们对你充满信心。

中医药大学医院管理处王珏副处长点评

成长是一个成熟的过程，成熟是褪掉青涩，豁达圆通的状态。严海珠护士长从毕业分配到医院工作，从不熟悉、不理解到渐渐热爱上护理工作，再到升华为一种积极的人生目标，成为一位护士长，很好的诠释了这个不是定律的定律。有人说工作着的女人是美丽的，我想说心中有爱的护士长是最最美丽的。

有效沟通
——护理管理者必备的素质

杜培欣　曙光医院肛肠科

担任护士长已经多年了，作为医院最基层——病房工作的具体护理管理者（有时也是具体的执行者），除了带领病房全体护理人员共同完成护理任务外，还要善于处理病房各种危急或突发事件，在信息沟通上承上启下，协调医患、护患关系。因此，我认为，一个优秀的护士长必须具备一些良好的能力，比如有效的沟通能力、妥善的应变能力、突破的创新能力，做到善于利用人才、利用时间、抓住机遇，方能在护理管理中做出成绩。

首先，提高表达能力，做到有效沟通。作为临床一线的护理管理者，平常工作中我与各主管部门及辅助科室保持联络，妥善处理各种事物。及时和领导沟通，表达自己的意见和建议。带领护士巡视病房，言传身教培养护士如何与病人进行有效的沟通，用逻辑的语言引导护士去思考。

作为护士长我更以大姐的身份关心爱护病区每一位护士，经常与她们倾心交流，了解、掌握他们的心理需求，尽量发现问题，并给予实际帮助。心与心的距离拉近了，团队的凝聚力也增强了。

其次，增强应变处事能力，做到处事冷静。临床工作中时常会遇到一些突发事件，或内部出现突如其来的矛盾，良好的应变能力能使矛盾化小甚至消弭于无形。所以在日常工作中，遇到突发问题，我常常是冷静思考，泰然处之，并从矛盾双方的立场出发，辩证地剖析问题、解决问题，尽量使坏事变为好事。

再次，培养创新能力，跟随时代步伐。2010年卫生部“优质护理服务示范工程”向全国推广，我认识到了这是新形势下势在必行的工作，不能因循守旧，所以在取得团队一致赞同的基础上，我们主动请缨，成为试点科室之一。在护理部的领导下，我组织全体护士一次次学习、一次次讨论，大家统一认识，群策群力，以提高护理质量为根本诉求，以达到群众满意为终极目标，形成了一整套优质护理的落实方案，并在工作中不断改进，不断创新，使我们的优质护理工作得以顺利开展，做到了使群众满意，也得到了各级主管部门的肯定。

肛肠科病人每人每天都要换几次药，而换药设施能否做到节时省力，直接关系到换药的质量，为此我们团队通过一年多的努力，无数次的试验，在不影响原有换药床完整性的条件下，设计出了换药床的辅助设备，并成功申请到了专利。

要想把管理工作真正做好，护士长公正廉明、关爱下属、以人格魅力提高团队凝聚力、以优势力量提高护士工作效率是管理工作中必不可少的部分。

曙光医院周嘉副院长点评

2006年8月，我刚到曙光医院任胸心外科主任，杜培欣还是东院特需病房的一名护士，她也是我熟悉的第一个非本科室护士，甚至现在对当时病区护士长的印象我已经很淡忘了，但杜培欣落落大方的言谈举止，仍历历在目，被我们尊称为“阿杜”。她最大的特点，正如她自己所言，就在于“善于沟通”。善于与患者沟通，善于与家属沟通，善于与同事沟通，善于与医生沟通，还善于与VIP的探访者沟通。一个优秀护士长的才华，不仅在于有多少论文、多少课题、多少发明专利，更在于善于在任何场合、与任何对象间的良好沟通，这才是护士中的“达人”。在对病区正常秩序的维护中，一个优秀护士长的作用甚至可抵上半打忙忙碌碌的医生。正鉴于此，阿杜很快被提升为特需科护士长，随后又被选拔到都江堰援建，回来后即筹建东院的肛肠科病区，如今她和她的病区获得了种种褒奖……

中医药大学医院管理处王珏副处长点评

在医院管理中，护士长是护理工作的指导者、组织者，有效的管理体现在组织一个工作群体，拟定计划，作出决策，以取得最好护理质量。随着现代医学的迅速发展，护理知识日趋专业化，对护士长的管理要求越来越高，护士长应不断强化自身素质并善于沟通。

新护士的一天

李文君　市中医医院门诊

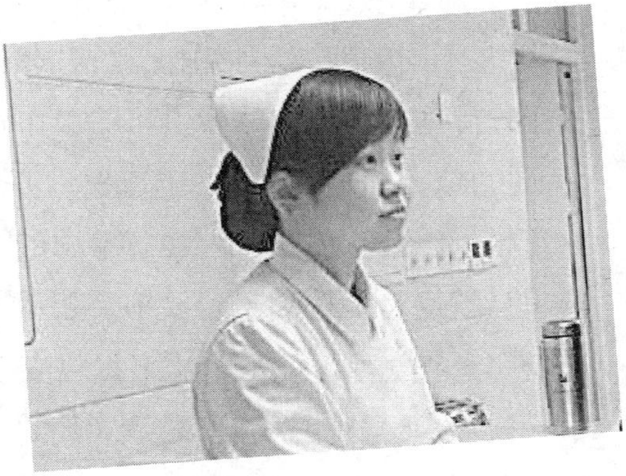

作为一名初出茅庐的护士，我的护理生涯就从门诊部开始。来到门诊的第一天，我对这里的一切事物无比好奇与新鲜。在护士长的认真仔细介绍下，我初步了解到门诊大楼各个楼层的科室及大致的分布情况，使我对本院有了初步的了解，紧接着我的首次工作就在功能科展开了。

门诊的工作流程与病房截然不同，在上班时间上就需要提前15分钟到岗，比如在功能科就需要在8点前为病房的病人安排好做空腹的B超检查，而在8点后就要准时开始为门诊病人安排各项检查。听起来似乎很简单，其实不然，这不仅要求自己要仔细认真，同时也要眼明手快。因为在为每一位门诊病人登记做检查的时候，都需要先分类再核价最后编号这三步才能确保他们顺利进行检查，并获取报告。

我觉得在门诊工作最难的就是候诊次序的管理和沟通，再加上每天需要遇到形形色色的病人及其家属，或多或少会产生一些摩擦和碰撞。

一开始的时候，对于病人的某些冷言冷语难免会觉得委屈而一言不发，遇到各种突发情况也会由于缺乏经验而有些手忙脚乱，从而会对刚步入工作岗位的自己有点失去信心，失落感倍增。但是一味地气馁是无法改变现状的，只有把这些都化为工作的动力，并不时地鼓励自己"要自信、要挺得住、要干得好"，这样才能更好地胜任自己的岗位。因为现在的我已经不再是当初的那个实习生了，无法依赖任何人，更多的只能靠自己去完成。与病人的沟通是十分重要的，体现人文关怀，维护患者的健康权益是成为一位优秀的护士必备的。

对于现在的我而言，已经在门诊的好几个科室都工作过了，它们还有很多不同的地方。其中比较特别的就是在骨伤科需要为病人准备敷料的药膏，这也是一项熟能生巧的工作，涂药膏的时候要做到均匀、平整、药量要到位，这样病人敷起来也更为方便，易于固定，疗效更好。而且在每次取药膏给病人的同时，注意事项的说明也是必不可少的，尤其是数量较多的，就更需要告知患者要把装药膏的袋子口扎紧做好密封，以此确保药膏不会变干，尽可能地为患者提供安全优质的护理服务。

这就是我的一天，既是平凡的、平淡的，又是辛苦的、责任重大的。而且每天的工作都是不同的，除了有新鲜感之外，更多的是还能获益不少，不仅有书本上的知识，也有很多人情世故及经验之谈，这些都是需要我不断学习、不断提高的，从而才能做得更好！

市中医医院护理部张洁常务副主任点评

护士的一天不仅是平凡的一天，而且是艰辛的一天，更是责任重大的一天，既有患者送给你温馨的笑容，也会有心情烦躁的病人带给你摩擦和碰撞。这些笑容让你自信，这些碰撞让你提高。这平凡艰辛的一天又一天会让你由"掌上明珠"成长为白衣天使。

中医药大学医院管理处王珏副处长点评

从李文君护士的日记中不难看到门诊护理工作的琐碎，然而透过琐碎她觉得收获很多。我们认为，只要对护理工作有正确的定位，就会有学不完的知识和技术，相信在不断学习与磨练中她一定会成为一名优秀护士。

细节是平凡的

李文娟　龙华医院外二科

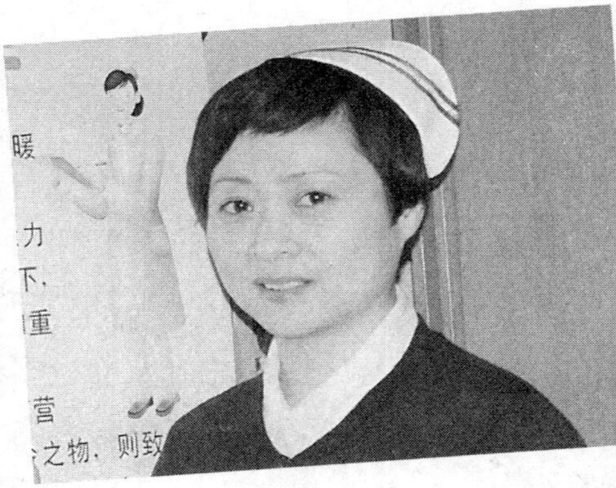

自从走出校门，我就一直在护理的岗位上工作至今。从一名护士成长为一名护士长，其中经历了无数次的历练和蜕变，我在自我成长和成就的历程中痛并快乐着。当看到《护士日记》这个题目时，我的脑海里浮现出许多的场景和桥段，有电影《护士日记》里，著名电影艺术家王晓棠扮演的那位质朴、热情，国家建设哪里有需要，她就义无反顾奔赴的护士形象；还有写在抗“非典”的日子里的《护士长日记》，这是广州市第一人民医院护士长张积慧在没有硝烟的战场上的火线日记，它记录的不仅是一个人和一个优秀群体，它是广大医务工作者奋不顾身无私奉献的生动写照和缩影，是一幅闪烁着真善美人生价值，催人泪下，励人奋进的绚丽画卷。同样身为一名医务工作者，一名护士长，虽然，我没有经历过那种惊心动魄，令人热血沸腾的场景，但我和她们一样，怀揣着一颗善良、仁爱之心，忠于我所从事的护理事业。护士长是一名基层的管理者，面对周围林林总总的琐碎和繁杂，有时会有委屈、无奈、疲惫、气愤的情绪，但当看到病痛中的病人，这种负面情绪就显得那么微不足道，我们能给病人带来光明和希望，这是一件多么快乐和有意义的事。

屈指算来，在普外科已工作了8年，回想初期就像电影回放一幕幕呈现在眼前。病区最初组建护士来自三个科室。“护士长，这件事我以前不是这样做的。”“护士长，这事没法做。”“护士长，3床有意见你去看一下。”护士长的工作千头万绪，在护士和患者的眼里是无所不能的。在工作中制度和程序是我的导航仪，与护士们达到共识。在生活中善于倾听，关心渗透于每个细节中。信任从点点滴滴细节中建立了。这样的一种信任瞬间拉近彼此之间的关系。外科的工作向来是忙碌的，尤其是手术高峰，病床满员时。在护理团队每个成员的努力下，我们每天的工作忙而不乱，团结协作。感受每个人的变化与成长。有时虽然很细微，但很温馨。

医院是生命寄托的地方，是生命延续的地方。护患关系如何处理，换位思考是至关重要的。适时的阿Q精神，学会热问题冷处理。

记得第一次的投诉。有位患者因要查看病史而被接待护士按照制度拒绝了，他投诉这位护士态度差，面孔板。护士觉得非常委屈，我也不能理解，心想按制度做事有什么错。平时我们为患者服务周到，没有功劳也有苦劳。这点小事也要投诉。这时护理部周老师帮我分析事情原委，虽然许多病人和家属确实无理取闹，但大多数的患者是通情达理的。护士长的带领能影响护士们的态度和行为。这使我懂得护理的本质是服务而我们善意的微笑和温暖的语言是最好的良药。

护士长的工作平凡而琐碎，要协调好医护、护患、护护等各方面关系，保障护理安全、护士的教育、学科的建设和发展。一路走来，披荆斩棘。从最初的懵懂到现在的适任，离不开团队的支持与信任。我迈出的每一步，可能都很小，但是一天天地积累，最终都会汇成巨大的变化。

龙华医院张嗣博副院长点评

很多人对“细节决定成败”未必完全赞同，但我觉得此说法用在护士长的日常工作上是再贴切不过的。外科病人的护理历来是比较繁复的，意外事件的发生相对而言也是比较多见的。明察秋毫的观察力和细致入微的工作是外科护士必备的能力和工作方法。导管护理、跌倒防护、伤口护理、褥疮预防、频繁换床等等都隐藏着护理风险，从细节入手是外科护士应当遵循的理念。

中医药大学医院管理处王珏副处长点评

护士长工作中一个看似普普通通的细节会决定病房运转轨迹，成为科室发展的转折点，因此它平凡却又重要。愿护士长工作中的一个个细节绘就护理工作的精彩世界。

生　　日

李君娜　市中医医院肿瘤科

走进上海市中医医院的大门，我驻足停留，有一种神圣又熟悉的感受。在这里我完成了生命的蜕变，从一名大学生成长为一名护师。瞬间我已在这里工作了5个年头，还记得从大学护理系毕业的那一刻，抛起学士帽，告别自己的学生时代，真正开始走上工作岗位走向社会，有梦想也有期待。在这5年中，在平凡的临床护理的工作中，经历了许多，有平凡琐碎的日常护理工作，有紧凑的抢救，更有那些感动的瞬间，都是巨大的精神财富。

每一个人都有自己的生日，那是生命的起点，是家庭的喜悦，是所有希望的开始。在生日Party上有家人的祝福、朋友的礼物、许愿的时刻，都是温馨的画面。在肿瘤科工作的期间，我参加了一次特殊的生日Party，当时的感人的场面如今仍历历在目……

那是一个深秋的早晨，天气已有了几分寒意，街边黄色的梧桐叶仿佛在告诉世人这个季节的美丽。在肿瘤科的病房里，一位妻子正在为自己的丈夫洗脸，梳头，换上干净的衣服。男子腹部膨隆，面色萎黄，面颊消瘦。男子因解尿不畅，留置了导尿管。那天我是他的责任护士，给他做基础护理。我笑着说："叔叔，你今天穿得很精神嘛。"妻子在一旁说："今天是他的生日。"男子笑了笑。我问道："我能参加你的生日Party吗？"他点了点头。中午，男子的儿子特意请假给他过生日，病房了放着舒适的轻音乐，那天的男子精神好了很多，仿佛在那一刻疾病带来的痛楚得到了舒缓。我和同事以及他的家属一起为男子唱起生日歌曲，看着他吹了蜡烛……不久，男子去世了，他的妻子很悲痛，但还是感谢我们为她丈夫做的一切，我们也请她节哀。这就是一个肿瘤患者的最后的生日，至今我仍想起他的笑容，我想那一刻他的心灵是得到安慰的。

"人最宝贵是两样东西，一是生命，二是灵魂，老天给每一个人一条命，一颗心，把命照看好，把心安顿好，人生即是圆满。"这是作家周国平的一段话。也许我们医护人员无法挽留那些晚期肿瘤患者的生命，但作为护士用平凡的举动安慰他们的灵魂，安顿患者的心，让他们有尊严、平静离开人间，那他们的人生也是圆满的。珍惜平凡的生活，把患者的心安顿好，这是我做护士的一辈子的工作。

市中医医院护理部张洁常务副主任点评

"一辈子为患者照顾好生命，安顿好心灵"。豆蔻年华的青春以定位在平凡而琐碎的护理工作来实现自身价值，朴实无华的语言、坚定的信念，震撼心灵的誓言，读之动容，思之起敬！

中医药大学医院管理处王珏副处长点评

“把患者的心安顿好，这是我做护士的一辈子的工作。”李君娜护士的誓言体现了她的思想层次非同一般，深深地打动着我，由此让我联想到护士的爱如同母爱，它孕育生命、呵护生命。

工作中的自我挑战与认知

李　轶　曙光医院急诊科

在临床工作中，护士长作为医院基层的管理者，在医院这个组织体系中，起着承上启下的作用。我自担任急诊科护士长8年来，经过不断摸索、实践，吸取各类经验教训，总结了以下管理心得与大家共享：

首先，自身素质的要求。在临床护理工作中，作为一名急诊科护士长除应具备急救护理的专业素质，严谨、灵活、敏捷的思维素质，良好的心理素质和身体素质，高度的责任感和同情心外，还要有敏锐的观察能力，及时准确的预计分析能力，团结协作能力。

其次，对护士的管理。采用人性化管理，扬长避短，扶持科室正气，重视业务素质提高，发挥整体优势。根据科室实际情况，以老带新，在人员数量、身体素质、技术力量上保持均衡。知人善用，掌握每个护士的特点，发挥其特长，充分调动她们的积极性。

再次，以身作则，发挥表率作用。作为护士长，要得到护士们的支持与尊重，必须严格要求自己，以身作则，不断完善自我。在各方面都起领头羊的作用，营造团结、进取、乐观、向上的氛围。

同时，医护关系融洽。医疗护理是相互依赖、相互依存、缺一不可的专业，工作的目的都是使患者早日康复。当医生和护士出现矛盾时，作为护士长，要及时化解矛盾，做好医护间的沟通。平时多与科主任汇报工作，了解不同医生的需求，在医护间营造轻松愉快、互相信任的工作氛围，使医护团结一心，杜绝工作漏洞，确保护理安全。

还有，尊重患者的权利，避免纠纷。护理服务的宗旨是使患者满意，但由于急诊的特殊性，难免会发生医患纠纷。工作中我严格要求护士落实岗位责任制，积极组织学习相关法律知识，尊重患者的权利。当患者对医护人员表示不满时，作为护士长，要勇于承担责任，对患者表示道歉，求得谅解，努力寻求解决问题的最佳办法，将医患纠纷杜绝在萌芽之中，从而最大限度地避免纠纷的发生。

以上几方面是我从事护士长工作以来的一些工作心得和体会。我想在未来护士长工作生涯中，我仍将会面对很多困难、很多问题，我将带着诚挚的态度，学习前辈的工作经验，弥补自身存在的不足，做好护理管理工作，与科室护士姐妹共成长，将急诊护理工作开展得更好！

曙光医院周嘉副院长点评

铁者，超也、溢也，如果没有超常的毅力，没有横溢的才华，是无法担当东院急诊科护士长的。由于地处浦东快速道路的核心地带，在很长一段时间里，又是浦东东南板块上唯一的一家三甲医院，因此，东院急诊，每天承担了超过300号的急诊病患，其中危急重患者又占了很大的比重。自开张以来，整整8年，李轶把她最美好的青春年华都默默地奉献在了医院这个最残酷的前沿阵地上了，看尽了悲欢离合，尝遍了酸甜苦辣，劳苦成了她们工作的组成部分，委屈成了她们的家常便饭。但即使在如此艰苦的环境中，姑娘们在她的率领下，以超常的毅力和凝聚力，坚守住了这块阵地，以柔克刚，缓解了无数的医患冲突，出色完成了世博会指定急救点的光荣任务，在令人瞩目的数次重大交通事故的抢救中，同舟共济，忘我工作，因此，获得市级荣誉称号，当之无愧。

中医药大学医院管理处王珏副处长点评

急诊科是医院的窗口，由于其具有紧急抢救性、同步协作性、多科综合性以及社会关注、舆论敏感等特点，护士长必须有很强的组织管理能力。李轶护士长8年的急诊科护理管理成功经验值得深入挖掘和借鉴。

沟通，从心开始

李洁菁　曙光医院手术室

手术室对于我们，那是战场。每一日，手术医生、麻醉师、护士各司其职，在病人躯体上需要手术的那方寸之地与死神搏斗，与病魔抗争。

黄昏时分，夕阳已渐渐染红天际，看着墙上的时钟慢慢走过6点，最后一个手术患者安全地送回了病房，又一个忙碌的工作日即将接近尾声。独自坐在办公桌前，享受着片刻的宁静，蓦然回首，已在这护士长岗位上，勤勤恳恳、兢兢业业地工作了6年。作为护士长，我的主要工作，就是保障每一台手术的顺利进行，从科室协调到手术安排、从人员配备到物资供应、从质量监控到教育培训、从2008年的装修到2012年的改建、从等级医院评审到“三好一满意”督察，对于我来说，每一天都是挑战。20年的护士生涯，6年的管理经验让我深刻体会到迎接挑战、克服困难的良方就是沟通。

首先是与手术科室的沟通。我们西部手术室在2012年第二次装修后，拥有7间全层流洁净手术间。根据层流级别的不同相对固定手术科室，但是如果当天手术量较大，手术房间不能按常规进行分配的话，需要根据手术的无菌要求进行再分配，同时要兼顾急诊手术的可能，这个时候，就必须与每一个科室对手术的安排顺序进行沟通，照顾到各科的特殊要求。每一个科室的医生都有自己的工作安排，都希望手术安排符合自己的时间要求，在这种情况下，沟通时难免会发生冲突。解释手术安排的原则，诚恳地与各科主任沟通，获得谅解和配合，同时在情况允许时开放绿色通道，就是成功协调的基础。

其次是与患者及家属的沟通。手术室，对于患者家属来说，这里是救死扶伤、打造希望的地方，这里也可能是阴阳相隔、生离死别的地方。手术床上，患者的恐惧和害怕；手术室外，家属的担忧和无助。如果我们能做到换位思考体察患者和家属的情绪，耐心地与他们沟通，才能真正提供优质的护理服务。

最后也最重要的是与同事的沟通。手术室是麻醉科与护理部共同工作的地方，也是全院配备最多工勤人员的科室，麻醉师、手术室护士、工勤人员关起门来就是一家人，作为护士长，我经常提醒自己，尊重每一位同事，要做一个让人愿意诉说心声的领导者。当工作繁忙又得不到体谅时，我们有些情绪也是正常的，作为管理者，首先要控制自己的情绪，然后去安抚调节同事们的情绪，解决她们的实际困难，另外在排班上公平、公正，在特殊情况下给予适当照顾，加班加点由自己带头。作为护士长，我的工作态度能潜移默化地影响到下属的工作积极性，当我每天精神抖擞地来上班，同事们也会感染到我的积极情绪，继而主动谨慎认真地对待每一台手术。

这6年里，面对过无数的困难、挫折，也获得了许多成就和满足。尝遍酸甜苦辣之后，今天的我，已经有了足够的自信，能够带领我的同事们，共同克服任何阻碍。

曙光医院周嘉副院长点评

很巧！写完对杜培欣的点评，打开李洁菁的日记，她也是以“沟通”为题。然而，身为外科医生，以她对沟通的理解，我并不完全赞同。什么样的人能成为手术室的护士长？智者见智。在我初为外科医生起，上海滩上就出了个叱咤风云的手术室护士长，人称“小青”，想必大家都有所耳闻。她的管理理念是什么？不仅是沟通，而是制度，再加上严格。手术室是所有外科科室的心脏地带，来不得半点通融和闪失。严格的制度，是病人生命的保障，也是对外科医生的有效保护，相信没有一个合格的外科医生会漠视手术室的管理制度。其实，李洁菁也是以严格的管理见长，她的可贵之处，是有了创新，为手术室的管理制定了“人性化的严格制度”，这是她的闪亮之处。

中医药大学医院管理处王珏副处长点评

手术室的护理工作是一项风险性大，责任心要求强，配合度要求高的职业。李洁菁护士长在遵循原则的基础上加强各方面的沟通，实施人性化管理，打造一个积极、和谐、奋发、向上的团队，使手术室的工作质量和效率得到保障，最终实现“以病人为中心”的优质服务。经验值得借鉴。

树医院形象　创科室品牌

李　敏　普陀医院急诊内科/内分泌科

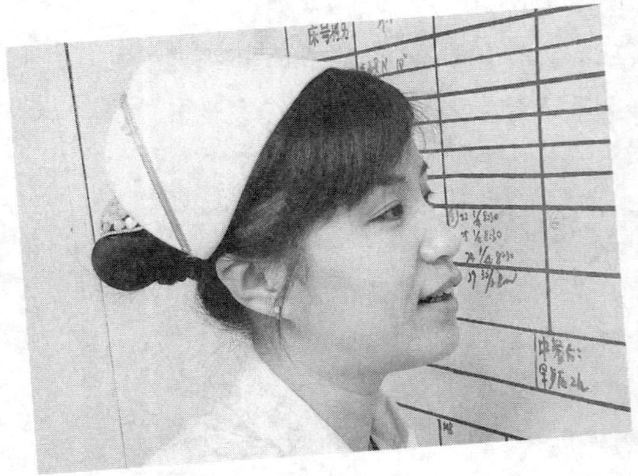

1996年踏上护士岗位，至今已有16个年头，曾先后获得“上海中医药大学优秀护士”“上海中医药大学附属普陀医院优秀青年医学人才”“上海市普陀区卫生局嘉奖”“普陀医院青年岗位能手”等荣誉称号。十几年的工作使我从一位初出茅庐的年轻护士成长为一位具有临床护理及管理经验的护理工作者，成为医院较为年轻的护士长之一。

2005年，我以出色的工作、积极的表现赢得了医院领导的肯定，赢得了科室姐妹们的高度赞扬和信任，被推荐为感染科护士长。2007年及2008年还先后担任了神经内科与急诊等级病房的护士长。担任护士长期间我根据科室特点，管理上大胆创新，推陈出新，制定了感染科、神经内科、等级病房的科室护理常规和操作规程，实行人性化管理，团结科室同仁，以满分的优异成绩完成了市护理质控中心对病区质量、护士长管理的考核。2010年为了配合医院建设需要科室与内分泌科合并，尽管工作量比以前大了很多，我还是带动全科护理人员苦练基本功，刻苦钻研技术。使科室能在短时间内由弱变强，逐渐成长为医院重点科室，成功配合科主任完成医院“升三”等级评审。我一直说：“护理工作安全质量是第一位的！”为此，我在工作中不断摸索、不断实践。在内分泌病房由于病人的血糖需要随时监测且医嘱的随机性较强，不时会调整病人使用的胰岛素剂量。为了便于医护人员操作和查对，对胰岛素注射治疗及手指血糖监测进行了进一步规范，制定了血糖监测规程、血糖仪质控标准、血糖监测记录登记、胰岛素注射治疗记录、胰岛素（专科）治疗单、胰岛素泵、动态血糖监测记录单等。此外，在护理日常工作如发药、注射、通知次日检查手术等，更是从护理管理的细节着手，细化了操作环节，方便了护士记录，减少了临床差错发生。在病房常常会有病人说：“以前何时吃药看自己的习惯，现在护士要盯着吃完；以前检查前不知道要干嘛，现在护士会有专人来解释指导；以前怕输错液体，现在护士让我们主动报名字，还要先后核对四五次……没想到现在的病房服务这么细致、周到。”在科室建设、人才培养、科教研工作上，我更是倾其所能，多策并举，带领科室全体成员积极投入其中。2010年我带领科室护理团队研发的“胰岛素专用药盒”获得医院“护理金点子头脑风暴一等奖”，2011年研发的“起搏器术后固定带”申报护理实用新型专利。对于一个基层护理管理者来说，如何调动科室护士的工作积极性，最大限度地发挥她们的聪明才智，并量体裁衣地为她们做好职业规划是非常重要的。我深谙此理，因此，团队管理的理念始终贯穿于我的各项管理活动中。在我眼里，看到的永远是护士的个人能力、潜质、鲜明的个性特征和处事风格，努力为护士搭建发展平台，构建良好的科室护理人才梯队，先后培养内分泌专科护士3人，教学护士1人。在我的带领下团队更是先后获得了“医院文明班组”“医院学习型班组”“区共青团号”等荣誉称号。

工作中，我深知作为护士长的影响力。为此，以身作则，工作勤勤恳恳，任劳任怨，一切以工作为重，以科室需要为先。只要工作需要，随叫随到，义无反顾，毫无怨言。全科同志在我和科主任的带领下，也都工作认真，积极进取。

10几年的护理工作使我练就了一身过硬的操作本领。多年的护理工作使我深深的体会到作为一名护士、一名护理管理者，光有精湛的操作技能是远远不够的，还必须具备扎实的理论知识。为此，不管工作压力有多大，家庭负担有多重，我都一一克服，不断学习。目前，已取得了护理本科文凭、中级职称，以第一作者先后在各类学术刊物上发表论文6篇，承担院级课题1项，参与课题2项，其中区科委1项。

在展望将来的打算时，我认为，在护理一线干了这些年，付出了很多，可得到的更多。我愿意以自己的一颗爱心、一张笑脸去换得患者更多、更灿烂的笑脸，有一分热发一分光，以实际行动诠释“白衣天使”的神圣内涵。

普陀医院赵德强副院长点评

作为护士长为确保临床护理质量，以护理安全为目标，着眼于临床护理管理，规范护理行为并带领护理团队研发出一系列护理创新项目，不仅诠释了“白衣天使”的工作内涵，而且提升了“白衣天使”的护理精髓。

中医药大学医院管理处王珏副处长点评

护士长作为一名管理者，必须掌握现代护理管理理论，运用现代管理艺术，让护理管理工作逐步走向制度化、规范化、科学化，护理质量才能不断得到提高。李敏护士长的管理实践恰好也说明了这个看似浅显的道理。

无奈的结局

李　敏　市中医医院ICU

总是习惯用文字记录那些生活中的不平静，无论悲喜。总是觉得记录下来，才能证明那些点点滴滴真真切切的发生过，不是虚无缥缈的梦境。我总是会觉得现实不是那么的真实，因为许多时候，事情发展得突然，而我总是接受得太慢，等我记住了，事情却已经成为记忆里的一粒尘埃。

那位老先生是因为上消化道出血入院的。刚刚入科的时候人很虚弱，脸色苍白，而且有严重的冠心病史，动则气喘明显。经过几天的治疗，表面上看明显好了很多，精神也恢复的不错，对每个人都是彬彬有礼，言必称谢。受到他的友好的感染，我们都很希望他能够尽快的好起来。我之所以说他表面上看起来好了很多，是因为出血的原因一直无法找到，他的血红蛋白及血细胞偏低，不符合做胃镜的条件，尽管医生采取了许多的止血措施，出血还是断断续续地出现。禁食的他总是会说渴，想要喝水，有时甚至想要咬破用来物理降温的冰袋以获取水。

这时我总会生出许多无奈，他的病生的实在太过矛盾。禁食并且有出血的情况按说应该积极补液，以满足机体的需要，可是，他严重的冠心病让医生们很为难，必须控制补液速度，以免诱发心衰，补液速度超过100 ml/h，他的心率就会升高，气喘明显，这样一来，每天的补液量最多只有2 400 ml，遇到他出血量多的时候，根本就是“入不敷出”。这样的尴尬境地以前在学校的时候老师就曾经讲过，当时我还很天真的想，怎么可能有疾病如此残忍？可是这位绅士般的老人正在忍受着这样的痛苦。

可是，我休息了两天回来，他已经全身水肿，并且陷入了昏迷，氧饱和度在80%上下徘徊，我不敢想他的最终结局，而结局就在几分钟内成了定局，他走了，离开了这个他依然留恋的世界，也摆脱了疾病的无休止的折磨……

有许多人感慨生命的伟大与脆弱，我涉世未深，成为一名护理工作者的时间也不长。经常有亲戚朋友问我，怕不怕死人？我总是笑着说看多了，也就习惯了，可是谁都知道，人非草木，孰能无情，怎么可能会习惯？只是学会了克制与隐忍而已。也许有一天，这些刻骨铭心的事我终究会忘记，想不起他的名字，甚至记不清他的面容，但是当回忆的纸页翻过，那些刻在脑海里的往事便会如电影一般在我的眼前闪过，再一次震撼我的心灵！

市中医医院护理部张洁常务副主任点评

慈母般的心灵，金子般的可贵。爱心塑造了白衣天使纯正的品质，刻骨铭心的无助将会激励你去探索，心灵的震撼将会驱动你去尽责，有这样的爱心，有这样的激情，患者会因为你而欣慰。

中医药大学医院管理处王珏副处长点评

护士的爱就像春天的绵绵细雨，让生命的原野再现新绿。选择了护士便选择了奉献，也选择了执着的信念。在关爱患者的同时希望我们的护士也更多地关爱自己，驾驭好情感，保持身心平衡。

护士——神圣而伟大的职业

李雯晶　普陀医院感染科

护士——神圣而伟大的职业，我有幸成为其中一员。进入医院工作，接触了形形色色的病人，在他们痛苦时，给予他们最大安慰和照顾，是我在步入岗位时给自己定下的目标。虽然有时受到不公平待遇，但是看到患者在我的帮助下减轻了痛苦，我感到值得。

工作已经6年，经历了工作中的苦与乐，心中有万千的感受。在外人看来，白衣天使，光鲜而亮丽，光荣而美好，但护士的辛苦不是能用语言来表达的，苦在心里，只有自己知道。最近工作很忙，病人周转得很快，每天都出院很多，入院很多，老觉得脑子有时候不好使，特别是上中夜班的时候，老怕自己忘事，最近考虑着给自己准备个小本子，随时携带，记下工作中的各项事宜。曾经有人问我，“为什么选择护士这一行业？既辛苦又不被人尊重”。其实我也不知道为什么选择了护士作为我的职业，也许是高考时的一时兴起，亦或是曾经被白衣天使美丽的一袭白衣所吸引，但这早已不重要了！刚上班时总被新鲜感包围着，兴奋地接触与之有关的一切，可是，随着时间的推移，越来越深刻地体会到护士的艰苦与无奈，繁重的工作量、永无止尽的大小夜班、无法负荷的考试任务，常常使我觉得疲惫不堪。有时问自己：这就是我的生活吗？我们生活的真实写照，不是大多数人看到的身着护士服的天使，谁能理解那一袭白衣后的辛酸。希望更多的人理解我们的职业，每个人都要求我们像天使微笑服务，上班不准看书聊天，晚上不许闭眼睡觉，大部分病人着急时都对护士大呼小叫，而我们面对这一切都只能默默承受，生病坚持上班，好不容易盼来休假还会有各种大会、小会、考试之类的等待。如果要检查了，每天忙得像只陀螺，理论考试，操作考试。每次来抽查，我们就像扫荡似的，地上、床上、床下、空气、墙上、床头桌上、被子、褥子、枕头、头发、皮肤、指甲、办公室、治疗室、垃圾桶、拖把之类的都要迅速地重整一遍，熟练得就像呼吸似的说出患者的情况。有时真的很想撂挑子，但是每每接触重病人的时候，又会不由自主地改变想法，期望经过我们的辛苦守护，所有的重病人都能从生死关头挺过来。那天接触了一位列车员阿姨，她也过着三班倒的日子一路走过来，那时年轻的她也和我一样觉得很艰苦，可是正是因为年轻时的忙碌，年轻时的辛苦工作以及为工作而付出和牺牲在岁月里的东西，却成了她年老时最有意义的回忆。

高强度工作，8小时的工作时长，屁股与板凳永远保持距离，确实让人疲惫不堪。这里的病人每天24小时都在护士的监护之下，我们为病人进行全方位的治疗和护理服务，从输液、喂药、做检查、翻身拍背到吃喝拉撒，清洁身体。我敢保证，就算是对亲生父母都不曾给予过这样的照顾！虽然要面对家属的不理解，但正是我们的日夜守护才给了重病人生的希望。所以我依然珍惜我工作的每一天，或许我只能在护理岗位上，默默无闻地度过充满朝气的美好时光，但是也许这就是生活的真谛，这也许将成为我一生的财富。

普陀医院护理部姚丽文主任点评

“病人无医，将陷于无望；病人无护，将陷于无助”。护理工作是繁重而琐碎的，整日面对的是饱受疾病折磨的病人。在医院工作，从事着“人命关天”的大事，这主要靠护士的责任、能力和一种对工作的热情来完成。单只说护士与病人接触的时间最长、最具体，而且医生的医嘱全部是由护士执行来完成的，尤其是在提倡责任制护理的今天，护理工作无论从性质还是业务上都具有其专业性和特殊性，它从最初的理论到今后的实际工作仅仅就这些，把护士称为“生命的守护神”是一点也不夸张的。

中医药大学医院管理处王珏副处长点评

李雯晶护士的日记道出了做护士的辛苦，然而她坚守着她入行时给自己定下的目标，以能减轻病人的痛苦为己任，并视作是一生的财富。文中没有华丽的辞藻，却透出了护理人质朴的情感。

双手筑起健康防线

李皓月　曙光医院供应室

风雨十几载，我见证了曙光医院励精图治，飞速发展所取得的瞩目成就。我也跟许多曙光同仁一样，将人生中最美好的青春年华留在了这里。扣人心弦的风雨历程已经成为今天激励我不断进取的力量源泉……一路走来，迈过那些震撼心灵和潮湿眼角的高峰和低谷，当年青涩的小护士已经成长为经验丰富，独当一面的供应室护士长……

自接手供应室工作已经两年多的时间了，对我来说，不仅仅是从急诊室到供应室的专业知识的丰富，不仅仅是管理模式的转变，更肩负医院感染控制的“心脏”。一方面要学习供应室技术和管理，另一方面是要做好与各临床科室的沟通与协调，保证物品及时供应与感染监测。

随着卫生部颁布的医院消毒供应中心（CSSD）的行业标准的颁布，供应室已从后勤科室提升为医疗质量控制的重要部门。近几年我国发生的多次严重的院内感染事件，不仅给医院造成巨大的经济损失，同时给深受病魔折磨的患者增加痛苦。因此我院依据国家卫生部要求实行供应室集中管理模式，供应室也因此被称为控制医院感染的“心脏”。供应室工作虽然不能给医院创造直接效益，但无可否认它给医院产生无价的隐形效益。毋庸置疑，一旦供应室管理监控出现漏洞，必将带来巨大损失，给患者增加不必要痛苦。

虽然不是直接救死扶伤的临床科室，但却肩负着保证全院医疗器械设备及医疗用品的安全重地。我们没有亲手挽救患者生命，但我们保证患者用的每一个口腔护理包都安全舒适；我们没有亲自为患者切除病灶，但我们保证每一件用在患者手术的器械都经过我们严格把关，保证绝对安全。我依然清晰记得2011年地铁10号线“9·27”事故时，我的团队配合临床科室保障突发大批伤员的救治工作，迅速调配医疗急救物资的供应，成功完成伤员救治工作。

数十载华变，一如当年懵懂的小护士，面对的是未来的挑战，还有很多的压力需要面对。医院领导把我们供应室作为医院感染控制中心，这对我和我的团队都是一个挑战，我们有信心知难而上，护理专业的发展要求我们仅有责任心、耐心、细心还不够，还要有扎实的专业功底、丰富的人文知识和一定的沟通能力。有人曾说护士应该是复合型人才，应该是有评判性思维，有处事练达的哲学思想，有游刃有余的管理能力，有感性的亲和力，有理性的快刀斩乱麻，有专业的系统化护理能力，更有临危不乱的坚定信念。因此我坚信：把护理工作做到极致的人，肯定能胜任人生中所有的角色。

南丁格尔说：护理工作是平凡的工作，然而护理人员却用真诚的爱去抚平病人心灵的创伤；用火一样的热情去点燃患者战胜疾病的勇气。为了这份神圣的事业，我和我的护理姐妹都在为之不懈努力。我也将一如既往地奋斗着，同时相信一定能够用双手收获工作的成就与快乐，筑起生命的长城！

曙光医院周嘉副院长点评

读了李皓月的文章，我深深感动于她的一句“双手筑起健康防线”。没有华丽的文字，没有感人肺腑的事迹，李皓月用她平凡的行动，为曙光医院筑起了医院安全的防护墙。泰戈尔曾经说：“天空中没有翅膀的痕迹，但鸟儿已飞过！”作为院感保障的一道重要防线，我深信，丰碑无语，行胜于言。

中医药大学医院管理处王珏副处长点评

供应室的工作是医院建设中不可缺少的重要组成部分，它不是传统概念中的洗刷、收发等简单的手工劳动，而是有较强的科学性和技术性，供应室工作质量直接影响到医疗效果及病人安危。李皓月护士长科学的工作态度，是医疗安全的重要保障。

交　流

杨美华　曙光医院宝山分院CCU

论起与病人的交流既是容易的,又是困难的。

容易的是,如果病人听不懂上海话,你可以和他说普通话;不懂普通话,你可以临时拉个"翻译";没有"翻译"还可以打个手势。如若再碰到一个视力不好的,还是可以与他说话;听力不好的,你可以大声说话;听力完全丧失的,你还可以与他写提板。但若是碰到一个既听不见的,又不认识字的,那就真的难喽。

那天,4床87岁高龄的老陶,找来医生说,自己咽部不适,还有点咳嗽,医生就开了盒银黄含片给他。我拿着这药,来到他的床边,知道他听力不好,我俯身,嘴巴凑近他的耳朵,大声说:"医生给你开了个药,是含片,放在嘴里含着就行,就像吃糖那样。"说着,拆开盒子取了一粒放在他的手心里,顺便又两手作喇叭状在他耳边又大声嘱咐了一下:"放在嘴里慢慢含化。"这样的一个动作,突然让我觉得自己是可笑的,只知道有人会对着高山、对着大海、对着天空,或是站在辽阔的草原上,会做出这样的一个动作，来一声高亢、荡气回肠的呐喊；抑或是舞者众多动作中的一个。而我，现在，在病房，在一个老人的身边，对着这样一只干瘪瘦小的耳朵，朝着这个黝深窄小的黑洞，也是这样的一个动作，想想都觉得是滑稽的。怪不得，邻床的那个老太，看着我，咧着一口的白牙，那笑得简直像朵花似的。一时间，她好像又良心发现，觉得我在这里慎重严肃认真地做着一件事，而她却像看笑话似地在旁偷笑，多少有点不太合适，所以强忍着笑，应景地说了句："他听不见的，和他说没用的。"

这里，坐在床上的老陶，条件反射似的，药一入口，就扭身伸手想去拿床头柜上的水杯。我知道他是要喝水吞药，连忙用手阻拦，并连连摆手，嘴里大声说："不要喝水，含着就行。"明明知道他听力不好，可没想到竟是如此之糟，全房间的人都听到了，就只剩他没听见。现在，我也知道老陶是误解了我的意思了，因为此刻我看到他面露难色，不情愿地瞄了我一眼，以为我的阻止是说，就这么颗药，还用喝水？就这么咽下吧。接着他就在我的面前，直了直脖子，想就着唾液，把那药生吞活咽下去，可是老年人的唾液分泌不足，没能咽下去。接着又是瞪眼抿嘴使劲地向前伸了伸脖子，还是没咽下去。我在旁边早急得像什么似的团团转了，我也想到给他写个提板，可又想起他是没上过一天学，大字不识一个的，一下子又想不到一个更好的办法，急得在床边又是摆手又是大喊："别咽，别咽。"生怕他噎着，卡在喉咙里，窒息了。

这时的老陶，只是莫名其妙地看着我在这里又叫又跳，手舞足蹈，乱挥乱舞的，他的眼神透着无奈，他此时心里肯定在想，这人到底是什么意思，到底让不让人吃啊？

正当我在手足无措，火急火燎，搜肠刮肚地想方设法之时，菩萨终于显灵了，老陶，他还是那样地坐在床上，侧身斜睨着眼看我，小心翼翼地问了一句："含着？"

听到这句话，我高兴地差点没蹦了起来，真比听了"恭喜手机尾号为

803的朋友,您中奖了”还高兴。

我一下子笑了起来,双手对他竖起大拇指,他也笑了。

这件事后,我一直在想,若是哪天遇到一个既听不见,又看不见,又不识字的病人,那就真的没辙了!? ……

曙光医院宝山分院护理部王霞主任点评

在平凡的护理岗位上,在繁琐的护理工作中,我们会偶遇一些束手无策、捶胸顿足的瞬间。作者以轻松诙谐的笔触,将“老顽童”的真实言行付诸笔端,让人忍俊不住,让枯燥繁复的过程生动,为平淡细微的生活增添笑意。

中医药大学医院管理处王珏副处长点评

杨美华护士的《交流》一文不经意间道出了护理工作的另一种繁琐。临床上护士用卡通图片辅助与患者交流就不失为好办法。我们相信,任何繁琐在心灵手巧的护士面前会迎刃而解,因为她们是爱心和智慧并存的。

思　考

肖凌艳　市中医医院供应室

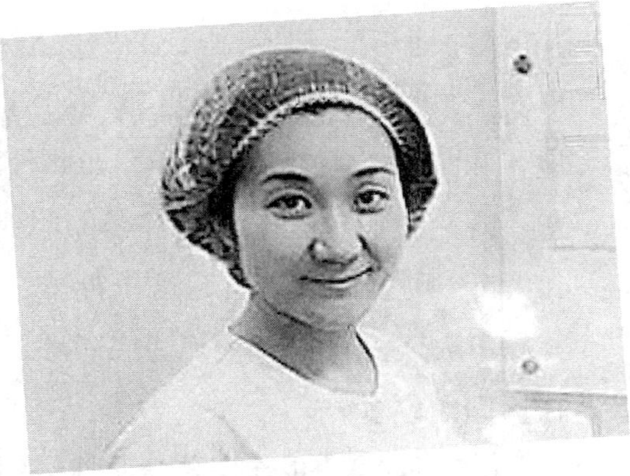

女儿问我：妈妈，你怎么会做护士的？面对这样的问题，我常常语塞。说实话自己也不清楚当初的意向，只是听从家里的安排在志愿栏里填写了护理专业。10几年过去了，我也时常在想，自己怎么会做护士这行的。原本以为，护士只是单纯的打针、发药如此简单而已，没想到，它会和生命联系在一起。自从踏上工作岗位的那天起，我就一直在这白色的环境中，面对疾病、面对生死，每天重复着一样的工作，过着没有假期、没有日夜的无规律生活。如果说这样的工作不枯燥、不乏味，还能以满腔热情去对待，那未免太不现实、太冠冕堂皇了。回想这些年护理人生路，认真审视自己的职业，既有着骄傲与自豪，也有着无奈和感悟。

克里米亚战地医院的病房里，南丁格尔手提油灯穿梭巡视在病患中间，那女神般圣洁的形象深刻印在每一个战士的心里。我们正式秉承她的博爱、奉献的精神，走进护理学校，成为了身穿白衣、头戴燕帽的白衣天使。在每一次把危重病人从死亡线上抢救下来时，在许许多多的护士奔赴对抗“非典”、禽流感的战场时，作为护士的我是骄傲的、自豪的。都说“三分治疗，七分护理”，护士们用严密谨慎的工作态度，不分昼夜的用心护理，反反复复的健康指导，用心温暖着每一位病人。不需要颂扬的诗歌，不需要赞美的语句，护士姐妹只是兢兢业业地工作着、默默无闻地付出着，因为我们都有着一种执念：送人玫瑰，手留余香。

然而，理想与现实始终存在着距离。真正的生活却不是传说中的那样美丽、那样令人神往。如果说我们的工作和生活是理想中那样的美好，谁还会千方百计脱离这荣耀的职业，离开护理队伍？每天披星戴月上班，让很多护士望而却步，漫长的黑夜是对精力和体力的考验，更不用说一个班次下来，要有多少的路要走，多少事要操心。每年还要接受大大小小的检查和每月必须参加的考试，如此种种足以让一个满腔热情的人身心疲惫。既然我们选择了这个神圣的职业，那么就要用心去对待工作。护龄10几年，可以说我对得起这份神圣，对得起自己的良心，虽然没有“三八红旗手”“先进工作者”等这些光环，但我仍旧年复一年，日复一日的坚守在护理岗位上。

6年前，我的工作岗位从临床一线转换到二线——中心供应室。众所周知，供应室是一些体弱、年老的护士“养老、照顾”的地方，容易被忽略。虽然这里不需要直接面对病人，但每天重复、枯燥的劳动，简陋的设备，闷热的环境，仍会让人疲惫和力不从心。6年间，国家对供应室出台了强制性卫生行业标准，建筑设施通过改建焕然一新，工作人员也有了调整和增加，新型设备、仪器的引进和使用，让本来需要在高温下的工作变得轻松了许多。设施齐备了，工作量增加了，劳动强度增大了，我们的责任心也大大增强了，以前没有压力的科室，现在也会为了一把镊子、一颗螺丝帽而夜不能眠了。它不再是洗洗涮涮的工作，需要更严格、更仔细的工作态度去面对，每一件器械都要洗得干干净净，物品都要保养得光亮如新，包内的物品摆放得整整齐齐，缺一不可。当临床上用着我们清洗、包装、灭菌的手术包为病人手术，用我们发放的一次性物品替病人进行治疗的时候，我会为自己辛勤劳动的付出感到高兴。

面对现在开展的优质护理和更多护士姐妹相继转行，我仍然会动摇、会失落、会迷茫，有过对现在职业的叩问、良知的冲击，但我想，只要我还在护理岗位的一天，我依然会用心做好每一件事，把好每一道质量关，依然会继续着我的执念。

市中医医院徐建副院长点评

朴实的话语、真实的内心流露，不仅道出了作者复杂、矛盾、困惑的心理，也有可能发出护士们的共鸣。虽然作者有抱怨，并产生对护士职业的动摇，但依然能认真地站好每一道岗，把好每一道关，已经是一种敬业精神的升华，是护理队伍中一颗闪耀的星，远远超出光环和荣誉所折射出的光芒。

中医药大学医院管理处王珏副处长点评

肖凌艳护士长流露的“动摇、失落、迷茫”也许是众多护士都曾经有的心理。但她和许许多多护士一样仍然坚守在护理岗位上，用责任心规范自己，用爱心呵护患者，坚持最大的努力让患者康复，这是护理职业精神的引领。套用《心术》中的经典台词：你们这些留下，坚持从事这个行业的人，是去伪存真流沙成金，你们比金子还可贵，你们是钻石。

读“第一次把事情做对”有感

吴冬春　龙华医院老年科

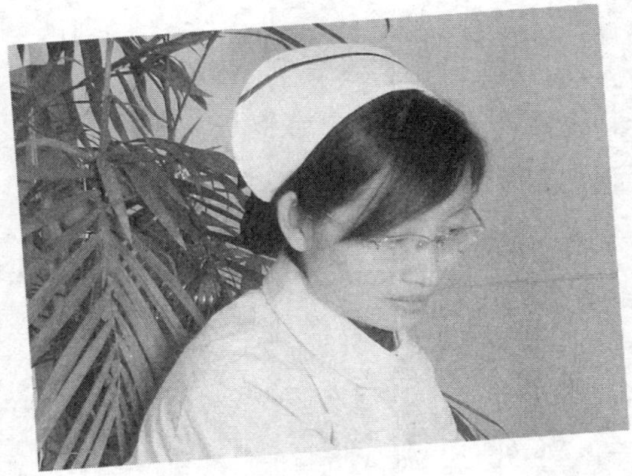

几年前，有句话叫“Do things right the first time”，被搬上了各病区治疗室的玻璃墙，当时，应该是想通过这句话在临床倡导第一次就把事情做对的重要性，对每一位护士来说，这句话也起到了它的警示作用。

当时，我对这句话的理解就是做每件事的时候一开始就要做对了，比如说“三查七对”，在第一次查对时就做对了，那么就可以最大限度地避免错误发生。多年后，走上管理岗位，通读杨钢所著《第一次把事情做对》这本书时，才发现我原来对那句英文的理解非常肤浅。这本书介绍的是一个改变所有组织和个人的有效工作的哲学和方法，也是第一部可用于企业文化建设和个人修炼的管理寓言。现在我把在这本书中所读到的新感悟呈现出来。

在书的序部分，“孔子家语”中的一个故事非常形象而又明晰地描述了“Do things right the first time”的内在涵义。故事说：鲁国制定了一条法律，如果鲁国人在外国沦为奴隶，如果有人肯出钱把这些沦为奴隶的鲁国人买回来，可以凭“发票”到鲁国国库领取“国家补偿金”。这个法律出来后，大大推动了鲁国人的救赎行动，产生了极好的社会效果。子贡是孔子门下最有钱的弟子之一，也是一位成功的商人。他周游列国途中，遇到了一位鲁国奴隶，于是花钱把这个人赎回来。子贡觉得自己应该做得更高尚些，于是把那些“收据”“发票”全部当众撕毁，并声称愿意自己承担所有的费用，不向国家报销，这个行为轰动了整个社会。子贡回国去见孔子，孔子甚至不愿见他，后来孔子对他说你的行为没有损害你自己的行为价值，却损害了国家的法律。因为你，从此，这个法律再也没有明确的社会效果了。子贡的榜样被舆论传播之后，产生了极大的恶劣影响。因为后来者再也不能以正常的心态去国家报销，而因为不能有效地实施这种报销制度，肯出钱赎买的人就越来越少。在子贡看来，他做得非常“好”，而在孔子看来，子贡虽然做得“好”，但没有做“对”。“做对”不是自己主观认为的“高尚”“好”。任何工作只有符合客观要求，才能进入可执行的过程，从而达到预期的效率和效果。

很多时候，我们拼命地工作，我们为了工作放弃一切，也损害了一切，包括损害我们的家庭、我们的朋友、我们的环境和自然。可是到头来，我们会发现：我们所做的可能不是我们想要的。在大多情况下，“做好”并不代表“做对”。

我们太久地沉迷于习惯性思考，我们总是习惯于“差不多”，我们很少想过工作就是去做对的事情，做对就是做符合要求的事。科室护理人员的工作就是一个例子，最近有两个清点的本子出现了数字的错误，一本中有位护士写的“3”字有些像“5”字，而后面清点的数字也变成了“5”字；另一本是第一页打印的地方把呼吸机数量错打成了“4”，护士们清点也跟着填了“4”，事实是她们都知道，科室只有一台呼吸机，说明护士们只是想当然地别人怎么写，自己就怎么写，却不知按照要求根据实际数字清点。

首先，很多事本来就可以第一次做对，第一次做对，代价最小、成本最低、时间最少、效率最高。做对即“符合要求”，要求和过程越清楚，越有可能把事情做“对”，要求和过程越明确，才越有可能“第一次”就做对。如对有脑梗史病人吞咽功能的评估与指导，制定有明确的流程，根据诊断，运用吞咽功能评估表，在入院时和病情变化时对病人进行评估。评估之后提出合理化护理措施，经护士长或高年资护士考核后，在科内开展。护理措施包括药物是否需要碾碎，饮食体位的指导，吞咽功能锻炼的计划安排，再次评估的时间等。详细的流程确定的前提下，才会有临床护士较好的执行力。

服务的提升，实现从需要到需求的转变。需要—欲望—需求，构成了营销基础的最基本概念。需要，即人类本能的基本组成部分，饿了要吃、冷了要穿。欲望，即人类的需要经由文化和个性塑造后所采取的形式，在本能的基础上用可满足的具体实物来描述。当用购买力来作后盾时，欲望就变成了需求。这样的规律同样适用于临床护理服务工作中。有一个故事讲述了一种奇迹。一家皮鞋厂的两个推销员同时去一座小岛，这个小岛的居民没有一个人是穿鞋子的，推销员各去了一个月后，回来却有完全不同的收获。一位说，小岛居民自古以来没有人穿过鞋子，即便是草鞋在这里也没有任何销路，更不用说皮鞋了；另一位得出的观点是，他欣喜若狂地告诉上级，如果能够改变小岛居民穿鞋子的习惯，小岛的销售市场将是巨大的。后来这位销售员从当地知名人士入手，通过宣传与示范，改变了他们的穿鞋习惯，真的大获成功。其实，人们的许多需要本来就存在的，只不过我们没注意到，我们要做的就是巧妙地加以引导，转变观念，需要就变为需求了。就如疾病的三级预防的内容，人群中对于早期预防的概念不够重视，所以他们没有主动提出来需要哪方面的知识，而当我们开展义诊、健康教育讲座等内容时，使人们开始逐渐重视“预防”在健康防护中的重要作用，从而主动寻求健康的帮助，那么人们的健康需要也就转变为一种需求，医务人员在三级预防中所承担的角色更具价值性。

做事，既要过程也要结果。“两情若是长久时，又岂在朝朝暮暮”。对于爱情，每个人都既想拥有甜蜜的过程，又想拥有美满的结果，所谓“精彩和完美”，人的一生都在追求过程的精彩和结果的完美。我们必须对整个组织的过程实现有效的设计和控制，以确保每一个增值点都是正确的，从而实现管理的零缺陷。

预防，让某些事永远不发生。在生活中，人们在直觉上总是把解决危机的灭火者看成是英雄，而对于那些做好预防在事前就把危机化解的无名英雄，却不屑一顾，或者说根本就视而不见。病房管理工作中，一位具有应对任何危险事件较强能力的护士长，她的工作价值远低于一位早期预防危险事件发生的护士长。读到这里，我更加意识到预防和风险预警的重要性。

书中还提到了团队协作精神。一滴水，只有把它放到大海里去才不会干涸。一个具有高度竞争力的组织，不但要求有完美的个人，更要有完美的团队。要想“第一次把事情做对”，没有协作精神是绝对不行的。目前科室的护理工作靠的就是大家的协作。团队成员之间，每位成员都具有自己独特的一面，大家取长补短，形成具有高度凝聚力的集体，才能真正把事情做好。

这本书的最后提到的是关于每个人的工作哲学，印象最深的是“态度决定一切”。你怎么对待工作和生活，工作和生活就会相应地带给你什么。我们要执行零缺陷的工作标准，就必须有零缺陷的工作心态，也就是对待错误的态度：不害怕犯错误，也不放过所犯错误，更不重复犯错误。

龙华医院张嗣博副院长点评

看了吴冬春护士长的读后感，我有一种急迫的想阅读这本书的冲动。一本好书可以给我们很多启发，也可以改变我们很多的思维方式或行为。前几年我院在护士长层面提出了读一本好书的倡议，很多护士长得到了收获，引发了很多护理革新的思路。在倡导“追求卓越”护理理念的今天，我们需要更多的护理姐妹来读一本好书。

中医药大学医院管理处王珏副处长点评

吴冬春护士长的读后感发人深省。这本书带给她很多的启迪与思考，这也是读一本好书的绝妙效果。让我们一起多读好书，它是我们知识的源泉。

你的温暖是我留驻的理由

吴　林　普陀医院老年科

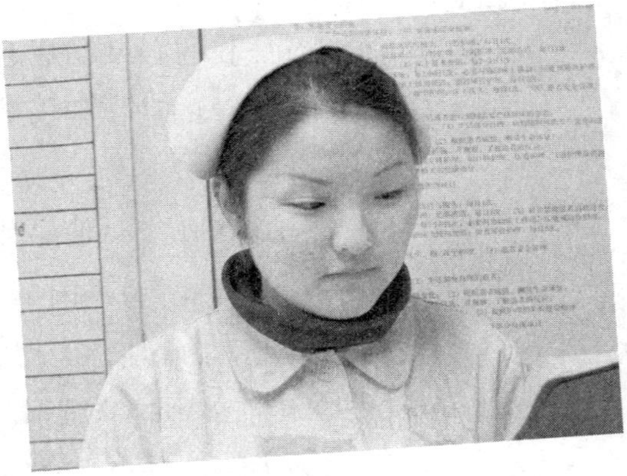

下班，一个人走在街上。冬天，满地的落叶，金黄色的铺满了整条小路。季节在慢慢的交替中，生命也在不断延续着。

每天，都会路过这条小路，路旁有棵老梧桐，斑驳的树干粗粗壮壮，弯弯的伸向街角的另一边。每次看到它，心里就会涌上温暖亲切的感觉，这棵老树让我想起了一位老人：吴爷爷，一位和我及同事们相处了多年的老干部。这是因为，我有一份特殊的职业——护士。

在我的护士生涯中，吴爷爷深深地印在了我的脑海里。

吴爷爷总也喜欢拉着我的手，亲切的对我说：小吴，五百年前我们可是一家人哦。我总会回报他以微笑。他是一位参加过革命的老党员，战争年代潜伏在南京做了很多年的地下工作。平时话不多，喜欢一个人静静的坐在窗口一副思考着问题的样子。每天早晨交班巡房时，他那双敏锐而有神的小眼睛会注视着每一位经过的护士。

吴爷爷总会默默地关心我们这些小护士，把我们当孙女般的爱护。他爱吃水果，平时让儿子买水果时总会多买些带给我们，还说女孩子熬夜辛苦，多吃水果好。看到我们下班晚了，会问：家里远吗？然后不忘叮嘱一句：路上小心噢。关切的话语犹如春风，拂过我们的心头。

一年，也是冬天，他的身体一天比一天糟糕，查出来是肺癌晚期，我们都诧异了。一天午夜巡房时，我看到他满头是汗，吸着氧气，急促地呼吸着，我心里知道这样的病人最后都很想呼吸却被活活的憋着，这种难受是我们无法体会的。我握着他的手，不知道怎么安慰他才好。这时候，他转过神来，望着我艰难地咧嘴笑了一下，抬起没有输液的那只手，冲我竖了下大拇指。一瞬间，我的心灵震撼了，这是个多么勇敢乐观的人啊，没有华丽的言语，一个简单的动作和表情使生命的坚韧在此刻得到了完美的诠释。

在一个蒙蒙细雨的傍晚，他离开了我们。在他的儿子最后一次来病房取他的遗物时，告诉我们，那时的吴爷爷总说护士和医生很辛苦，晚上再气急都不能给她们添麻烦，得让她们好好休息。很多姐妹当时就红了眼圈。我也忍不住悄悄地转身拭泪。

天冷了，一路上行人稀少，再转身已望不到那棵老梧桐了。月亮悄悄地爬上夜空，静静的四周，投射出形单影只的我。走着走着，我的思绪从过往的岁月里又回到了现实，抬头望望天空，深吸了口气，褪去一整天工作后的疲惫感，重新打起了精神，饥肠辘辘的感觉来了，快步往家的方向赶去。耳边，又仿佛响起了吴爷爷那些叮咛关切的话语，话不多却温暖了每一次忙碌过后的我们。我在心中默默地祈祷，希望吴爷爷在天堂一切安好，也想告诉吴爷爷你的温暖将会使我积聚无限的力量，留驻在每一位需要我照顾的患者身边。

普陀医院护理部姚丽文主任点评

老年科病人的想法很单纯，也很易懂，但是能够碰上一位理解与关怀护理人员的病人也实属不易，在真情流露的同时也要本着与病人之间互相理解，来提升护理质量。

中医药大学医院管理处王珏副处长点评

吴林护士的日记怀念一位曾经那么关心护士的已故老年病人，并将老病人的关怀作为她留守岗位的动力。可见护士是多么需要来自各方面的理解、关心啊，愿社会对护士的关心再给力一点！

让天使恢复迷人的微笑

吴　荣　龙华医院东九区

“爱在左，同情在右，走在生命两旁，随时撒种，随时开花，将这一径长途，点缀得花香弥漫，使穿枝拂叶的行人，踏着荆棘，不觉得痛苦，有泪可落，却不悲凉。”这段话是冰心老人对我们白衣天使做的诠释，这也是我在本科毕业授帽仪式上听到的声音，我为之感动，并决心要做一名优秀的白衣天使。

刚踏入工作岗位时，经常听到病人说：“本科生怎么做护士啊，怎么不做医生，太可惜了。”我彷徨不解，护士和医生真的有那么大的区别吗？同样是为病人服务，不就是分工不同吗？病人离不开医生更离不开护士，我决定继续坚守我的选择。

但是，由于临床工作的繁琐，慢慢的体会到“白衣天使”光环下包涵了多少辛苦、多少无奈。家人有时说，护士还真是辛苦，时常加班，下班后还要看书学习、写论文。但是，我深刻明白选择护士就选择了奉献，上班时要认真负责地反复核对每一个医嘱、每一次用药；下班后还要肩负为人女、为人妻、为人母的重担。我尽自己的能力扮演好各种角色，上班时我绝不吝啬我的笑容，用饱满的工作热情来感染我身边的每一位护士，感动我护理的每一位病人。

一晃在临床工作了近10年，我用实际行动来践行着白衣天使的职责。作为一名临床护士，我用心呵护，做病人的亲朋好友；作为一名临床带教老师，我言传身教，做护生的良师益友。我用真心的微笑服务来院的每一位病人，在病房中经常听到病人说："你笑得真甜""看到你的笑容我们的病都好了一半""每个人都像你这样微笑，我们的病也不需要治疗了"……微笑是治疗病人最好的良药，让我们的微笑如春天的雨露去滋润患者久旱的心田、如夏日清爽的微风去带走患者心灵的烦躁、如秋夜的明月去照亮患者通往健康的心灵彼岸、如冬天的阳光去温暖患者一颗失常的心。

我们不能被社会称为没有情感的"天使"，我们要恢复迷人的微笑，我们要用爱心、真心、责任心换取病人的信任和赞扬。

与病人的生命同行，让病人因我的护理而康复，因我的微笑而减轻痛苦，因我的安慰而树立信心。在繁忙的工作中体会平凡中的伟大，懂得护士的职业价值。选择护士，我无怨无悔！

龙华医院护理部周文琴主任点评

护理工作平凡而忙碌，但吴荣的微笑如寒冬腊梅，阵阵幽香带给病人生的希冀，把自己真诚的爱心播撒到每一位患者心里。

中医药大学医院管理处王珏副处长点评

吴荣护士之所以能始终微笑的对待病人和工作，是来源于她健康、积极的心态。这种微笑，不仅仅是护士仁爱之心的自然流露，也是她崇高职业价值追求的鲜明表现。

写好人生的故事

吴　海　曙光医院门诊

人生就如到地球的一次旅行，在这似乎漫长的旅途中，每个人都在写着专属于自己的那个故事。我作为一名在护理岗位上工作多年的护士，虽已踏入不惑之年，同样也在认真地书写着我的篇章，即便它并不那么绚烂，但至少见证了我的成长历程……

还依稀记得1986年的春天，那个懵懵懂懂的初三女生在填写报考志愿时，仅仅因为对穿着白色工作服的护士们一种天生的好感而选择了护士这份职业，弹指间，不知不觉地在护理岗位上已走过了23个春秋。我送走了一个又一个的黑夜，也迎来了一个又一个的黎明，在这迎来送往中，我用我的真情和汗水守护着一个又一个危在旦夕的生命，让他们远离死神和黑暗，让他们看到生命的一缕阳光。

记得有一次我在心内科上中班，巡视病房时发现一位病人躺在床上直冒冷汗，口唇紫绀，脉搏细弱，神志不清。我一边呼叫医生抢救，一边立即给予病人吸氧，建立静脉通道，上心电监护仪心电血压同步监测，医生赶来后，我们更是有条不紊密切配合，胸外心脏按压，电除颤，遵医嘱静脉用药，一切都在紧张而有序地进行着……由于抢救及时，患者的呼吸变得平稳了，我们绷紧的神经得以放松。这时候，家属也赶来了，听着患者家属随之而来的感激之言，我更加真切地体会到了作为一名护士肩上所背负的责任。

我是一名护士，但也是一个体弱多病孩子的妈妈，可是当我的孩子发热喘咳时，我却不能像其他妈妈一样守侯在她身边；在丈夫劳累时，我不能及时为他递上一杯茶；在年老的爸爸思念他身边唯一的女儿时，我也只能首先以工作为重。作为妈妈，我何尝不想像其他妈妈一样时刻陪伴着女儿，帮她驱除病痛；作为妻子，我何尝不想享受儿女情长；作为女儿，我又何尝不想对父母尽一份绵绵孝心。可是，为了病人，我只能选择扮演好我的护士角色。作为妈妈、妻子、女儿，我欠家人的太多太多了……

护士这份工作太普通了，普通得许多人都忘记了这个职业存在的价值；护士工作太琐碎了，琐碎得好像自己什么也没做，护士工作太辛苦了，辛苦得许多人都不愿从事这个职业。可是正是我们这些普通人，默默地奉献自己的一份关爱，一份汗水，一份真情，才换来了千家万户的幸福。这便是护士，一个平凡的职业，一群高尚的人。

曙光医院护理部张雅丽主任点评

一位在临床工作20多年的老护士娓娓倾诉了自己在工作、生活方面走过的心路历程，对此我作为一名护理工作者感同身受，我想或许只有真正了解护理这个行业的人，才会理解这些令人崇敬、一直坚守在护理岗位上的天使们。人们常把护士比作是生命的守护神，确实，人的生老病死都离不开护士，帮助人们拉开人生帷幕的是她，最后关上人生帷幕的也是她，从这一层来说，护士职业是伟大的、崇高的，是一份充满爱的职业，值得受人尊敬。在此我呼吁医院给予护士们更广阔的舞台，呼吁社会给予她们更多的理解和关爱，让我们的护士姐妹们能充分感受到这份来自社会的温暖，我坚信，只要我们共同努力，护理事业的明天将会更加辉煌！

中医药大学医院管理处王珏副处长点评

吴海护士的日记里感慨道，因为护理工作的特殊性，她作为妈妈、妻子、女儿，欠家人的太多太多。然而，她却坚守护理工作，因为她曾经向南丁格尔发誓，要终身献给护理事业。愿关心护士、爱护护士成为社会风气。

小小的太阳

吴蓓蓓　普陀医院心内科

清晨7点来到病房，我对着镜子说，早安，新的一天开始了。

换上洁白的制服，把头发束起，走进病房，我展开招牌式的笑容，一个一个问候。

"蓓蓓，你的表扬信，给你贴上了哦。"我床位上的病人在和我打招呼。我一愣，"谢谢啊，朱叔叔"。

原来是前几天发生的一件事。早晨巡回病房的时候，我也照例去问候。"19床朱叔叔晚上睡得好吗？"他委屈的露出小腿："你看"。我仔细一看，原来被床栏上露出的一截小铁丝把腿划破了，伤口不深，但是也看得出长长的一道划痕。"都怪我下床的时候不小心，太急了。"我赶忙找来消毒药水，细心的给他涂擦，然后用纱布把那截露出来的铁丝包好。往后的几天，我都会去看看他的腿上伤口，顺便消毒下，没几天，那个浅浅的划痕就痊愈了。

就是这样一件工作中很小的事，在病人心里就留下了温暖，在我几乎忘记了这件事情的时候，别人却是都记在心头。

人都是相互的，对待病人好一些，他们都能感觉得到，你看墙上布告栏上贴满的表扬信就知道了。小魏态度好，小任关心病人，看到这些表扬信，就像一个个小小的太阳，把我们的心都温暖了。

自从病房里开展了优质护理服务示范病房，我们挽起了袖管，给生活不能自理的患者洗脸、擦身、修剪指甲。在家里什么都不干的娇娇女们到了病房仿佛换了个人似的，再也没有娇滴滴，再也没有脏兮兮，有的只是我们辛勤忙碌时候流下的汗水。

很多时候，医患矛盾冲突的爆发口就是护士，什么都是护士，因为你管得多，做得多，所以你错的也多。现在全院开展了优质护理服务示范工程，交流多了，沟通也多了，我能知道张家妈妈要做外婆了，李家爷爷刚搬了新房子，我们的信息互换了，我把我知道的关于疾病的知识告诉他们，他们把他们的家长里短当做闲话告诉我，我也乐于当他们的听众。这样矛盾少了，微笑多了，仿佛时间都过得快一点。

在忙碌的打针、换补液、执行医嘱中，一天又过去了，我拖着疲惫的步伐走向回家的地铁，脱下白色制服，我还是那个喜欢对爸爸妈妈撒娇的长不大的孩子。

普陀医院护理部姚丽文主任点评

“爱在左，同情在右，走在生命两旁，随时撒种，随时开花，将这一径长途，点缀得花香弥漫，使穿枝拂叶的行人，踏着荆棘，不觉得痛苦，有泪可落，却不悲凉。”这段话是冰心老人对我们白衣天使做的诠释，也是对护士工作的最好解说。

中医药大学医院管理处王珏副处长点评

吴蓓蓓日记中把病人的表扬信看着是一个个温暖的小太阳，她忙并快乐着！这就是护士，给她们一点阳光就灿烂。

守护生命

吴翰洁　普陀医院神经外科/胸外科

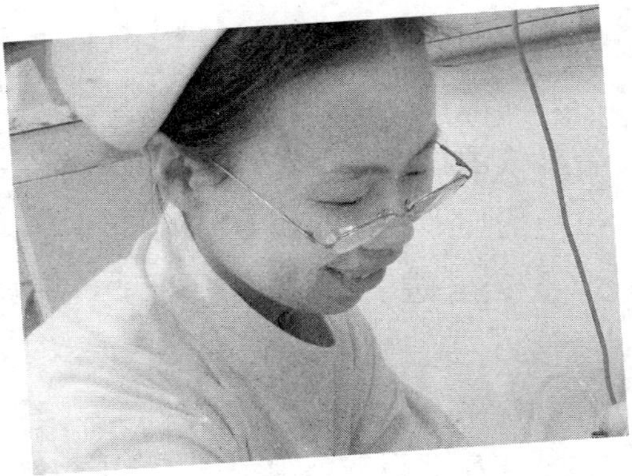

生活的幸福在于一瓢一饮，工作的幸福在于举手投足。有一句话说得好："人之所以会感动，是因为他生活在爱之中。"生活中爱无处不在，感动也无处不在。护理工作虽然平凡琐碎但却和生命息息相关，护士有个美丽的名字叫做白衣天使。当无数人进入了甜美的梦乡，她还穿梭于各个病房；当无数人举家团圆的欢庆时刻，她还默默忙碌在自己的岗位；当可怕的病魔肆虐横行，是她用娇小的身躯组成一道道守卫生命的长城……这就是护士。

我们身穿护士服，头戴燕尾帽穿行于病房，重复着打针、发药、量体温、测血压、换补液，以及各种生活护理。常常是这边还在为病人打针，那头的病人已在等待你过去更换补液，每一天都在工作中体验生命的意义。

就在今天，我们胸外科的病房里送走了一位发现时就已经全身转移的晚期癌症患者，52岁，刚刚开始享福的年纪，入院至今才短短20天。从帮助家属隐瞒病情到他得知真相后给予心理上的开解，从生活完全自理到失去了自理能力，从钻骨的隐痛到不能耐受的剧痛，从恶性的胸水到日益膨胀的腹水，眼见着一个生命从有到无的过程，让人觉得惋惜！但是生命就是如此脆弱无常，尤其是在医院。看着家属们痛不欲生，此刻我们能做的只有劝慰生者。

前阵子，科室里收治了一位车祸病人，一直呕吐不止，烦躁不安，鼻腔、口腔里都是呕吐物和血。我们护士寸步不离地守候在病人的床边，一只手清除病人口腔和鼻腔里的污物，另一只手紧紧握住病人挂水的手。看着病情还不见好转，护士根据平时的经验，发现病人的肚子很胀，原来是尿潴留了，马上通知医生进行了留置导尿，结果病人没有那么烦躁了。病人的父母很担忧的表情被护士发现了："你们放心吧，我们会尽最大的努力照顾好你的儿子。"从那以后，护士每天协助他洗脚、洗脸、漱口、床上擦浴、进餐等，视病人如亲人，细心耐心无微不至地关心病人，无论多苦多累，总是脸带微笑，以温暖的双手和圣洁善良的心驱散了患者身心痛苦和忧伤。

在日常的护理工作中，我们努力做好每一个细小的环节，绷紧护理安全这根弦，对每一次的操作，每一个的护理医嘱都仔细认真地执行，避免差错事故的发生。面对病人的误解，细致耐心地倾听，用真诚的微笑，温和的话语和热情主动的服务来消除隔阂，减少纠纷。现今社会上有很多所谓的空巢老人，他们形单影只，缺乏陪护人员，性格孤僻执拗，难以相处。通过与他们的接触，我们护士发现他们内心孤独，身边缺乏倾诉的对象，恰恰是需要更多关爱的一群特殊群体。因此，在护理此类病人时，会多一些留意，通过他们的言行举止发现他们的内心变化，护士会在他们的床边停留更长的时间，安静地聆听，轻声地宽慰，用真挚的关爱使老人接受自己，为老人营造一个身心俱佳的治疗环境。及时地端上一杯热水，看着病人服下药丸；拎起输液瓶搀扶着走进厕所，使病人不用伸手触摸着为脚下的路担心；实时地报上自己的名字，声音清脆响亮，使病人在模糊的世界里也能感受到我们的存在。病人也有自己的尊严，有时不愿开口要求，我们会通过观察主动提供帮助，这样比起被动的给予会让病人感到更加的贴心和温暖。

我们深知要做一名好护士，工作不能简单地停留在打针、发药、执行医嘱上，应理论结合实践，注意融会贯通，学以致用。一些脑血管意外的病人常常会留下肢体功能障碍，为了提高这类病人日后的生活质量，最大限度地提高肢体功能程度，我们护士翻阅有关资料、找方法、并将学到的新理论应用到护理实践中去，制定了偏瘫病人康复计划，取得了很好的成效。记得一位40多岁的脑出血病人，右侧肢体功能障碍，情绪很不稳定，护士耐心向病人讲解疾病的病因和治疗，使病人对疾病有了初步认识，一次次做心理疏导，使病人慢慢平静下来，在病人心理状态慢慢变好的情况下，进行治疗与康复训练，从大小便的控制训练，到下肢肌力，关节活动度和感觉的恢复，每一步都很艰难，一次次的手抬起放下，一次次腿抬起放下，患侧肌肉按摩、翻身、拍背，每次训练结束后，都让护士大汗淋漓，气喘吁吁。但在这些点滴训练之后，病人恢复了健康，自信心又重新回到病人的脸上，这位病人拉着护士的手激动地说："感谢你们又让我重新回归生活。"

前不久，我们脑外科的病房里上演了一出"惊心动魄"。一名外地来沪小青年一场车祸导致颅脑外伤颅内血肿，因为及时手术保住了生命，但是因为脑外伤后出现了外伤性精神症状，拒绝打针吃药，自己拔掉输液，砸杯子摔枕头，夺门而出，任何人无法靠近他。遇见这样的病人硬碰硬肯定是不行的，在护士长的带领下我们只能采用"敌进我退，敌退我追"的游击战术和他周旋，一口一声"帅哥"地哄着他。他说我要回家，我们就说等我们下班就送你回去；他说我要出去买可乐，我们立马贡献出自己的饮料……就是这样一份小小的爱心与耐心，把这位患者的父母感动得含泪向我们道谢，最终患者的病情得以控制而出院，看着他们的笑容，纵有一身疲惫也荡然无存。

有一天，病房里收治了一位年愈九旬的老太太，左侧多发性肋骨骨折伴少量血气胸，痛得已经说不出话，呼吸急促，还有听力障碍。当责任护士要帮她戴上吸氧管的那一刻，她拒绝了，护士在她耳边问她为什么，她欲言又止，过了一会儿才用商量的口吻对护士说："我只吸一个钟头好吗？"在责任护士反复询问之下，老太太终于说出了真相。原来她始终不肯吸氧的原因是因为家里经济条件不好，"我没有医保，是低保老人，想着能省一些是一些"。她的这番话深深地触动了我，我把老人的情况告诉了护士长和科室的姐妹，大家都愿意伸出援助之手，轻轻地围在老人耳边说："阿婆，您看病的钱，我们帮您出！"

又有一天，我们意外收到了以前住院患者寄来的贺卡和表扬信，其实我们已经不记得我们曾经为他做过些什么，但是他却字里行间记录着我们曾经为他做过的一切，还写了很多鼓励我们的话。那一刻，我们的心里不仅仅是感动，更多的是思考。一份耕耘一份收获，当我们精心护理之后他们褪去满脸的愁苦康复出院之时，我们幸福。当我们整理好他们康复后的住院病史送去归档时，我们快乐。我们的护理工作没有轰轰烈烈的辉煌，却写满了简单而平凡的爱！

在平时的工作中虽然会遇到这样那样的不如意，比如因病人的不理解而责怪；累得腰酸背痛还下不了班；看到节假日别人在团聚时而我们还要面对繁忙的工作；为了自己的稍不谨慎而发生的护理差错胆颤心惊等等。但是为了看到更多病人对我们工作的认可，对我们工作投来赞许的目光，对我们的服务多说一声谢谢时，我们会感到再累也值得，多受点委屈也不在意。护士工作简单却细致，平凡却又神圣。我们把握着生命的轮回，我们的工作就是呵护每一个生命。

普陀医院护理部姚丽文主任点评

护理工作没有轰轰烈烈的辉煌，却写满了简单而又平凡的爱，打针、发药、铺床、输液，我们在苦中呵护着生命；交班、接班、白天、黑夜，我们在累中把握着生命的轮回；在病患家属的期待和焦怨声中，我们守候着一个一个身患疾苦的病人……我们是捍卫健康的忠诚卫士。

中医药大学医院管理处王珏副处长点评

吴翰洁护士日记中的一个个小故事，如同一颗颗熠熠生辉的心在那里跳动，它们是护士的爱心。正如日记中写道："没有轰轰烈烈的辉煌，却写满了简单而平凡的爱！""点燃的是生的希望！"

微　笑

邱　萍　市中医医院脑病科

有人形容说，护士的微笑像春风，它能吹散病人心中的阴霾；护士的微笑像细雨，它能滋润病人干枯的心田；护士的微笑像明媚的阳光，它能为被病魔缠身的病人指明方向。

两年前，我来到脑病科担任护士长，发现在这里的患者由于长期卧床肢体行动缓慢，压疮、耳聋、失语的患者也非常多，交流起来比较困难，我们制作了一个又一个卡通图片，让病人与护士间互动流畅。护理工作琐碎又劳累。在那无数个不眠之夜，我一直在思考，何为优质护理？如何开展优质护理？作为科室带头人，我应该做些什么？这一个又一个问题，不断出现在我的脑海里。

记得科室护收过一位中风的患者，他半侧肢体瘫痪不能动弹，同侧面部肌肉也不能活动，刚入院的他不能说话，面部呈现痛苦的表情。有时女儿来看他，他会痛哭，这泪水让我感到可能在那些小节上忽略了他。经过我们一周耐心的观察，知道了他的心思，他害怕医生、护士对他的嫌弃。知道了他的心思，我们无论做什么事都会首先与他沟通，让他知道我们将做什么和如何做，让他知道我们做任何事都很在乎他的感受，尊重他的意见。护士每次巡视病房时，都会特意去握住他的手打趣地逗他开心，说："笑一个，不要板着脸啦。"他会笑，而且笑得很开心。虽然只有半边的笑脸，但我相信这个微笑是最舒心的，它深深地印在了我的心里。这是我们通过努力和真心感动了他。虽然他不能言语表达，但他的"心"懂了，这说明我们做到了与患者之间心灵的交流！我知道他的微笑包含着对我们的信任和感谢。

优质护理实施中我们首先开展微笑，让每一个护士真诚面对患者微笑。"阿公，昨天睡得怎么样，吃早饭了吗？""阿婆，身体觉得怎么样，药按时吃了吗，怎么吃得还记得吗"，这些是我们每天早上晨间查房时问候大家的话。一句句"您感觉怎样了？""来，我扶您起来。""下床慢点。""这个体位感觉舒适吗？""您好，我看您今天的气色不错。"等等问候语及笑脸使病人倍感亲切。

岁月轮回，光阴荏苒，回首从护的日夜兼程，品读着生命的春华秋实，曾经年少时的美丽憧憬历历在目，相信每一位护士都有不同的感慨。作为在医院的大熔炉中逐渐成长起来的我，多年的护理实践使我深深体会到微笑是最美的语言。它能增强患者战胜疾病的信心和勇气，缩短心与心之间的距离。在患者痛苦不堪、孤独寂寞时，一声真挚的问候，一个亲切的微笑，一个有力的搀扶，都能温暖病人几近绝望的心灵。

我们用微笑迎来一个个患者，用微笑送走一个个康复的人，即便是临终的患者，我们也会让他们伴随着我们的微笑走完人生最后一程。让我们学会微笑，我们的微笑将会像鲜花一样，四季开在病房里，开在每一个患者的心中，永远那么芬芳，那么美丽。

市中医医院徐建副院长点评

作者以工作中的一个“微笑”为切入点，叙述了如何以一个微笑来代替语言，使我们更深刻地感悟到微笑是医患交流的桥梁，微笑是医患融洽的使者。护士的微笑集尊重、关爱、和蔼、温暖、信心于一身，用微笑打造护士职业生涯，将会使事业更加春华秋实。

中医药大学医院管理处王珏副处长点评

一个微笑、一句问候、一杯热水、一个卡通图片、一个搀扶……多么温馨而又平凡的小事啊！但它却融入了护士对患者的浓浓亲情，体现了以人为本的护理理念。

生死之间

沈佩华　曙光医院宝山分院心血管病科

有一个朋友曾经问我："做了这么多年护士，面对生死还有感觉吗？是否早已麻木？"我说："不，生死二字在我心里如泰山一般沉重。"

犹记得青春年少时，曾那样恣意任性，不顾一切地喊道："死就死，有什么好怕！"随着岁月流逝，"时间"——这个世上最有耐心的老师慢慢教会了我，让我收敛锋芒，让我懂得了害怕与敬畏。

（一）

工作在内科病房，迎来送往多是一些老面孔，时间久了，彼此渐渐相熟了起来。久病之人，内心都非常苦闷。有时候他们宁愿跟我们护士聊聊，也不愿向亲人诉苦。

曾经有那样一个病人，他才年方50，如果身体健康的话，这个年纪还是壮年，而他已被病魔折磨得瘦骨嶙峋，只剩下一副一米八的空架子。当我被安排护理他的时候，他已在我们医院几进几出。总见他蜷缩着身子侧卧着，背朝着门，仿佛贴着“概不欢迎，请勿打扰”的招牌。他经常独自一人，病得又重，我尽可能小心翼翼地帮助着他，他也总是倔强地谢绝，维持着最后的一点自尊。尽管如此，我仍然坚持和他交流，慢慢地，他终于敞开心扉，也愿意接受一些帮助。

家庭的不如意，经济上的捉襟见肘，再加上疾病的持续恶化不断困扰着、侵蚀着他。有时候他会发脾气，咒骂：“这些该死的医生到底会不会治病？花了这么多钱，怎么总是反反复复不见好？”于是，病情稍有起色，他便振作精神要求出院。

又是几进几出，最近一次来的时候，只见他脸色青灰，形容枯槁，已不成人样。为他做静脉穿刺时，已找不到一根像样的静脉，我不禁心里暗暗难过。因为呼吸困难，他整夜整夜端坐不合眼，到了白天便昏昏欲睡。那天，我强打起轻快的语气，为他加油：“你看，这些天，你的哥哥们都陪着你，多幸福啊！”他勉强抬起眼皮：“这有什么，等我病好了，我要跟哥哥们一块儿喝酒！”透过他迷离的目光，我仿佛看到曾经意气风发的他和父母家人围坐在圆桌前，热热闹闹地吃着团圆饭。

第二天，我再来上班时，只见已是人去床空。上夜班的同事告诉我，凌晨时，人一下子不行了。我呆呆望着那张床，喃喃自语道：“还好，没有受更多的苦。”忽然想起佛语有云：生亦何欢，死亦何苦。这未尝不是一种解脱。

接下来的几天，我总是觉得心头像着了一把火，而满脑又是悲凉的情绪。为什么我的力量如此渺小？科技飞速发展的今天，为什么还有那么多人无奈地面对死亡？我在这“冰火两重天”的内外夹攻下，终于病倒了。

（二）

我是一名责任护士，每天的工作是负责分管床位的病人所有的治疗和护理。最近几天，收治的病人病情都比较重，我的情绪也有些低落。再加上今天儿子的班主任来电状告儿子在校表现不佳，我一时间心情糟透了。但是，不能把个人情绪带给病人，我秉承着这个宗旨，小心翼翼地处理自己的情绪。没想到我无意间一声轻微的叹息，却被一个病人听到了。

他是一名戴着高度近视眼镜的病人，也许上天为了弥补他的不足，让他听力灵敏。他的身世坎坷，少年时作为一名知青去了外地，直到中年才回来。回来后娶妻生子，幸福的时光没过几年，夫妻俩开始双双患病。医院像娘家，每年总要住院两三次。今年妻子更是查出患了癌症，彼此自顾不暇。家里的经济也愈发窘困，幸好，还有医保，这是在数九寒天里唯一感到温暖的地方。

他的病很重，每次入院只能缓解一些症状，无法治愈。但他总会强行忘记医生的话，满怀期待能够痊愈回家，兴致勃勃地做着出院的准备。家里没有人来照顾他，也没有钱请护工，当医生责备他对自己不负责任，连记尿量这种小事都做不好时，他没有为自己辩解。

就是这样一个病人，他每天都会客客气气跟我打招呼，开一两个玩笑，逗笑满屋子人；就是这样一个病人，听到了我的叹息，居然为我做起了思想工作。

我若有所思地离开了病房。

下班回到家，推开门，只见儿子正扯着他的玩偶或打或掐，玩得不亦乐乎。看到我回来朝我灿烂地一笑，还做了个鬼脸。望着他那无比明媚的小脸，我忽然再也无法生气。

“珍惜生命中的每一刻吧，因为那一刻永不会再来！”我暗暗对自己说。

（三）

我曾经见过一个濒死的病人，她端坐在病床上，拼命张口呼吸，脸色瞬间转为紫灰。我赶到时，她仍有意识，伸手紧紧拽着我，让我救她。她的女儿急切地大叫：“快救救我妈，求求你们！”当我们七手八脚往她嘴里插管子、吸痰，打开她的气道，接上呼吸机，并用上所有抢救措施，却仍然阻止不了她渐渐失去意识、心跳和呼吸。她女儿几近崩溃，扑上去大哭："妈呀，让我代替你吧！"

尽管我们都已尽力，依然挽回不了病人的生命。看着那个女儿伤心欲绝地哭泣，我很想上前安慰她几句，却不知自己也已经泪流满面。

以后的若干年，我又经历过几回"生死"，虽然不一定每次都傻傻地陪哭，心头却又多了几分沉重。

我总以为我们像江河中的顽石，当无数的病人如鱼儿一般，随着流水不经意游过我们身边时，如同茫茫人海中擦身而过，不会留下丝毫痕迹。然而，当记忆的闸门再次被打开，才发现原来他们的音容笑貌早已存在于我们的生命中，像烙印一般，永不磨灭。

曙光医院宝山分院护理部王霞主任点评

沈佩华是一位在临床一线工作多年的老护士，也是一位善于将发生在身边的事件总结投稿的护士。临床护士每天面对生死之间的患者，尤其在内科系统工作的护理人员，很多人早已麻木，但她却始终保持着一份真诚，一份天使般的善良，默默地护理着她的患者，送她们走完人生的最后一站，帮助家人走出悲痛心境，这正是我们的工作不同于其他行业，神圣而伟大。

中医药大学医院管理处王珏副处长点评

沈佩华护士的小故事道出了护士工作常常面对死亡，具有非常大的应急源。做好护士心理调摄，保持健康心理，不仅仅是护士个体需要关心的问题，更需要社会的关注和重视。

天使的翅膀

沈钰婷　岳阳中西医结合医院神经内科

2008年5月12日，是一个令人记忆犹新的日子，那天是汶川大地震；那天是护士节；那天也是我连续高烧不退，被送到岳阳医院住院的第一天。还记得那时的我由于是第一次住院，非常地忧心忡忡，怕这个，怕那个，是护士姐姐们耐心地开导我，用微笑鼓励我，消除了我心中的疑惑与恐惧。最后短短的10几天里，在医生以及护士的精心治疗护理下，我逐渐康复，烧也退了下来。而即将面临高考的我也做了一个重要的决定——在高考志愿表上填上了护理专业，原因就是我也想用自己的微笑和热情来帮助别人解除痛苦。

经过3年专业理论的学习以及实践，我穿上了护士服，戴上燕尾帽，成为了一名真正的护士，而我也有幸被岳阳医院录取。我去的第一个科室是急诊室，是全院最忙、最容易发生矛盾的一个科室。我感觉在急诊室做了最多的事就是静脉输液和跑铃，有时忙得连喝水及上厕所的时间都没有，但是总有些病人对我们百般挑剔。记得有一天中午，正好是护士轮流吃饭的时间，打针的人比较少，有两三个病人就等不及了，指着我们骂道怎么速度那么慢啊，要让我们等多久啊之类的话。在和病人解释之后，病人不听反而起哄说我们医院护士态度差，当时对于刚来到急诊的我，觉得非常委曲，气病人怎么就那么不分青红皂白，就知道一味地指责我们护士。回到家后，我把心中的埋怨告诉妈妈，妈妈却批评我说你应该换位思考一下，一个人生了病已经是很痛苦了，再排队等吊针肯定是会变得烦躁的。我又想到了当初自己生病，看到护士们忙出忙进，却没对繁重的工作透出一丝怨言。现在作为一名护士的我，不是就单单帮病人打好针就走人，还应该做好病人的心理护理，一个简单的微笑，一句关心问候都能缩短与病人之间的距离，从而减少纠纷。俗话说三分治疗七分护理，护理的好坏也是疾病痊愈的一个很重要的关键。

现在的我已经工作第二年了，我也不再是当初那个做事手忙脚乱，整天只会抱怨的小护士了。曾经有人问过我，你们做护士的好辛苦，还要三班倒，后不后悔选择这个职业，我的回答是：从不后悔。虽然有时可能会被病人误会，有时忙到两脚发酸，有时逢年过节却不能与家人团聚，但我无怨无悔。每当看见病人痊愈，向我们送来真挚的感谢，我就会感到非常满足，这就是我工作的动力，而所有的辛苦劳累都算不了什么。

时光飞逝，明年即将是我工作的第三个年头，虽然我不是经验丰富、资历深的老护士，但我会不断地完善自己，继续用我的微笑和我无私的爱来护理关怀病人，使他们早日摆脱疾病的痛苦。

岳阳中西医结合医院护理部陆静波主任点评

日记生动地反应沈钰婷护士从高考之前生病住院，然后报考护理专业，学业结束后成为一名护士的过程，映照了其对护理专业的热爱，真实地描述了护士职业的责任、辛苦、心理压力以及医患矛盾，望其能坚持自己的信念，成为一名优秀的护士。

中医药大学医院管理处王珏副处长点评

偶然的住院经历，让沈钰婷喜欢上了护士专业。从业的两年时间，虽然辛苦，但每当看见病人痊愈，送来真挚的感谢，她就会感到非常满足。这是一名普通护士的职业价值观，这样的价值观不但决定了她的从业意愿，而且决定了她的工作态度。愿良好的职业价值观陪伴你走过整个职业旅途。

勇气与献身

沈 敏 曙光医院急诊科

我是一名普通的急诊科的护士，2003年的夏天，我怀着一份忐忑和激动的心情从学校毕业来到了曙光医院，成为一白衣天使。踏入医院大门的那一刻，我对自己说：“从今天开始，我不再是学校里的实习生，不能事事都依赖老师，要开始独立，一切靠自己，争取早日成为一名能够独当一面的合格的护士。”

我被分配到急诊科工作，一个全院最忙最累的科室，服务对象都是重症、急症患者，这对我是考验。

在平时工作中，我勤奋刻苦，认真学习急救新技术，新知识；在对待病人方面，耐心细致的接待每一位病人，做到“以病人为中心”让他们满意而归。

不懈努力是我成长中最踏实的足迹。“思而不学则惘，学而不思则殆”“不积跬步无以致千里，不聚小流无以成江海”“千丈之堤，以蝼蚁之大溃；百尺之室，以空隙之烟焚”，这是我最喜欢的几句话，也是我努力去实现的几句话。我督促自己学好专业知识，充分发挥自身优势，做一个对党、对社会、对国家有益的人。逐渐地我的业务技术能力过硬，成为科室里的技术骨干，积极开展与本科室有关的护理新技术，代表医院参加市里的各项比赛，并取得了好成绩。

在科室带教上，我发挥技术骨干的特长，认真耐心地带教新职工和实习学生。众所周知，急诊是一个工作强度很大、节奏很快的科室，刚刚来的新职工有可能不太能适应如此高强度的工作，我总是认真耐心地带教每一位同事和学生，把自己的所学所长教给学生。有时候，不顾自己出夜班的疲惫，留下来加班，给实习学生上课，教新职工急诊抢救仪器操作，让她们尽早适应急诊的工作环境。

上海举办举世瞩目的世博会，我被医院选派到世博医疗站工作。我不顾来回4小时的路途，带头加班加点布置医疗站，有时候为了补充物品还要在医疗站下班后，再辗转回到医院，总是忙到很晚回家。但为了给前来就诊的中外游客提供一个良好温馨的就医环境，我毫无怨言。

2009年，甲型流感爆发的时候，大量的病人在发热门诊就诊，此时的发热门诊是非常危险的地方，我主动向护士长提出放弃自己的休息时间，到发热门诊去支援上班。我还参加南丁格尔志愿者活动，多次下乡参加义诊，关爱残障儿童。

碰到无理取闹的病人，我也有过想放弃护理行业的念头，选择离开有充足理由，但我没有离开，没有放弃。选择需要理智，更需要勇气。选择护士这个职业，意味着要忍受无端的指责、谩骂甚至侮辱，需要付出超常的努力。而这，正是我对南丁格尔精神内涵的深刻领悟：勇气和献身。

曙光医院护理部张雅丽主任点评

沈敏身为一名共产党员，爱岗敬业，工作尽职尽责，自觉树立正确的苦乐观、得失观，保持共产党人的蓬勃朝气、昂扬锐气、浩然正气。在工作中组织、引导和帮助其他同事进行道德和社会实践活动，起到了模范带头作用。

中医药大学医院管理处王珏副处长点评

人们常冠以护士"白衣天使"的美誉,可是"天使"的背后也隐藏着超负荷的工作量、收入不高、遭受委屈等一系列问题。然而沈敏护士选择了坚守护理岗位,并对护理工作投入了热情和专注,投入了给予和感动。护理事业因为有众多这样的护士而生机勃勃。

不言放弃就是希望

沈麒云　龙华医院肾内科

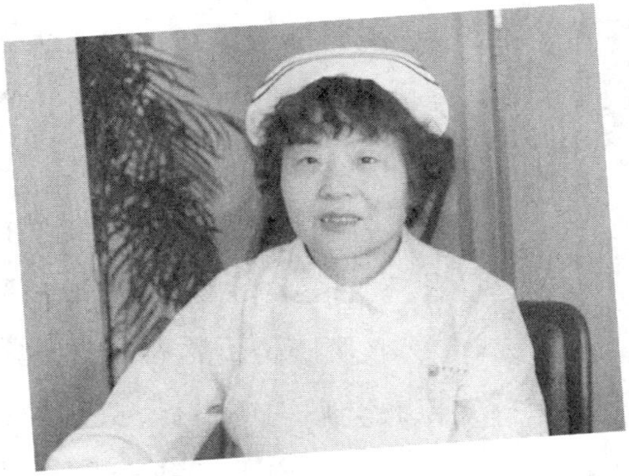

最近手头的事特别多——重点专科建设、慢病管理模式的探索、全国“五四青年文明号”的擂台、肾友会……各种事情接踵而来。这几年在护理专科和学科建设上，我们肾病科护理还是小有成就，所以我将以慢病中医护理管理为主题在护理学科建设会议上汇报。不同以往，这次关系到我们整个护理队伍以往的所有成绩，更关系到我们的未来发展，卫生局、大学和院领导将会到场关注。对我来说，这是压力更是动力，是机遇更是考验。

一直以来，遵从与人为善的原则，尽力帮助别人后让我更快乐。引以为豪是，身边的人甚至是科室里的这一帮“小兵”都或多或少受我的影响。

经常遇到因无知或忽视而延误治疗时机或加重病情的病人，让我十分痛心。慢性肾病发病率极高，仅中国约1.20亿，而且全球正在快速增加，但知晓率却少得可怜。他们不仅面临高额的治疗费用，还面临着高死亡率、高住院率以及多并发症的痛苦。很早的时候我就意识到早期筛查和干预对慢性肾病的预后改善具有重要意义，一直想为这些人群做些什么。当初属于探究性的工作，但是这一坚持就是10年，这期间，我一直在寻觅、在摸索、在实践、在思考……无论是将健康教育树立为肾科护理的品牌，还是专病专科的建设工作；无论以形式多样的肾友会作为为病人提供交流的平台，还是开展许多首创的中医特色护理。我知道我倾注了多少心血，也知道取得了多少收获，现在缺少的就是时间和机遇。

长期以来护理学科的发展受到阻碍，护理的价值不被人重视与认可，而我们的价值就在那里，能感觉得到，但我们表达不出来，为什么？

在不断的探索中，我了解到一个概念——“慢病管理”。忽然间如醍醐灌顶，多年的寻觅与实践原来有根可循，多年的摸索与思考也缘出有因。三分治疗七分护理已经走出临床护理，扩大了她的内涵与外延，更关注人们的康复与预防疾病上来。

对慢性肾病的护理管理虽然尚无人做出成果，但已经可以肯定这必是一种节省医疗资源，延缓疾病进展，提高患者生活质量高效率的方法。多年来，在腹膜透析病人的护理管理上，我们清醒地认识到，把相关的护理知识教会病人还不行，关键是如何让他们持续，也就是把他们“管起来”，让大家明白不是出现问题到医院里来，而是不能有问题。我们发现透析病人的生存质量与何时透析有关，为此我们将终末期肾病患者作为护理干预对象，观察病人透析后的质量。多年的辛苦没有白费，我们的护理学术地位得到同行的认可。

对了，汇报就从腹膜透析病人管理上作为切入点。经过整合梳理，其实我们已做了大量的筹备工作，也有成熟的路径，只是都是散的，是否可以把饮食调护、情志护理、用药护理、健康教育和中医适宜技术五个方面构建成“五位一体”的中医护理方案，然后对目标人群进行管理，最重要的是连续跟踪和评价效果，从而让病人学会自我管理，延缓慢性肾病的进展。

经过反复的讨论、修改，基本确定了汇报的思路与内容。想到在最辛苦之时的坚持，才换来收获和希望，更加坚定了希望永远不会消失在不言放弃的人手中的信念。

龙华医院张嗣博副院长点评

护理学科的发展基础是专科专病的护理模式的创新和突破，其中专科护士的培养无疑是重中之重。专科护士的定义及其工作内涵并没有统一的、明确的标准，沈麒云护士长从自身的工作实际出发，提出了一些有益的建议。希望从事护理管理的工作人员积极思考、探索。

中医药大学医院管理处王珏副处长点评

“不言放弃就是希望”用文字讲述了沈麒云护士长职业追求的心路历程，读来让人感受到一股熟悉的渴望在涌动，让人想动情说一声：“白衣天使，健康的守护神。”护理工作普通却又透着一丝非凡，只因为护士肩负的是维护他人生命的职责。相信在这样一位护士长的带领下一定会有一个德艺双馨的团队。

对护士长护理查房的思考

宋慧丽　岳阳中西医结合医院特需/内科

眼下，护理部正组织全院护士长护理查房的考核。我作为参与者之一，对此项工作，作略微的探讨。现代护理的要求，护理工作需要从单纯操作上升到理论的高度，变习惯性的护理操作为科学理论指导下的护理工作。如何使操作走向理论的不断完善，护理查房就是途径之一。在护理查房中可以了解病情，及时调整医疗护理方案，不断总结经验，为病人实施有效可行的护理措施。其中护士长在查房中起着主导作用，护理查房的成功与否，反映出护士长医疗护理的业务管理水平。对于护士长在护理查房中的角色扮演，本人作以下思考。

查房前，护士长应是一个设计师。护士长在准备一次护理查房前，心里要有一个基本框架，选择怎样的病案，以什么为重点和形式展开讨论，通过查房希望能解决一些什么问题，以及要达到怎样的目的，这些在脑海里都要有一个构思。在构思成熟以后，就应充分深入了解病史，查阅有关资料，掌握第一手材料，对于所选的病人应经常亲自去实施护理措施，每天要多次去病人的床边调查和观察，以便及时发现问题，做到心中有数。高质量的查房离不开专业理论知识和语文基础知识，一次成功的护理查房，需要各种知识的积淀。查房前的准备工作如同教师写一份教案，要思路清晰、精练简洁、陈述连贯、富有新意，其中不乏语言美，富有感染力。

查房中护士长是检查兼指导者，护理查房是考核护理质量的手段之一。护士长在听取病史汇报后，有针对性地对患者进行体检，同时检查护理措施的落实情况，根据所制定的护理计划对护理质量做出效果评价。发现正确的、行之有效的护理行为和方法，要给予肯定和表扬，对于错误的、效果欠佳的护理措施要及时给予纠正。在实践中修改护理方案，要抓住疾病不同阶段的重点开展讨论，对于可能出现的并发症要有相应的护理措施。在护理查房时，护士长要善于发现病人存在的和潜在的护理问题。护理查房的中心应紧紧围绕着如何解决护理问题，应与医生的查房有所区别。

护理查房是传授知识的过程。护士长有教育指导的职能，要把自己积累的经验向大家推广，也可以借鉴他人的先进方法，根据实际情况进行效仿。护士长还要了解国内外的学术动态，把信息传递给大家。总之，通过护理查房，使大家有不同程度的提高。

岳阳中西医结合医院陆嘉惠副院长点评

作为一名医生，我对查房了然在胸，但作为医疗院长，却通过宋慧丽老师的这篇日记，才了解了什么是护理查房，真的是心存一份自我检讨之心。宋护士长长期从事护理管理工作，有着丰富的管理经验，用自己的人格魅力感染身边每位护士。尤其她的护理查房，作为范本，这凸显出护士长的专业水平和整个护理团队的凝聚力。宋老师从事护理工作20余年，思维不僵陈，善于学习、借鉴他人的先进理念和方法，渗入自己的实践工作，赢得护士的尊敬和病人的满意。

中医药大学医院管理处王珏副处长点评

护理查房是护理管理中评价护理程序实施效果的一种最基本的方法，是检查和提高护理质量的重要措施。希望宋慧丽护士长的经验能引出护理管理者更多的思考，并在实践中加以完善和提高。

今生，我只想做一名男护士

张成亮　曙光医院血透室

懵懂的青春，我选择了并不了解的护士职业。4年的大学生活忙碌、美好、单纯，我为能够成为一名救死扶伤的白衣天使而感到骄傲、自豪。怀着这份自豪踏出校门，进入医院。这时我惶恐了，患者、医生，甚至同行的护士都用异样的眼神打量着我，好像我是外星人。看着镜子中的自己，两只眼睛，一个鼻子，一张嘴巴，没什么与众不同的呀……哦！忘了，我是个男的，一位男护士，与传统印象中护士都是女性有着天壤之别。时常被问起，你一个男孩子怎么学护理这个行业呢？打针、发药、伺候人……

在讥讽的言语、诧异的目光中我迷茫了，开始怀疑自己的方向是不是错了，开始自卑，曾想过一走了之，不再从事这个社会地位卑微、收入微薄、让人冷嘲热讽的职业。直到有一天，收到一位患者送给我的一幅画，一幅她亲手画的画时，我的心豁然开朗了，就在那一瞬间我改变了我的想法，而且把我心灵上的灰尘强有力地冲刷掉了！我第一次感到自己的价值得到体现和认可，这件事是我奋斗路上最好的催化剂。作为一名男护士，肩负着减轻病患痛苦、救死扶伤的使命。在学校时的医学生誓言回绕在我的耳旁："我决心竭尽全力除人类之病痛，助健康之完美，维护医术的圣洁和荣誉。救死扶伤，不辞艰辛，执着追求，为祖国医药卫生事业的发展和人类身心健康奋斗终生。"我感觉到了我肩上的责任，护士是这个世界上最伟大的职业！护理事业是值得用一生去奉献的事业。

在面对质疑的时候，我告诉自己：今生，我只想做一名男护士，身着纯洁的白衣，做生命的守护者；不求富贵，享受充实的生活；不辞艰辛，守候在你床旁；不管他人的歧视与误解，依然微笑面对；生活中没有激荡的旋律，而我依然无悔。

曙光医院护理部张雅丽主任点评

读过之后，感同身受。物欲横流、纸醉金迷的社会里，物质的满足远比精神的满足来得更加直接。护士在人们眼里只会打针、发药的传统印象，给从事护理行业的青年人带来巨大的心里压力。一些高学历、高素质、男性性别的护士因为心理承受不了这种社会落差而选择了转行，给本就脆弱的护理事业雪上加霜。作者能透过一些生活小事，激发自身的使命感与责任感，为护理事业奋斗终身是难能可贵的，尤其作为一名男护士，希望在今后的护理道路上坚定自己的信念，开创护理事业的新天地。

中医药大学医院管理处王珏副处长点评

张成亮护士"今生，我只想做一名男护士"的誓言，是对传统观念的挑战，让人欣慰。男护士的出现是护理事业发展的必然趋势，期待社会对男护士更多的理解和接纳，更希望各级领导给男护士更多的机会，让他们在护理工作中发挥男性的优势。加油！男护士。

善待他人，珍惜上班的每一天

张孝云　岳阳中西医结合医院普外/泌尿外科

曾经有人说过“拉开人生帷幕的人是护士，拉上人生帷幕的人也是护士”。在人的一生当中有谁会不需要护士的细致关心和悉心照顾呢？护士被称为白衣天使，但现实生活中的护理工作平凡而琐碎，工作强度大，心理压力重，现实工作与理想的落差，困扰着我们这些白衣天使，非常高兴地看到大学医院管理处对我们的关心与爱护，设立这样一个平台让我们畅所欲言，倾吐心声……

作为普外科、泌尿外科的护士长，工作的压力不言而喻，饱尝了其中的酸甜苦辣，让我深深地明白“护士长”是荣誉，更是一种压力。在所有同事的支持下，我们在创造温馨病房、提升安全护理、一对一新护士培训等方面做了大量的工作，得到了护理部领导和科室主任的认可。人们说管理是门艺术，而护理管理则是一门更为精细的艺术。护士长承担着病房管理和护理质量监控工作，既要正确及时地传达医院和护理部精神，又要收集有用的反馈意见，便于工作的开展。指导并带领护理人员共同完成护理任务。同时作为科室，医护、护患、护护之间关系的协调者，需要在自己能力范围内解决冲突和纠纷。护士长自身的人格魅力是科室有序工作的良好润滑剂。严于律己，宽以待人，严格要求，公平处事。宽容和民主相结合，我们科室成员间建立了相互信任、团结向上的氛围。我在工作中观察护理队伍中的每一个成员，摸索她们的脾气性格，掌握她们工作中的优缺点，并根据大家不同的特点，安排好工作计划，使病区的护理工作忙而不乱，有条不紊。同时我努力在生活上关心每一个人，在思想上贴近每一颗心，化解她们心中的疙瘩，不玩虚套子，成为她们的知心人、引路人。我们全体护理人员不管在任何情况下，都会微笑着面对患者，只要患者需要，病情需要，工作永远是第一位的，没有时间和节假日的概念。2012年，我们普外泌尿外科护理组先后迎接了等级医院复审、“三好一满意”“医疗质量万里行”等重大检查，并在检查中取得了优异的成绩，为岳阳医院的建设增光添彩！

南丁格尔说过“护士就是没有翅膀的天使，是真善美的化身”，人们也都说护士是美丽的白衣天使，但天使背后的苦和累只有自己心中才清楚。在工作中我们会遇到很多不如意和不顺心的事情，护士工作压力大，待遇差，社会地位低，患者和家属的刁难和不理解，工作在临床一线的我们免不了要受到各种各样的委屈。而好护士、好女儿、好妻子、好母亲，不同的角色变换更让我们有些难以应付。从来没有人敢怀疑白衣天使这个美丽的称呼，但我们在抚慰病人的同时，却承受着巨大的压力和并不乐观的心理环境。我们需要医院与社会的理解与尊重，我们一个善意的眼神，一个微笑，对患者就如同春天一般温暖。同样，患者一句感谢，领导一声慰问，也会让我们欣慰无比。

让我们在烦恼时学会自我调节，让自己用更好的状态去工作。有时候，我们可以想象手中握着的细沙，指缝间遗漏的是时间、烦恼和失意，留下的是幸福的真金。也许在忙碌中劳累了自己，也许在追逐中迷失了自己。快乐也是一天，难过也是一天，何不快快乐乐地过呢？好好生活，好好工作。护理工作对我们的要求是苛刻的，那是因为护理工作是重要的，更是严肃的。那么既然选择了，就接受，学会坚守，坚守就是生命的真谛。

岳阳中西医结合医院陆嘉惠副院长点评

作为护士长对待身边的护士“不玩虚套子，成为她们的知心人、引路人”；作为一名护士，对待病人，不管在任何情况下，总会“微笑着面对”，我想，这都是张孝云护士长的真心话。她用自己人格魅力协调好科室之间、护士之间、医护之间关系，真诚关心帮助护士，鼓励护士坚守信念，坚守生命的真谛，真诚对待患者，用善意、微笑温暖患者，体现了“引路人”和“白衣天使”的仁爱之美。

中医药大学医院管理处王珏副处长点评

张孝云护士长日记中透出了护士工作的辛苦与不易，但是我们可敬的护士日复一日、年复一年，默默无闻地努力工作，给患者送去关怀，送去温暖。而她们所期待的是“医院与社会的理解与尊重”。我想这是必须的，早在延安时期，毛泽东就提出“尊重护士、爱护护士”，认为“护理工作有很大的政治重要性”。

爱在左，同情在右

张　灵　市中医医院脾胃科

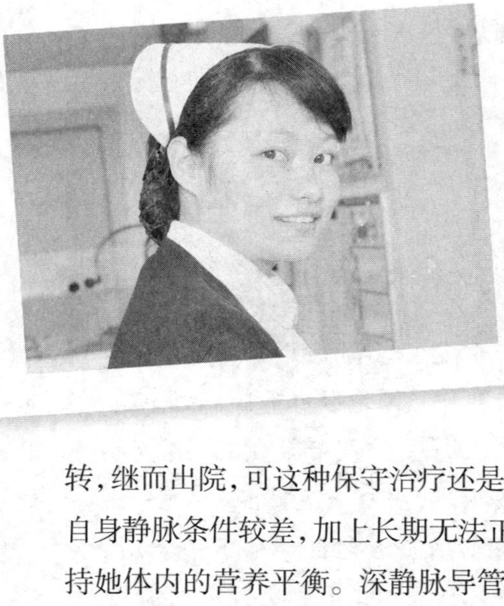

现在的我仍然记得自己从一名刚工作的小护士，到现在脾胃科的护士长，一路走来，有太多感动、收获、心酸……然而最令我记忆犹新，最无法难忘的，还是从患者那里得到的份份暖意。

科室曾收治过一位江姓女患者，从生病住院到现在已经有四五年了。起初因为严重的吐血入院，经过及时积极的治疗，得以好转，继而出院，可这种保守治疗还是得一阶段一阶段的进行巩固。由于患者自身静脉条件较差，加上长期无法正常进食，需要进行深静脉穿刺给药以维持她体内的营养平衡。深静脉导管的留置，虽然避免了患者反复扎针的痛苦，但出院在家却需要进行一周两次的定期维护，而那时患者身体状况已经渐渐虚弱，每周的门诊维护也难以前往。看到患者和家属难过的表情，为了保持管道的通畅，避免病患再次受苦，我和我的伙伴们决定利用自己的休息时间，上门为她进行导管护理。上门服务时，家属和患者非常热情的接待了我们，临走前，家属偷偷把一个红包塞进了护士的口袋，还频频向我们致谢。

我们谢绝了家属的红包，并和患者预约好了下次上门护理的时间。江女士和她的丈夫，一直将我们送到了楼下，拉着我们的手，不停地说着谢谢。

2012年年初，江女士像往常一样，定期入院进行治疗巩固。由于病情的加重，人也越发的消瘦。可她每次都要到自己坚持不住疼痛的时候，才打铃和我们说她不舒服。每次看见她苍白、憔悴的面容，我的心里很不是滋味。每天我都非常关注她的身体和精神状况，询问她的饮食、睡眠、治疗。中午休息时，我总愿意坐在她床旁，握着她的手和她说说话，我们虽是医患双方，但却像是朋友。一天中午，我告诉她："如果有不舒服，就打铃，不要忍着，我们都会帮你。"她笑了笑说道："护士长你放心，我很好！你们护士每天都很辛苦，要照顾这么多的病患。这里有比我更加需要照顾的人，我尽量能忍就自己忍忍，不用一直麻烦你们，谢谢啦！"听到这些，我已感觉眼泪在眼眶中打转，因为在那一刻，我觉得工作中所有的委屈和不快，都因她的一句"谢谢"而消失。因为被理解是一种幸福，被感怀更是一种欣慰。临床护理饱含了太多太多泪水和辛酸，但同样孕育了无数的希望和美好。

病区内的故事，感动于人对生命的关爱，感动于人对生命的尊重。当我们每天享受着清洁的环境时，我们要感谢那些保洁工作者；当我们迁入新居时，我们要感谢那些建筑工人；当我们出行，要感谢司机……懂得感谢，就会以平等的眼光看待每一个生命，重新看待我们身边的每个人，尊重每一份平凡普通的劳动，也更加尊重自己。怀有一颗感恩的心，才更能体会到自己的职责。

市中医医院徐建副院长点评

奉献是一种责任，感恩是一种动力，成功是一种鞭策，理解是一种欣慰。从这篇文章中我们深深感悟到护士的工作是一种默默的奉献，只要学会感恩，谨对成功，和善理解，平凡工作会更加有意义，曲折的生活会更加美好。

中医药大学医院管理处王珏副处长点评

张灵护士长文中的小故事没有雕琢的痕迹，没有刻意的润色，但却释放着爱的光芒，感动着平凡的我。因为有爱，护理工作如同阳光雨露温暖和滋润着患者的心田；因为懂得感恩和珍惜，护患关系才如此融洽。让我们携起手来，与爱同行。

做护士只有一个理由

张　莉　曙光医院外科

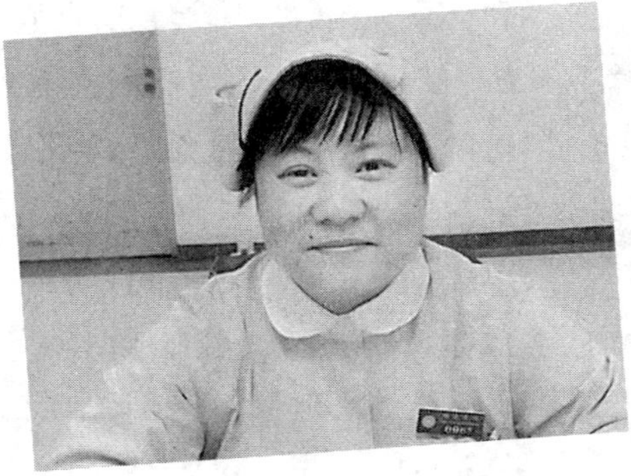

柔情的双手，迎接生命的希望。
温馨的话语，呼唤健康在启航。
轻盈的脚步，驱散病痛的阴霾。

时光飞逝，今天又是新职工报到的日子，看着一张张稚嫩的脸庞，回想着自已在护理岗位中已经工作了20多年了。护士工作平凡而又伟大，琐碎而又不易，艰辛而又劳苦；护士能用柔弱的肩膀挑起一份女儿、妻子、母亲的重担；护士如春天的雨露滋润患者久旱的心田；如夏天的微风吹走燥热的空气，带走患者心灵的创痛；如秋夜的明月照亮患者通往健康的心灵彼岸；如冬天的阳光温暖着患者，蒸发她们的忧伤。

记得我刚参加护士工作时，我一直在想怎样才能做一名好护士，一个值得病人信赖的护士。在很多人眼里，都认为做护士很简单，打打针，发发药，谁都可以去做，但我通过几年的专业学习和一年的临床实习，我发现做一名护士确实不容易，做一名合格的护士更不容易，做一名优秀护士难上加难。在日常工作中不仅要接触各类不同的病人，要学会各种不同的操作和扎实的基础理论知识，要有较强的沟通交流、文字书写能力，配合医生抢救危重病人的能力，而且还要有熟练的专科护理操作技能，当然最重要的是要具备责任心和敬业精神。我一直记得南丁格尔的誓言：终身纯洁，忠贞职守，尽力提高护理之标准；勿为有损之事，勿取服或故用有害之药；慎守病人家务及秘密，竭诚协助医生之诊治，务谋病者之福利。因此，我一直为之不懈努力着……

担任护士长之后，我虚心地向老护士长及其他病区护士长学习管理经验，采纳病区护士姐妹们的合理化建议，俗话说“众人拾柴火焰高”，一个病区的管理不是靠一两个人的力量，它需要一个团队的齐心协力。在工作与学习中我像姐姐般关心手下护士们，鼓励她们说出自己的想法、自己的意愿、自己的困惑，形成和谐的工作氛围。每天深入病房与患者沟通，掌握病人的病情动态及护理工作的落实情况。通常患者的一个微笑，一句“今天出院了，谢谢你”让我感动很久。谁能抵得住这让人幸福欢愉的一笑，谁能否认这是一种最崇高的情感。做护士只有一个理由，那就是——患者的笑。我庆幸我的选择，让我能如此贴近生命、聆听生命、触摸生命、感悟生命，让我学会热爱生命和尊重生命。

我们的护士服就像蓝天白云，白色象征着纯洁无暇的心灵；蓝色象征着宽阔的胸膛。在病房里那不灭的灯光下，只有我们护士像一朵白云在飘动，像一缕红霞在闪耀。我们的脚步是那样的轻盈，生怕把熟睡的母婴惊扰。我们护士的两脚，倘若把病房中的路连成线，相当地球和月亮之间几个往返，更不知可绕地球多少圈。而患者的微笑，就是对我们护士最高的奖赏，最好的回报。护士，无比神圣的称呼，她，是人类生命的保护神。选择护士职业，我无比的骄傲！

曙光医院周嘉副院长点评

20多年的临床护理工作让你对这份职业有了更多的感悟与理解，和病人在一起的点点滴滴让你成长与蜕变，病区管理工作也驾轻就熟。你和你的团队共同的坚守与努力相信能为构建和谐的医患关系、建立人性化的医院带去一丝祥和与美好。

中医药大学医院管理处王珏副处长点评

文中“做护士只有一个理由，那就是患者的笑”，是张莉护士长对患者关爱、对护理工作热爱的自然流露和自然表达。愿护士的爱让患者感受到温暖，愿护士的爱让患者看到健康的希望，体悟到生命力的顽强。

参观新加坡中央医院随笔

张梅芳　岳阳中西医结合医院内科

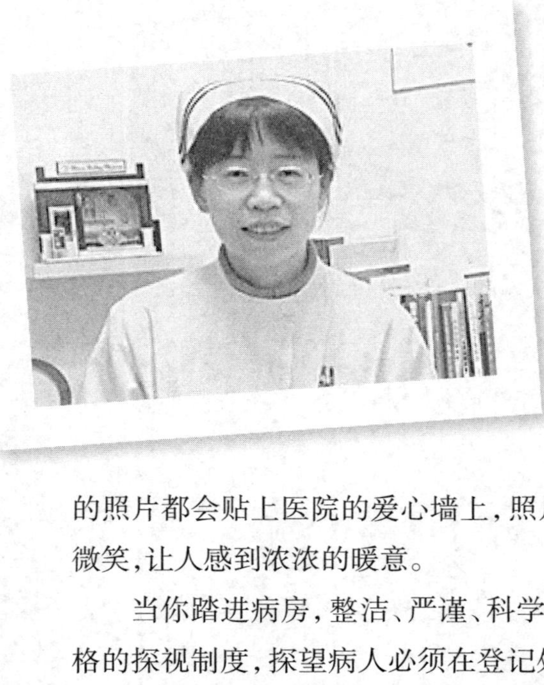

去年9月中旬我有幸到新加坡中央医院参观学习。新加坡中央医院是亚洲第一家获得Magnet鉴定的医院，并获得JCI认证的亚洲第二大医院，有床位1 600张，护士3 800名。当你走进医院的大门，走廊上各种照片摆放成一个个“爱心”引人瞩目，医院提倡“We are proud of you”的鼓励文化，所有被病人表扬的医护人员的照片都会贴上医院的爱心墙上，照片上医护人员个个都绽放出灿烂的微笑，让人感到浓浓的暖意。

当你踏进病房，整洁、严谨、科学的管理使你啧啧称道，医院执行严格的探视制度，探望病人必须在登记处登记，胸前挂好探视牌进入病房，当探视结束，医院广播会用四种语言告知家属探视时间结束，提醒家属离院。治疗室的物品井井有条，呈货架式敞开放置，规范有序、标识醒目，护士随手可以拿到所需物品，方便护士操作。

医院护理安全管理目标清晰，注重流程和环节漏洞。护士发药时为了让护士专注发药避免干扰，护士会穿上“我在发药请勿打扰”的红马甲。药车内的特殊药物贴上红色标签，药师每天整理药物，保证药物的有效期和安全用药。护理管理中人性化服务细微周到，新加坡有华人、马来西亚人、印度人及新加坡本地人，为了尊重每位病人的文化习惯，病区内设有每位病人的饮食习惯、礼仪习俗的记录卡，护士按照每位病人的需求落实护理措施。以病人为中心的服务意识随处体现，病人乘坐电梯医护人员主动避让，有病人询问医务人员都会主动引导，

其中一幕让我记忆犹新，一位坐在轮椅车上的印度妇女询问垃圾投放处，路过的护士马上微笑着接过病人手中的垃圾袋走到远处垃圾箱投放垃圾，这一刻我深深体会到新加坡护士真正把病患放在心中。

医院制定严格的培训制度，有新护士入门培训，1~5年护士培训，5~9年高级护士培训课程。课程设置使护士有明确的职业规划和工作价值的认同感，护士对自己职业发展的目标明确，专科护士承担疑难病例的护理，有肿瘤专科护士、伤口造瘘师，乳腺病专科护士、疼痛专科护士等等，我在病房跟随伤口造瘘师进行Mils造口换药、压疮换药，换药操作规范，并利用先进的伤口敷料和仪器，使难愈伤口均成功治愈。

医院简化流程节约医疗资源，实行手术病人一站式评估服务，减少病人来回奔波、减轻手术风险、减少医疗费用。手术病人术后3天回家，由专科护士负责电话回访，记录引流管液量，指导术后康复，从而减少住院天数，加快床位周转率，充分发挥专科护士技能和作用。

医院最大的亮点是健康教育寓教于乐，门诊病区随手可以取到各种图文并茂的疾病宣教手册，病区内开展各类的健康讲座，鼓励家属一同参与。医院设有专门的健康教育咨询所，内有图片、食物模型、多媒体滚动播放，并有各种体育运动器材和康复训练的器具，让病人能更直观地接受健康生活方式的教育。

新加坡中央医院两周的学习，使我辗转反侧，我们的护理还有一段

差距，首先在服务理念，要改变服务被动性，重视服务细节，创建自己特色的护理文化，以激励方式提高护士工作价值认同感；积极改进护理用具，提高护士工作效率；在护理质量管理中重视护士按规章制度执行操作流程，避免操作随意性；加强专科护士的培训，提升护士执业能力等。相信通过我们几代人不懈的努力，护理质量一定会赶超世界先进国家。

岳阳中西医结合医院陆嘉惠副院长点评

新加坡中央医院是一个历史悠久的现代化医院，也是新加坡历史最长、规模最大的急症医院和全国转介中心，拥有最先进的医疗器械、众多医学和医院管理精英。面对这些，我想，这些世界顶尖水平的医疗设施设备，我们无法比拟；也许，巨大的人力资源投入我们无法实现。但是，只要我们用心，“以病人为中心”的服务理念，优质人性化的护理服务水准，我们完全是可以赶上甚至超越的。正所谓“硬件不行，靠软件”。

中医药大学医院管理处王珏副处长点评

学习和借鉴先进的护理管理经验和护理理念，是提高和发展的源泉。愿张梅芳科护士长“赶超世界先进国家”的心愿早日实现。

珍惜岗位中的每一天

张雅丽　曙光医院护理部

作为护理部主任，工作的每一天都充满无限挑战，对体力的挑战，对脑力的挑战，对做人能力的挑战，对处事耐力的挑战，对学习毅力的挑战。归纳总结就是：一杯咖啡+两部手机+几块饼干≥几个会议+N个电话+Σ个事务。

无论刮风下雨我总坚持每天早上准时来到医院，抽选急危重症病区参加晨交班，了解护理安全与服务质量，督促护士掌握病情、规范操作；上午巡视各病房听取患者意见，了解护士长与护士的心声与需求；主动与科主任、医生沟通，协调突发事务与人际关系，指导临床护理工作；抽查护理新制度、新常规、新流程、新举措的落实到位情况，不知不觉时钟已经指向了午餐时间。可是优质护理病房排班如何将时间还给护士，将护士还给病人，还要利用12：00—13：00开个护理部例会大家一起讨论，我在会上将工作任务一一布置，讨论事宜一一商榷，重要信息一一传达。会议结束后自己感觉心慌出汗（又忘记吃饭了），我随手吃了两块饼干又继续主持召开下午护士长会议，布置工作的同时进行护理安全服务质量分析讲评，尤其是安全隐患问题，举一反三告诫大家如何防范于未然。这时，原定下午三点开始的《护士法律法规》核心课程培训已近，我狂饮咖啡提神后一路小跑奔向梯形教室，电话铃声不断响起直至两部手机电池用光自动关机，我常常这样解嘲自己“关机也好，我就能将时间还给听课的护士了”，两学时为全院护士讲授“依法执业与规范行为”……

所有事务忙完回到护理部办公室已静寂无人（大家全下班了），这样可以静下来处理案头工作了：新文件的阅读学习并做好新工作布置、所有来信来函的分类与办理、申请报告的修改与批示、护士长问题汇报与请示亟待解决协调、病区反映孕假与病假护士太多急需人员调配、电话打进打出与短信编写发出、护理部内网与外网信件浏览与回执……到家已经深夜了，家里卧室的床是我第二办公场地：翻阅自己一天的工作笔记，看看想想今天做了哪些，明天还要做什么，本周工作计划是否完成，本月还有哪些重点事情未落实，后天一定要做成某项目、护士论文要审修、课题开题报告标书要修改、结题报告文稿要把关、人才培养读书笔记要写评语……每天入睡已经凌晨1点左右是常事，短短的几个小时睡眠后又将迎来崭新的一天。

这就是我做护理部主任以来每一天的缩影，尽管大家喊我“拼命三郎”有点夸张，但我能带领大家做正确的事、走成长的路，让临床一线护士的劳动成果和服务经验得到传播与交流，让曙光护理文化得以传承与光大，让中医护理学科不断创新与发展，感到非常值得、很充实、很幸福！

曙光医院周嘉副院长点评

永无止境地改革创新、探索新知，这就是张雅丽主任的工作态度和作风。她带领曙光医院护理团队在中医护理领域不断追求卓越，实现了多项零的突破，为曙光医院中医护理的发展做出了巨大贡献！

中医药大学医院管理处王珏副处长点评

在几十年的护理生涯中，张雅丽主任珍惜每一天，把青春、把知识、把爱心全部奉献给了神圣的护理事业，用实际行动践行着“白衣天使”的责任，谱写了护士人生的动人篇章。

没有硝烟的战场

张雅萍　曙光医院ICU

作为ICU护士长，我在院领导的关心下，在科主任和护理部主任的帮助和支持下，使ICU的护理工作得以正常运行。多年来，在继续深入开展“三好一满意”思想指导下，顺利完成了本职工作。回首往事，体会有三。

首先，履职尽责，团结奋斗。在院部的正确领导和护理部的指导下，积极搞好科室的管理工作，做到服务不欠位，主动不越位，服从不偏位，融洽不空位，使科室的工作有条不紊的进行。团结全体护理人员，用真情和爱心去善待我的每一位姐妹，使她们的人格得到充分尊重。加强沟通，增进协调，充分发挥集体优势，共同打造优秀团团，创建一流的业绩。

其次，注重学习，强化责任。打造学习型科室、学习型员工。用自己勤思、敏学的行动带动护士姐妹学习新技术，拓宽知识面。并客观评价和充分发挥每一位护士的工作潜能，发挥她们各自的优势，使每一位护士都带着愉悦的心情投入工作。在ICU护士的后续教育中，我采取了在职培训、外出进修、自学与考核相结合等办法，并结合医疗定期举办科内业务讲座及参加护理查房，严格按照ICU护士培训计划进行培训并考核。用制度和岗位职责管理我的同事，督促核心制度的落实，做到“千斤担子大家挑，人人头上有指标”。加强医护配合，积极主动处理好医护关系、医患关系，让患者舒心、安心，让大家欢心、顺心，让领导放心、省心。我科2009—2010年度获得曙光医院“三八红旗集体”称号。

再者，参加科研，积极创新。要做好ICU护士姐妹的领头雁，不加强自身学习是不行的。在繁忙的工作之余，我努力学习专业知识和熟练掌握操作技能，并在媒体和网络上查阅ICU相关资料，学习和探索，以提高自己的管理水平和业务水平。除此之外，我还带领我的护士姐妹们，积极创新护理小发明，并在2012年上海市优秀发明选拔赛中获得铜奖。

在未来的日子里，我会继续坚持自己的工作理念，与医院和科室主任、护理姐妹们同心同德，与时俱进，为创建科室的辉煌贡献力量，一如既往地把对护理事业的热情、忠诚、爱心和耐心倾注到工作中，争做一名优秀的护士长。

曙光医院周嘉副院长点评

张雅萍，人称曙光医院的“一丈青”。东院外科ICU以收治创伤外科和脑外科危重手术病人为主，作为拥有14张床位的大型外科重症监护室的护士长，如果没有过人的精力、全面的技术、强大的凝聚力和细致的洞察力，是无法担此重任的，ICU也就成了医患纠纷爆发的火药桶。在张雅萍担任护士长期间，危重病人身上聚集着的大量的金葡菌、绿脓杆菌、鲍曼不动杆菌从未大规模地爆发与播散，这既是奇迹，又是在情理之中。在日记中，她写得过于谦虚了，姑娘们有很多可歌可泣的感人故事，她们就像独立团的战士，在“李云龙”的带领下，刚中带柔，粗中有细，遇急情争先恐后，待病人柔情似水，并在协调多科室医生、科主任关系中，游刃有余。在我的印象中，很少有监护室的“逃兵”，足见其管理才能和凝聚力。

中医药大学医院管理处王珏副处长点评

ICU作为一个危重病人集中的单元，需要有一支团结协作的医护集体密切配合、合理分工、及时沟通、高效工作，才能满足危重病人治疗、监护需要，促进病人早日康复。张雅萍护士长能够保一方平安，一定与她的尽职尽责和管理艺术分不开的。

我进步了

张静雯　市中医医ICU

曾在网上有这样一句话：生活总是让我们遍体鳞伤，但到后来，那些受伤的地方一定会变成我们身上最强壮的地方。

重症监护室——ICU，这是一个不同于病房的地方，这里收治的患者决定了它的特殊，厚厚的玻璃门隔开了家属，玻璃门后的是患者、医生以及护士，这里的患者无一例外都是危重的，有的甚至是在死亡线上挣扎的人。在这里我碰到了最严厉的护士长和老师，与有的地方的老师听之任之的教育放任方式不同，这里的老师绝不会对你的错误视而不见，或许指出的方式让当场的我有些难堪，但不得不承认这样的方式最易刻骨铭心。

刚来到这里时，我并不适应，理论与操作都知之甚少的我可谓是处处碰壁，木讷且不善言辞的个性让老师们也颇有些无奈。是从最基础的治疗班做起，或许是我想当然了，把过去在别处的那一套偷懒的做法沿袭到这里，结果自然是少不了批评的了。记得有一次最严重的是，那天4床患者医嘱予以调整抗生素，把原本bid的“左克”停了改成“头孢类”的抗生素，在核对医嘱的时候我没能及时把下午的“左克”瓶贴撕毁，下午排药时，发现少了药，也没能及时核对注射单及医嘱单。后来还是4床的责护老师发现的，及时纠正了我的错误。

因为这件事护士长也找我谈过话，使我真正意识到自己犯了多大的错误，术后病人抗生素使用不当是容易引起感染的，如果站在患者的角度想想，还怎么放心护士上的药，每每想起那天的事我便一直提醒自己绝不能犯同样的错了。经此一事，我真正意识到护士的工作是不容许任何的马虎大意，必须要有严谨务实的工作态度。

很感谢护士长以及所有对我工作上有所指导的老师们，在这里我学到了很多别处学不到的专业知识和技能，在这里我会使用输液泵和微泵，会给上呼吸机的患者吸痰，会基本掌握呼吸机的操作了。我很自豪，这不是所有护士都能接触到并通过长期锻炼而不断加强的专业技能，很感谢在这里学到的一切！

生命无常，世事难料，生命的渺小与伟大，人性的诡秘与神圣，都能在这里使你深刻体悟。在这里有富人，也有穷人，有的儿孙满堂，有的孑然一身，但是生命对每个人来说都是公平的，在这里死亡并不少见，或许刚开始会害怕，但我知道害怕起不到任何作用，只有冷静才能处理好你该做的事。我们见证着从生到死的不断变幻。我们的职业不容许我们的不坚强，患者的全身心托付，家属绝望的眼中不灭的希望都使我们扛起肩负的重托，与死神作战，挥洒汗水，让南丁格尔的精神闪光！

市中医医院护理部张洁常务副主任点评

从蹒跚学步到展翅翱翔，遍体鳞伤的生活使之坚强，难堪无奈的经历使之成熟，职业操守的严格使之严谨，生命健康的托付使之自律，谆谆教导使之铭记在心，从懵懂少年到白衣天使就是这样成长起来的。

中医药大学医院管理处王珏副处长点评

能在过错中汲取教训，不断鞭策自己是最可贵的，张静雯护士的成长是可喜的。从对护理工作的不熟悉、不理解到渐渐热爱上护理工作，再升华为一种积极的生活目标，并且在成长过程中褪掉青涩逐步成熟，这是护士成长的必经之路。

一位普通护士的一个寻常夜班

陆海萍　曙光医院宝山分院综合科

夜深了，喧嚣的城市已然恢复了此时该有的宁静，窗外月光如水，明天又该是一个好天气。又到了两小时巡视一次病房的时间了，今天的最低温度是零下3℃，披上厚实的羽绒大衣，心中一阵温暖，打上手电。

走廊里静悄悄的，时不时传来阵阵呼噜声，呵呵，这一定是20床病人，一位体态丰满，性格开朗、慈祥的老太太。刚来的时候床位紧张，于是只能放在7床，那个床位所处的是一个大房间，里面容纳了6张床位。结果那一晚，有3位病人选择了回家住一宿，还有两位病人据说只睡了三四小时。获悉这个情况，护士长周海燕很是重视，带教戴益辉提议“21床病人不是耳背得很嘛，不妨把这两人调到一起，不就解决了。”说干就干，大家齐心协力，问题迎刃而解。转床、换床这样的事在我们科也算是司空见惯的了，床是换了，殊不知这后面还有许许多多的工作，比如通知药房、煎药间、营养室，比如药卡针卡重新整理，比如各种护理标识重新挂，无形中增加了工作量，而且稍一疏忽就容易忙中出错。但是没有人抱怨，大家认真做好三查七对，“协同作战”。为了病人的需要，这点付出是微不足道的。

走到13床了，13床是一位元老级的老病人，见证了包括我在内的好几名护士的成长。他现在采取的是半卧位，这几晚氧气也不怎么吸了，听着他均匀的呼吸，想想他本次入院也真的是惊心动魄，百转千回。他是从长海医院转院来的，入院第二天第三天均出现了上消化道大出血，经止血、升压、扩容等治疗病情有所好转，因为便血的关系，其间每个班都要更换一次床单，没有监护仪，我们就手动操作，没有管道氧气，我们就用氧气瓶，并时时关注氧气表，做到有备无患。细细数来，老人前后经历了3次大抢救，每一次抢救，姐妹们都忙得顾不上吃饭，问她们饿不饿，她们却笑称：正好减肥。前一阵子老人肿得没了人形，甚至出现了压疮，小腿胫骨处出现了溃疡，经过姐妹们每次花30分钟的换药、每2小时一次的翻身等精心护理，褥疮和糖尿病足的创面奇迹般的愈合了，各方面的情况都好转了，听说老人也快出院了。我轻轻的走出房间，悄悄地掩上门，是啊，在看不见硝烟的战场上，让我们把生命之光重新点燃吧！

顺着楼梯下去，楼下是伤科和肿瘤科的病人。走进23床的房间，屋里的暖气开得很足，23床是一位年近50的中年妇女，一位腰突症病人。只见她的上半身露在外面，自己却浑然不知，不知道是去哪里神游了，我不禁摇摇头，替她把被子盖好。那一刻我想到了家中的宝贝，是否挂着甜蜜的笑进入梦乡，被子是白天刚晾晒过的，带着她喜欢的太阳的味道，没有妈妈陪睡的日子，是否已经改掉了蹬被子的“恶习”，是否已经习惯不用伴着妈妈的睡前故事入梦。上回答应她带她去星期八小镇的，因为加班或是同事换班的原因，迟迟没有兑现，不知道在她的心目中，我是不是会成为“说话不算话”的代名词。还有老爸老妈，我已经很久没有回去看过他们，忽然，心中有了些许内疚……

再过若干个小时，启明星就将升起，天色就将放亮，新的一天又将开始，多少个日日夜夜，冬夏寒暑，伴着病人的转危为安的喜悦，我们在紧张忙碌中度过，在生命的征途中，虽然没有比赛，没有竞争，仍需争分夺秒地与死神斗争。

曙光医院宝山分院护理部王霞主任点评

一名护士的一个夜班，夜班中的一次常规巡视，巡视中寻常的一幅画面。作者通过一名病员的睡姿，联想到了家里的小宝贝，触景生情而又情景交融，极具生活气息的一幕。初次品读之时，感受到浓浓的天使心、慈母情。

中医药大学医院管理处王珏副处长点评

陆海萍护士的日记让我看到了一位普通护士的责任性、爱心、细心及慎独精神。每一位称职的护士，你守护的不仅仅是患者的健康，你还守护了医护人员的精神家园。

慈爱的母亲

陆　瑾　市中医医院护理部

30余年的护理工作中我阅历了许多感人的场景，看到了我们护理人为护理事业的付出。护士是生命的守护神，她们似春风为患者带来温暖，似细雨为病人滋润心灵。我要感谢的是家人对我们护士工作的理解与支持，有多少个节假日与深夜，我们的护士姐妹和我一样，她们有的是为人妻、为人子、为人母，在家人与工作之间，舍弃温暖的被窝、年迈的父母、生病的孩子，顶着寒风与暴雨来到医院，履行自己的职责，没有惊天动地的业绩，平凡而朴实的双手给了患者生命的支撑。

有这样一位护士的母亲，令我至今深深感动……她爱她的女儿，理解护士这个职业的特点，每当女儿上夜班，她总是把家里的闹钟调到凌晨1点、3点，为的是与年轻的女儿聊上一两句话，以冲淡她难以抗拒的睡意。她说，深夜我悄悄地来过你们的医院，观察过女儿上班的场景，长长的走廊闪着微亮的灯光，病房里静悄悄的，只看到二三个病人仍挂着盐水，今天这里没有危重病人的抢救场面，很多病人早已进入梦乡，但是女儿的护士站依然灯火通明，看着她忙碌穿梭在治疗室与病房之间，为患者做好了各项工作……

时针轻轻地在转盘上转动，病房内悄然无声，太安静了也不好，睡意爬上女儿的脸庞，看着坐着也能睡着的女儿，她惘然……年轻的女儿不会失眠，她没有烦恼与忧愁，她的生活阅历太浅了，需要有人不断地提醒与鞭策。要抗拒人的生理时钟，赶掉瞌睡虫太需要毅力了，当兵出身的母亲太有感触了，护士不能像值岗的哨兵那样两小时换岗一次，但要像哨兵一样及时判断病情转换的瞬间。女儿呀，你不会忘了每小时还要巡查一次病房，不要忘了你身上的重负，看看你的病人睡得好吗？他们的病情是否平稳？一句句唠叨话响在女儿的耳旁。

家访中我望着这位已年近六旬的母亲，微白的头发下面慈爱的眼神告诉我，她没有埋怨，对于护士的职责、严肃的纪律、严格的制度的深深理解，护士肩上的担子太重了，来不得半点马虎与渎职，我们只能累自己，或者委屈孩子与老人，我们的工作需要家人的支持。

再过几年我将离开护士岗位光荣退休，望着眼前“80后”、“90后”年轻的护士，家中的独生子女，为人妻、为人子、为人母的护士姐妹们，你们的工作平凡而伟大。请关爱这些选择了护士职业的年轻一代，当她们身累的时候不能同时让她们心受累，为她们创造良好的工作环境，为她们提升较高的社会地位不能只停留在口头，这是整个社会以及决策层的责任。

市中医医院徐建副院长点评

护士是生命的守护神，她们似春风为患者带来温暖，似细雨为病人滋润心灵，但她们在守护生命和健康的同时，用年轻的肩膀扛受着与其阅历不般配的委屈和无奈，用柔弱的躯体支撑着难以体会的枯躁和烦恼……我们应该多给她们一份理解、温暖和关爱。

中医药大学医院管理处王珏副处长点评

文中记叙了一位护士的母亲，为了支持女儿的护理工作而不辞辛劳。这让我们想到了母爱是一种巨大的火焰。愿千千万万护士的家人给她们更多的关心与体贴，更愿社会给护士更多的理解与支持。正如陆瑾副主任文中所说：“当她们身累的时候不能同时让她们心受累，为她们创造良好的工作环境。”

如何当好护士长的思考

陆 巍 龙华医院急诊科

“护士”曾几何时，是媒体笔下的“白衣天使”，是百姓心中健康的守护者。当年，选择护士这个职业，对于我来说是“阴差阳错”的结果，为救死扶伤奉献终身，对于我来说也是那样抽象的理想，“提灯女神”的故事也只是心中美丽的一抹敬仰。

然而，当有一天，垂危的病人因为你的坚持而得以延续生命，绝望的患者因你的抚慰而重树“斗志”，那时的美好是如此震撼我的内心。也许就是从那一刻起，我才真正感受到“生命的意义”，才真正体会到“护理”的价值。

手捧清茶，思绪沉淀，回忆心路历程，往事历历在目。十八个年头，酷暑寒冬，扪心自问，对于护士这个职业我是用双手在做，用思想去实践，用心在体验。

我所在的科室是医院的最前沿——急诊，每每听到急诊科，总使人不由自主地紧张，然而，在我看来，这里的一切都是如此的亲切，这里的护士都是如此的质朴可爱，这里的每一件工作都是如此的意义非凡。我们的国情决定了我们在和平环境下也许只能做“折翼的天使”，但即使是在隐形的“战场”上，我们也依然肩负重任。

每天早上，踏着晨光走进病房，病员们都会说“小队长和她的兵来了”！在这里，我是姐妹们的“小队长”，燕帽上的一条杠更象是一根“警示棒”，时刻提醒着我，不停地去思考与实践，如何当好一名“护士长”！

很多人都觉得每个带“长”字的职务，都意味着权力！我想这是见仁见智的理解。对于我来说：护士长就是一个科室的“公仆”，她既是护理队伍的“领头羊”，又是护理操作的实干家，更是科主任的“贤内助”……她身上肩负的是完成所有义务的“权力”。要做好一名合格的护理队伍基层管理者，责任、实干、担当、廉洁自律和人性技巧是决定因素。

首先，责任是实干的保障，我们每天面对的是一个个鲜活的生命，任何一项操作都直接关系到病员生命的质量，所以容不得有半点懈怠。护士长更应该承担树立自身与培养护士们的责任感的工作，当你对自己的工作有责任意识，你才会认真去对待每一个环节，才能做好每一件事。

其次，实干是做好工作的基础。每一项护理工作都需要通过实践来达到理想的结果，也是在实践中发现可以弥补的缺陷，从而才能做好事情。不可以只做一个“空谈理论家”，光动嘴不动手，或者不懂装懂自吹自擂。尤其是急诊，随时随地的应急事件，更是检验能力的关键，这时需要的是“真枪实箭”地去配合抢救，平时不动手，不接触仪器，不接触临床，一旦遇到紧急状况，手足无措，那时失去的则是别人对你的认可和信任，更无法去开展今后的工作。

另外，担当也很重要。护士姐妹们需要的是一个在遇到业务难题时，能够出谋划策解决问题的“领头羊”，需要的是遇到无理取闹的人或受到委屈时，能够为她们挺身而出伸张正义的“排头兵”。如果，一个护士长，只会坐在办公室喝喝水、排排班、开开会，而当遇到抢救、遇到纠纷、遇到难题则避而远之，借口躲开时，那就完完全全玷污了“护士长”这个名称。

当然，护士长更应严于律己，自身正，才能正她人。一个团队的士气和氛围，很大程度上取决于领导者。因此，护士长的一言一行，思想思路都会影响身边的护士。

最后，护士长开展工作也需要有一定艺术技巧，用心去体会每一位护士的思想感受，站在对方的角度去理解问题的实际，也许会有不一样的思路，也许更能让人感受到你的真诚。

所以，学会用自己的睿智、聪慧、自律、踏实和执着去感染团队的其他人，是护士长应该一直用心思考、用实践去追求的工作目标。

龙华医院张嗣博副院长点评

在医院，很多时候，护士是一个弱势群体，然而她们却是接触病人、了解病人最多的一个群体，病人对医院满意程度很大部分取决于她们的工作状态。护士长作为一线团队的负责人承担着很大的工作压力。如何解决困难，改善服务，提升能力，是每一位护士长需要思考的问题。陆巍护士长的一些思考、一些做法给我们大家提供了一个有益的帮助。

中医药大学医院管理处王珏副处长点评

现代管理理论强调影响。陆巍护士长用非权力影响力，包括良好的人格魅力和职业道德、丰富的专业知识和高超的护理技术、良好的人际关系和严谨的工作作风等正向影响着护士，取得很好的效果。期待着更多的思考与实践。

爱的奉献

陈珠平　市中医医院骨伤科

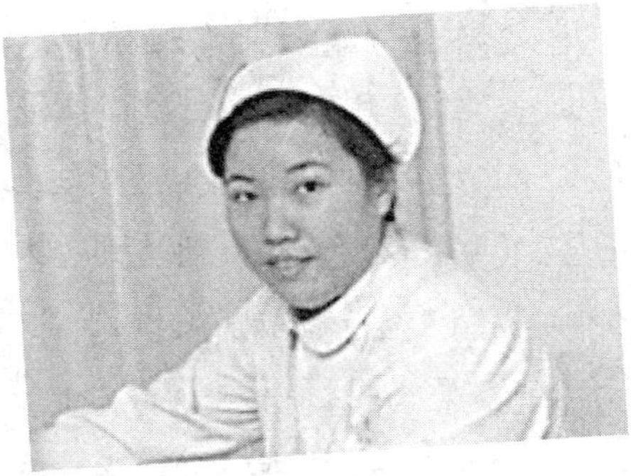

那年，刚从护校毕业的我无意间在ctrip网站上看到了“爱心绿地”专栏里播放着志愿者陪伴老人、照顾孩子的义务活动，孤老们在志愿者照料下露出的慈祥笑容，残障的孩子们在志愿者呵护下透出的童真稚趣，猛然间撞击起我内心爱的火花，我毅然决定要为特殊的儿童献出自己特殊的“母爱”。

至今，我仍旧记得第一次走进“惠馨儿童福利院”时的情景。一个个没有家庭、没有母爱的残障孤儿，脑瘫幼儿占了大多数，有的不能行走，有的吃饭吞咽困难，还有的全身僵硬地躺在床上，头上出现了很大的压疮，刹那间，作为一名护士，我的关爱同情之心由然而起。这些孩子他们更需要温暖，他们更需要关爱。看到那里有些外国友人在陪伴孩子们做游戏，我也一起参加了他们的队伍，陪他们游戏，喂孩子们吃饭，教他们识图……可当我起身准备离开时，一个蹒跚学步的小女孩紧紧拽着我的衣角，哇哇大哭。孩子眷恋的眼神激发了我内心潜在的母性，从而我更加坚定了为这些缺失家庭关爱的残疾孩子们多做点事。从此，我的生活多了一份牵挂。

在我担任骨伤科护士长后，我发现我身上的担子更重了，我肩负起的是责任与新的挑战。在做好科室工作的同时，我把志愿者服务引入了医院，我的身边多了群和我一样拥有爱心的志愿者们，我们从儿科邀请了专家，为孩子体检并建立健康档案。在小班里有个全身僵硬的孩子躺在了床上，她叫“璇璇”，看到她时，她用尽力气摆手，仿佛在寻找生的希望，我握紧她的小手，深情地望着她，仿佛在告诉她“孩子，阿姨一定会帮你，让你快乐的成长”。我们积极为孩子寻找治疗方案，“璇璇”开始接受我们的系统治疗。我们每周为孩子进行针灸和手法推拿，为了让孩子能得到更好的康复训练，志愿者服务队的志愿者主动提出了接送孩子来医院康复科进行康复训练的任务。“璇璇”做康复要1个小时，头皮上还打着针灸，于是我们就抱着她做康复，每次抱起璇璇看着她痛苦的表情上露出甜甜的笑容时，我都会轻轻地亲吻她的额头，似乎是在给她力量。经过3年的坚持，璇璇从坐到站到今天她能正常地行走与奔跑，当她第一次开口叫我们“爸爸、妈妈”的时候，我们都哭了，福利院的罗院长钦佩地夸奖我们“不是妈妈，胜似妈妈”。我们能做的不多，但通过我们的努力与坚持，能帮助更多的残障儿童，我想这大概就是我们白衣天使的职责。

“80后”的我们是拥有无限热情的一代，我们有泪水有欢笑。只有我们拥有一颗“炽热的心”，我们的人生才能更好地发光发热，泰戈尔曾说过，人在生活的旅途中跋涉是寻找自己。那么作为一名护士长只有不懈的心灵追求，才能在生活的大海里尽情遨游，只有无止境的心灵追求，才能登临人生的颠峰。

市中医医院徐建副院长点评

“璇璇”虽有不幸，但又是幸运的，有那么多关爱她的护士、医生。从“提灯女神”时代起护士就是“生命的守护神、爱的化身”，护理人员的一生将与守护生命和健康同行，白衣天使的一生将与追求和奉献结伴。追求无止境，奉献见崇高。

中医药大学医院管理处王珏副处长点评

“这是心的呼唤，这是爱的奉献……”歌曲委婉而动听，温馨而深情。然而陈珠平护士长《爱的奉献》更让人感动不已，她从青年护士开始为残疾儿童志愿服务，到如今已成为护士长，带领她的团队继续志愿者工作，这不仅仅是爱的奉献，更是爱的教育。相信陈珠平护士长的护理团队一定是最可爱和最可敬的集体。

男护士的坚定之路

邵海波　曙光医院ICU

男护士在现在的社会中是一个新鲜而又略有些尴尬的职业。从事护理事业几年来，经历过患者和家属的不理解、内心的煎熬与斗争、社会的偏见……看着身边的同学、同事一个个跳槽从事其他的职业，但是我今天毅然坚守在临床护理一线的岗位上，因为护理事业需要男性的加入，更需要男性的奉献！今天我由衷地选择护理事业！

我刚到监护室一个月，监护室的专科知识以及各种抢救仪器的使用对我来说都充满了诱惑和求知欲。我的带教老师们都对我这个初来乍到的"新生"的问题知无不言、言无不尽，可是大多数时间都是理论知识的学习，就因为如此，我对她们的实际操作能力曾一度有过怀疑，直到那一天那一件事情的发生对我产生了深远的影响。

很清楚地记得那是2009年的6月26日，端午节的前一天，周五。将近中午的时候，突然从肾炎科转入一个危重患者，需要做CRRT（床旁血液虑过、连续肾脏替代疗法）。只见我们的总带教陈老师，接到医嘱后，仪器的操作一气呵成：充预充液、开机、校称、安装管路、管路测试、连接患者……操作的每一个步骤都精准、熟练、高效。如果说上午的事情是对我心中疑惑回应的话，那下午发生的事情进一步明朗了我对监护室老师的敬意：一个实习生在换补液的过程中，不小心把CRRT机器的电源弄脱落了，机器立刻停止了运转，我们的总带教陈老师以极快的动作把电源连接好，立即重启机器，进入机器的“诊断”界面，在最短的时间内把患者的血液回输到患者体内，之后又顺利运行机器。

这件事情对我可以说是很震撼的，我佩服她们的娴熟操作和应急反应！几年过去了，我也很荣幸地成为了其中的一员，虽然各种仪器的熟练使用对我来说已不再是一种障碍，但是她们对于患者如亲人的态度、对自己工作的慎独、无私奉献、严于律己的作风一直激励着我。

重症监护室，高强度的工作让人疲惫不堪，在这里患者每天24小时在我们的严密监护之下与死神搏斗。我们为病人进行全方位的治疗和优质护理服务，从输液喂药做检查，从翻身拍背到吃喝拉撒，从健康宣教到情志护理……我们在这里，毫不夸张，我敢说，是病人生命唯一的寄托。有时与病人私下聊天，不经意间发现，就是亲生父母都不曾给予过这样的照顾。

也许是刚踏入监护室的那一课，为我在日常工作中精益求精奠定了基础。我们日夜守护才给了危重患者生命的希望，所以我珍惜工作中的每一天，用优质护理对待我的每一个患者，或许现在我只是在护理岗位上默默无闻度过我的美好青春时光，但是也许这就是生活的真谛，这也许将成为我一生的财富。

曙光医院护理部张雅丽主任点评

男性迈入护理行业，本身来说就是社会的进步，既充实了我们护理行业的发展，也迎合了患者对护理事业的需求。男护士从对自身发展的迷茫，到对护理事业的热爱；从患者的侧目和不接受，到受到医患的一致好评，可以说这一路走来，都离不开社会、单位、院领导的支持，当然更离不开其本身的努力和勇气。相信男护士通过自己的努力会得到更多人的支持和认可。

中医药大学医院管理处王珏副处长点评

《男护士的坚定之路》记叙了邵海波成长的心路历程，监护室老师娴熟的技能，高尚的职业道德，都给作为新护士的他留下了难以磨灭的印象，引领他坚定地走在护理事业的征途上。古人云："古之立大事者不惟有超世之才，亦必有坚韧之志。"加油！男护士，护理事业的发展需要你们。

感恩　沟通　坦诚

武振红　龙华医院西九病区

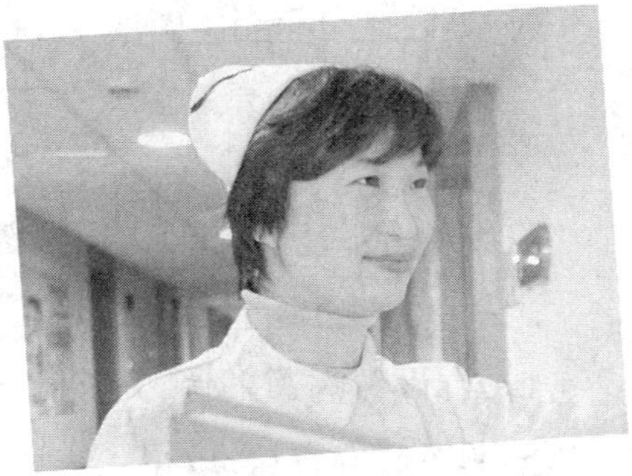

写这篇文章的伊始，有些迷茫。护士长日记这几个字，我的理解应该是写护士长工作的概况以及自己在工作中的一些感悟。可是护士长的工作每天都可以用忙忙碌碌、琐琐碎碎来概括，有点不知道从哪里入手的感觉。但也感谢护理部给了我这样的机会，让我在每天几乎已经成为惯性的工作中，有了一个能够静下心来思考、回味的机会。慢慢的我的脑海中浮现出了几个词：

感　恩

我是在2007年开始担任护士长的，一晃已经5年多了。5年的努力和磨练自己已经慢慢成长，但我始终感谢在我作为护士长助理时期护理部对我的培养。在那段时期里，外出进修学习，让我拓宽了眼界；在东二担任护士长助理，得到了资深、优秀护士长沈麒云老师的悉心指导；在东六的实践，让我第一次对独立担当工作，产生了责任感和使命感。这些都为我今后的工作奠定了扎实的基础。

在我作为一个“空降兵”来到西九病区这一多专科的特殊科室时，当我还在为尽快熟悉日常工作而努力时，两起意外事件不期而至。一头雾水的我得到了科护士长、大科内的各位前辈，以及各位科主任的大力支持和帮助，帮助我顺利地度过了适应期。

5年里最让我感动的还要数我们西九护理这一团队。几年中，科室始终面临着工作量持续增长的巨大压力，但从全体人员共同参与全国护理岗位技能竞赛，到当我为参加北京复赛复习期间大家对我的关心和支持，到神经外科入驻我们科室时大家从开始的小情绪到共同学习积极应对，再到每次迎接各级各类检查时大家主动加班毫无怨言，还有每当有人员调动时大家的依依惜别之情，无一不让我动容。

沟　通

作为护士长如何沟通好医护、护护、护患之间的关系始终是工作重点之一，在西九还包括了协调各科室之间的关系。虽然，通过针对不同科室特点，设置沟通平台，开展科主任例会，尽可能分清各科室成本，减少不必要的矛盾等方法，取得了一些成效，但“沟通”两字有时也会格外沉重。

就拿“鼻饲操作须由护士完成”这件事来说，由于神经外科病人一部分是长期卧床，从家中或养老机构入院，家属和医生对操作的的专业性认知不足，并且认为由家属操作更方便、更随意。从向家属、医生介绍专业知识和家属操作的危害性，到将床边的用品集中在治疗室，到拟定告知制度，到目前确定鼻饲病人由营养科会诊并合理配置流质，由护士统一操作，这中间的起起伏伏会让我有“怎一个累字了得”的想法。当然，如何不断提高技巧，还会是我今后努力的方向。

坦　诚

坦诚地面对各位科主任和团队的每一个成员，始终是我追求的目标。几位科主任性格迥异，个性鲜明。面对他们，我始终坚持实事求是地汇报科室情况，了解护理需求，积极配合医疗工作，以我不变的坦诚之心，应对不同的人和事。

病区护理工作的开展，离不开每一位护士的努力，但每个人的能力各有不同。以同一个标准，要求每一件事，对存在的问题开诚布公，共同引以为戒，确保护理质量；让人人参与管理，给每个人表现的机会，培养主人翁态度；公开排班、奖金分配的原则，使人人做到心中有数。当然，每个人的个性有所不同，在工作方法上有所不同，是坦诚得以实现的前提。

龙华医院张嗣博副院长点评

感恩是一种心态，沟通是工作方法，坦诚是工作态度。在开展优质护理活动的当前，作为护士长能有这样的认识和体会值得同仁去感悟。我更希望每一位护士能以感恩的心，用坦诚的方式和每一位患者进行有效的沟通，促进护患和谐的同时也为护理学科的发展增添新的内涵。

中医药大学医院管理处王珏副处长点评

“感恩、沟通、坦诚”，寥寥数字道出了武振红护士长工作的方法论。从一名“空降兵”成为一名能综合协调各科的护士长，除了这6个字外，相信全心投入，用心工作一定是她的法宝。期待有更多的护士长能和大家分享成功的经验。

始于初心的爱

林　桢　龙华医院肿瘤二科

爱是什么？是一个微笑，一句问候，一份守护，一种坚持。然而造就一切行动的出发点都源于自己最初的心，一颗想为患者减轻疾痛，促进健康，为自己造就事业，传承仁德、仁爱、仁术的心。

肿瘤科是令每一名患者听之都会不寒而栗、胆颤心惊的科室，因为它总是给人一种濒临生命尾声的印象，从每一名新来患者的眼中，我常常能感受到他们内心的惶恐和不安，他们会用冷淡的表情、犀利的言语来发泄心中的恐惧。作为一名护士长，我既是一名病区管理者，更是一名临床护理的表率者，因此，我时常会告诉自己和科室里的每一位同事，我们要努力地去理解患者，也要努力地去理解患者的不理解。每一天的相处，每一次的交流，让我们都从微笑开始，微笑着去面对每一名患者，哪怕他用最不屑的态度回馈于你。相信微笑是世间最有力的词汇，只要坚持，慢慢的，总有一天，患者能感受到我们真诚的友善和关怀，那样我们的微笑就会融进他们的心田，印刻在他们的脑海中。

微笑，是我们作为一名护理工作者所应具备的服务态度，治疗护理好患者是我们的本职工作。我们希望每一名患者都能在住院期间疾病能得以控制，疼痛不适的症状能得以缓解。幸运的是大多数患者都能如我们所愿改善好转，自然也有少部分患者即便是每日精心的治疗护理，病情还是难以掌控，每况愈下。多年的工作经验让我深知，此时患者需要的不仅仅是身体上的治疗照顾，更多的是人文的关怀和精神的支持。因此，我要求科室里的每一名护士都能用最积极的言语去开导，去鼓舞重病的患者，“今天你看上去气色比昨天好多了”“这个药很好的，只要你按时服用，会有疗效的”“没事的，疼痛只是暂时的，病情会一天天好起来的”……每天我们也许都在用委婉的语言抚慰患者，试图用心灵暗示来激励他们，因为此时的我们不仅仅是患者的医护者更是患者的精神支柱，我们的每句话，哪怕是谎言，都能成为他们坚持下去的希望和动力。

身为一名护士长，一名病区管理者所承担的责任是繁复重大的，除了管理的方式、组织、监控都必须科学合理外，对于如何处理护士、医生、病人及其家属等错综复杂的人际关系也必须事无大小亲力亲为。为此我也一直努力学习、交流探讨，通过多方面的认知实践从而提高自身的管理能力，掌握避免矛盾、缓解矛盾和解决矛盾能力。从一名护士到一名护士长是一个阶段成长的过程，然而从一名合格的护士长发展成为一名优秀的护理管理者又是另一个阶段的成长。内化于心，固化于制，外化于形，实化于行，这便告知我，人生的成长贵在行动，迟疑不决时，不妨先迈出小小的一步，其实只要自己愿意走，愿意坚持，即便前方的路充满着荆棘，也终将能达到渴望的彼岸。

不忘初心，方得始终。一路的坚持都源于自己最初的梦想和选择，无论是作为一名护士还是一名护士长，我都会忠于自己初心。用心去关爱每一名患者，尽力去治疗护理他们，用以身作则的态度来要求自己，把工作当成事业来做，秉承好龙华医院的服务宗旨“质量第一，病人至上”，发扬我院的文化精神“严谨、仁爱、继承、创新”，用实际行动的付出来做到真正意义上的仁心、仁术。

龙华医院张嗣博副院长点评

要达到目标，实际行动最重要。“把工作当成事业来做”是一个非常好的口号，也是很多人追求的梦想。有了这样的精神，有了这样的意念，“微笑服务、关爱患者”就有了基础，护理学科的发展就有了保证，优质护理工程就能落到实处。

中医药大学医院管理处王珏副处长点评

林桢护士长用她实际行动诠释了龙华医院的服务宗旨“质量第一，病人至上”。相信肿瘤二科的护理文化也会使科室的护士成为明日之星。

护士长与护士相处的艺术

林　敏　岳阳中西医结合医院乳腺病科

自从当上护士长我深刻体会到，做一名护士相对容易，做一名合格的护士很难，做一名合格的护士长是难上加难。因为护士长是一个护理单元、护士群体的核心，护士长的领导方式、行为直接影响到护士工作的业绩、态度及团体的凝聚力，一个合格的护士长必须要有良好的相处技巧。

在与护士相处时，我觉得护士长要有一颗平常心，不要以领导自居，多听取护士的意见，可以经常找护士谈心，尽自己所能帮助护士解决生活和工作中的实际困难，肯定护士在工作中的成绩，发挥护士的长处，批评护士时要注意方式方法。同时自己在工作中要以身作则，让护士从心里感到敬佩，主动配合护士长工作。

护士长应尽量做到一碗水端平，公平、公正地对待每一位护士，奖罚分明，理解和关心护士，在工作中要严，生活上要亲，这样才能调动起护士们的积极性。

作为护士长还应了解和包容不同性格的护士，这是领导者的道德修养和精神风范。人无完人，若护士长不能包容护士的短处，势必难以共事。每一名护士都有长处，护士长要知人善任，充分发挥和挖掘护士的特长和潜能，为她们营造成才的空间。

我觉得护士长更要不断学习新知识、新理论、新技术，加强对心理学、伦理学的学习，培养良好的性格和高尚的情感，注意调节和控制自己的情绪，这样才能更好与护士相处。

作为一名青年护士长，我还有许多需要学习和提高的地方，我会努力做好以上几点，争取成为一名合格的护士长。

岳阳中西医结合医院陆嘉惠副院长点评

乳腺病科是我院近年"异军突起"的一个临床科室，从无到有，从小到大，也仅短短的3年光阴。而林敏却是在护士长换届时唯一一名被主任直接点将的普通护士，她为何被主任青睐，被领导认可，我想这与她的能力、勤奋与个人魅力一定有关。而日记中所言的"工作作风、过硬技术、个人修养、包容之心"，这也确实是林敏时刻在践行的。

中医药大学医院管理处王珏副处长点评

林敏护士长日记阐述了她在工作中如何与护士相处的体会，从侧面反映了她的领导艺术。我们期待更多的年轻护士长在管理实践中不断历练，成为一名成熟、有魅力的现代护理管理者。

天使的承诺

林　颖　市中医医院骨伤科病房

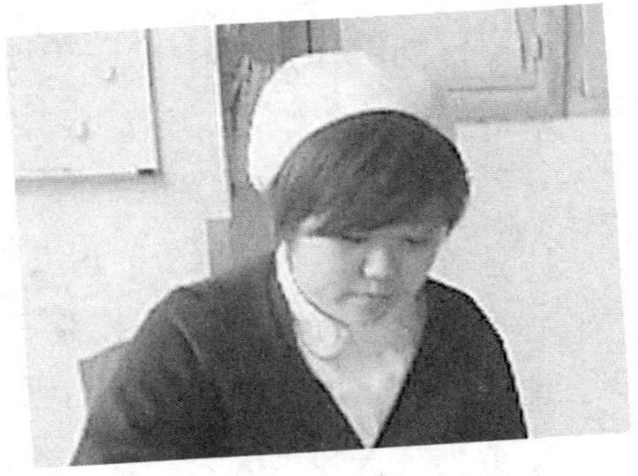

2005年的夏天，我正式成为了一名护士，工作在临床一线。人们常说，白衣天使，纯洁、善良、富有爱心；救死扶伤，童叟无欺。是被比喻为是奉上帝的差遣到人间来治病救人的天使。所以都喜欢把护士比作白衣天使。而于我，却是一种承诺。

她是一个做过6次手术、高位截瘫的残障人士，一个一手办起“兴家残疾人子女义务辅导学校”的坚强女子。从1999年至今，为将近1 700名残疾人子女提供了7万多小时的义务辅导；在先后参与的5 000多位教学志愿者共同努力下，“兴家”把辅导范围从杨浦区扩展到了虹口、卢湾、徐汇、静安、闵行等区。这样一名只能在电视里见到的伟大的女性，在一次偶然的机会，我们开始走近了她的生活。

那是一个普通的下午，我院精神文明办的电话响了起来，“您好，我是医院退休职工，我想请你们帮帮我，我的妹妹房金妹双下肢烫伤已多日了，一直没有治疗，她高位截瘫行动很不方便……”接到任务后我们来到房老师的家里，为她检查伤口，只看见房老师整个双下肢深II°烫伤，包括会阴部及臀部，且部分创面已出现化脓。这时，我发现房老师由于高位截瘫，留置导尿管已许久没有定期更换了，感染的危险因素很高，所以我主动提出上门更换导尿管，就这样一句简单的话，我将它视作一种承诺。

坚持每周两次上门换药，并且每隔一段时间请外科医生协助会诊，通过半年多的努力，看着房老师的伤口基底部从苍白转为红润，慢慢的长出新鲜的肉芽，到最后完全愈合，大家都感到无比的兴奋。虽然伤口已经愈合，可是外科护理组的护士们仍然坚持每两周上门一次，为她更换导管，并帮助她进行会阴护理。其实工作并不复杂，最难能可贵的是坚持。

所谓一诺千金，真的不假，一年多的时间中，同志们都是利用自己的休息时间为房老师服务。房老师常常要接受电视、杂志的访问，还要关心辅导学校的学生们，工作非常繁忙，针对这样的情况，护士们每次都会提前一周与房老师商量上门服务的时间，尽量不影响她的工作。一次，房老师告诉我当天要参加一个电视节目的录制，晚上8点才能到家，当天如约的我来到房老师家楼下，可是门铃怎么按也没人回应，这一等就是一个小时。晚上9点多，房老师终于回到了家，我边准备用物，边和老师说着话，一会儿导管就更换完毕了，连泡的茶都没喝上一口就急着赶去上夜班了。

由于护士的工作时间特殊，所有的青年护士都参加科室中夜班的工作，可是她们从来没有因为这样那样，而推辞房老师的请求，从没有一个人有过怨言，从简单的更换导管工作，到生活细节上的关心，她们力尽做到无微不至。

现在，房老师的导管护理由地段医院护士接手了，但这白衣天使的承诺，无限的关爱给患者带来的是安康与幸福。

市中医医院护理部张洁常务副主任点评

榜样造就追求,责任凝就承诺。作者和她的护理团队始终如一地为爱心人士提供护理服务,从学习他人来丰富自身,从关爱他人来成就事业。天使带给人类幸福和安康,天使是最美丽的!

中医药大学医院管理处王珏副处长点评

“承诺”是一种自然绽放的美。《天使的承诺》让人感知到一份力量,一份爱的传播,护理工作的意义在这承诺中已经悄然发生升华,从此让生命发生无数喜悦。

清晨的感动

郁秋华　普陀医院中医肿瘤科

清晨，当我走进医院大门，伴随救护车的鸣叫声，看着一早就川流不息的人群，医院，这个救死扶伤的特殊场所，早已开始它一天的忙碌。走进更衣室，发现挂在衣架上的白大褂少了几件，知道那是夜班和早班的护士们穿着自己的工作服在病房里忙碌着，我的心中忽然涌出一种感动……

在医院，我们给病患的并不是一个冰冷的病房，而是一个让人温暖的大家庭。也许我们并不伟大，但我们有着最温柔的心；也许我们并不能挽救他们的生命，但我们愿做他们的亲人。在他们生命的最后一程里，至少还有我们的陪伴，我们希望他们即使在离世时，也是在没有遗憾的微笑中，平和地与我们告别，希望他们记得白衣天使的脸上将永远带着的微笑……

在家里，我们是丈夫身边贤惠的妻子，是孩子眼中温柔的母亲，是父母膝下乖巧的女儿。但是，在病房里，在这没有硝烟的战场上，我们是患者心中的希望，我们拉起双手，为患者的健康筑起一道白色的城墙，用我们柔弱的双肩扛起抗击病魔的重任，用我们纤细的双手安抚患者的病痛，用我们温柔的目光为患者送去一份关爱，一份信心……

每天，在我的周围都发生着许多感人的故事。记得一名在病房里住了许久的晚期病患，她的丈夫去世，子女也并不亲近，她觉得失去了生活的意义，但此时，护士姐妹们成为了她的家人，轮流陪她谈心，给她送去营养品，甚至亲手为她洗衣物。虽然最后，这名患者由于病痛的折磨最终离开了我们，但是在她最后的日子里，却得到了极大地安慰，她感受到了亲人般的关怀，疼痛时总有一双手紧紧握着自己，在她其中一封表扬信中写道：我知道我的时间不多了，越来越频繁的疼痛让我几乎失去了活下去的勇气，但值得欣慰的是，在最后的日子里，我得到了我一生最温暖的时刻，有了一群像是我女儿一样的姑娘，有了一个像朋友一样的知己，在此，我要想向病区的护士长及全体护士们表达我最深的感谢。

至今，我还清楚的记得其中一位病人的故事，虽然年轻的生命已经离我们远去，但是她的模样，以及对生命的热诚却久久影响我们每一个人……那是一个个子小小的女生，脸上架着一副圆框眼镜，头发剃得像男孩子似的，脸上总带着浅浅的微笑，隐隐约约地小酒窝在嘴边跳动着，也许按中国人的观念来说她不能算是女生了，毕竟她已经30岁了，但对于生命的跑道来说，她才过了三分之一啊！早上，娇小的身影总来回穿梭在走廊上，每天都努力地吃药，按时的治疗，但病魔却总能将幸福的东西轻易摧毁，身体的疼痛渐渐地折磨着对生命的热情，头顶的阳光仿佛都被乌云遮盖了……不知是多久了，小小的身影没有再出现过，取而代之的是躺在病床上日渐憔悴的身躯。那些都让我们每个护士看在眼里，疼在心里，多么希望可以替她分担一些啊，所以我们并没有放弃她。每天，只要一有空，就会走到她的房间里，告诉她许多外面的事情，比如说天气、新闻，甚至是路边的见闻趣事。起初效果并不是很大，她总是一个人躺着，也不回答我们，甚至是没有表情。直到有一天，我们中间有人告诉她一位名人曾说过的话：内容充实的生命就是长久的生命。我们要以行为而不是以时间来衡量生命。这句话她想了很久。突然之后的某一天，当我们依旧微笑地看着她时，那久违的小酒窝又一次的出现了……

这就是我们，一群最平凡的人！但我们心中却怀抱着天使般的爱心与责任。也许一颗星星并不起眼，可漫天星光却可以照亮大地；也许一株小草并不起眼，但株株连成绿地就可以带来春天；也许一盏油灯并不起眼，可盏盏结成的万家灯火却可以点燃人类的希望！

“护士长，上班了！”眼前出现的张张笑脸伴随着清晨的微风吹遍了病房的每个角落……

普陀医院赵德强副院长点评

肿瘤科的护士坚强而伟大，她们目睹了太多的生离死别、人间冷暖以及和与病魔作顽强斗争的病患，也经历了太多的感动，护士长挖掘了护士们心灵深处爱的力量，令人佩服！向你们致敬！

中医药大学医院管理处王珏副处长点评

字里行间很好地诠释了护士的爱是纯洁无私的爱，是不求任何回报的爱。你们在平凡的岗位上，在平和与内敛中表达着对工作的热爱和对生命的尊重。因为有爱，在追求更高的职业水准的征途上你们一定能行！

点滴之中的爱

金　燕　普陀医院急诊输液室

在普陀区中心医院的门急诊输液室有这样一位护士，他没有轻盈的身姿，没有甜甜的话语，他是我们这群红色娘子军中的佼佼者，是一位从事护理工作40余年的男护士——沈长林，他直到退休都辛勤耕耘在护理岗位的第一线。

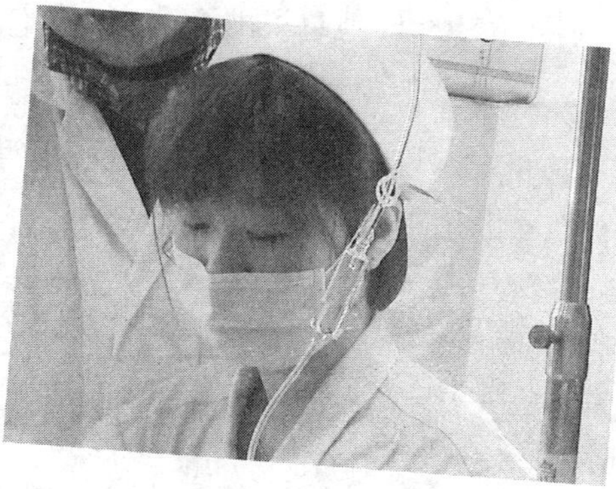

输液室的工作环境并不好，孩子的哭闹声、病人家属的催促声此起彼伏，对于他这样一个即将步入耳顺之年，还有糖尿病、心包积液、冠脉狭窄>25%的老护士来说，究竟是什么力量让他如此无怨无悔地工作着，每一个新入科的护士都带着这样的疑问观察着他，我也不例外。由于他是输液室里唯一的男护士，病人们很容易记住他的外部特征，可是那些血管条件差又需要长期输液的病人都是怀着一颗感激的心惦念着他，每天他提早一小时，早上6点多就来到科室，输液的老人们也追随而来。他用精湛的输液技术证明了自己的价值，经过多年的血管解剖学研究，他独创了根据血管解剖学走向判断静脉位置的输液方法，应用于难度较高的血管条件差的患者。他的老病人们经常会和他预约第二天输液的时间，他对这些病人有求必应，好多次中午饭吃了一半，可是病人一来他总是放下饭碗就工作起来。病人感激他，多次给他红包，他总是在病人输液结束的时候还给他们，实在难拒绝的，他就交给医院。每天穿梭在输液第一线的他，总是对科里的年轻护士说："你们碰到没把握进针的病人千万要来叫我，我来帮你们看看，教你们怎么打，以后我退休了，这些老病人来输液，你们也可以做到百发百中。"

经过一段时间的观察，我发现沈长林不仅技术精准，更是一位充满爱心的长者。输液室里常看到他单腿跪在地上为病人输液，当他起身的时候额头上已经渗满了汗滴。即便这样他仍然深爱着这个岗位，不愿意到相对轻松的科室上班，他总说那么多病人信任就是我继续为他们服务的动力。在这些病人身上他得到了作为一个护士能够得到的最高评价，赢得了人们无声的喝彩，也让我们看到在医患关系不算和谐的今天，只要我们医护人员在业务上不断追求卓越，拿出真诚面对患者一样可以赢得尊重，体现我们的价值！

普陀医院护理部姚丽文主任点评

男护士是护士队伍的生力军，是建设一支健全的护理队伍不可缺少的力量。女护士有温柔体贴、善解人意的性格特点，男护士则有强健的体魄、顽强的意志及灵活的应变能力。文中的男护士在护理岗位尽心尽力工作了40余年，他用精湛的技术、满腹的爱心，赢得患者们的口碑和护士们的尊重。

中医药大学医院管理处王珏副处长点评

日记叙述了男护士沈长林以精湛的技术赢得病人信任的故事，讴歌了他崇高的职业精神和高尚的职业道德，读来耐人寻味。我们期待新生代的男护士勇于进取，在护理职业生涯中发出光和热。

护士长工作中的严于律己和宽以待人

金　蕾　岳阳中西医结合医院肿瘤介入科

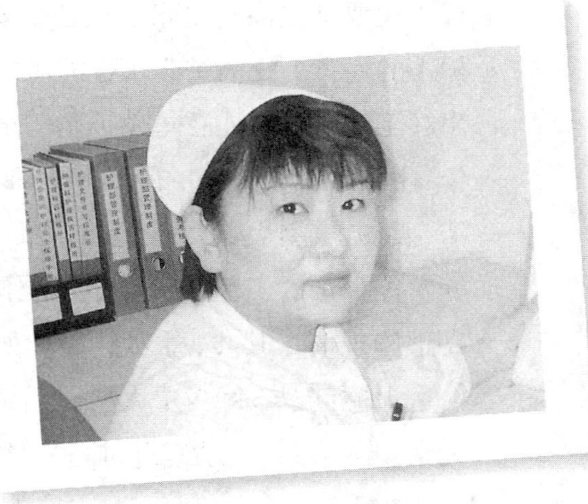

护理管理是一种行为，一种模式，同时也是一门艺术。管理者的领导方式和领导行为直接影响员工的工作效率。一个善解人意、知人善任的护士长，必然会使护理群体和睦，护理工作协调，护理管理事半功倍，所以在平时工作中要关心护士，爱护护士，努力为护士创造一个温暖友爱的环境氛围，使护理人员心情舒畅、心甘情愿地和自己一起共同完成工作目标。

护理工作的好坏、成败直接影响质量。护士长要树立以人为本的护理管理理念，了解并满足护士们的需求，激发不同层次护士的潜能，培养护士积极向上的工作作风，充分调动护士的工作热情，以提高护理工作质量。在管理过程中，加强护理人力资源管理，应用激励技巧，激发护士的主观能动性，可以促进整体功能的发挥。同时，在工作中要善于发现和发挥每个护士的特长，利用激励因素激发护士的工作热情，对护士的能力进行取长补短有机组合以求得综合、整体、团队的最大效应。

自己必须以身作则，率先垂范：护士长要求护士不怕艰苦，讲奉献，自己必须勤奋，做出表率。要求护士具有高度的成就感，自己就要刻苦努力有所成就，科室发展了、进步了，不可居功自傲，要归功于大家，同时对成绩突出的护士要给予表扬，并给予适当的奖励。出了问题要主动承担责任，查找原因，吸取经验教训，深刻总结，杜绝差错再发生。对有过失的护士，不要一味地批评，如果是普遍存在的问题，可以在晨会上提出使大家共同吸取教训，如果是个别问题，可以采取单独谈话的形式提醒注意。但对经常的过失，应给予适当的惩罚。在工作中护士长应理解关心下属。护士长要把提高自身素质放在重要地位，平易近人，做好榜样，善于体察护士的痛苦。提高护士工作的满意度，建立良好的人际关系，提高工作效率。工作中随时注意每个护士的情绪变化，掌握其思想感情，发现她们工作、生活等反面存在的问题和困难，及时加以疏导并尽力帮助解决。以纯洁、真诚的感情去尊重、理解下属，使每个护士都有归属感和亲切感。充分发挥护士的工作积极性，在工作中护士长要善于发现人才，使用人才，真正体现人尽其才，才尽其用。如：护士生病、生产或献血等都要探望，并送上慰问品；每当重大检查后或者战高温后一定要举行小聚会，犒劳大家，年终举行庆功宴并准备一些小游戏、抽奖活动等，以增加护士的成就感和集体感。

公开称赞护士，这是用来鼓舞人的热情，提高她的重要感的强有力方法。当护士出色完成一项任务时，轻描淡写、一笔带过的做法是要不得的。要养成对护士的微小进步加以赞扬的习惯，要表现出真诚的态度，当着所有同事及病人的面来称赞她，使被赞扬者有一种成就感，这样将会给你管理工作创造意想不到的奇迹。表扬要针对某件事，这样被表扬者会心安理得，旁听者心服口服。通过公开表扬，不仅调动被表扬者的工作积极性，而且可以提高全体护士的工作热情。用人之长也是一种称赞，用人之长是一种间接的表扬。每个人都有自己的长处，护士长如能发现并发挥每个人的长处，那么你就成功了一步。用人之长可以激励她们的工作热情，提高工作质量。虽然她们的工作任务多点，但她们依然愉快接受并高质量完成。“好言一句三冬暖，恶语伤人六月寒”。批评要讲究技巧，批评一个人不是目的，真正帮助她意识到自己的问题，并不再犯类似错误才是所要的效果。

总之，护士长在管理过程中，除了具有出色的管理能力外，还要有凝聚力，良好的人际关系，沟通彼此的感情，消除护士的猜忌和不信任感，增加整体凝聚力。护士长要做团结的典范，应有豁达的心胸，要容纳周围所有人，既要制度严明，又要有人情味。这些感情因素都是做好管理工作的动力，也是护士长管理艺术的体现。

岳阳中西医结合医院陆嘉惠副院长点评

坚持了10年的肿瘤患者俱乐部工作是岳阳医院的一个亮点，而每年元旦清晨，金蕾护士长总能手捧鲜花献给每一位在院病人。这也真的不易与令人感动。对待病人如此，对待身边的护士，她能身先垂范、人性化管理，发挥事半功倍的作用。肿瘤科工作虽然辛苦，但团队的工作热情高涨，工作之余的系列活动，让每个人感受到“家”的温暖。

中医药大学医院管理处王珏副处长点评

我们认为护士长和护士间的信任与被信任是非常重要的。护士长工作是要靠护士协作的，协作的基础是相互信任，由信任达成彼此的责任和帮助。金蕾护士长日记中让我们看到科内每个护士都得到信任，从而使每位护士迸发活力，发挥特色。

心灵之约

金璐琛　普陀医院监护室

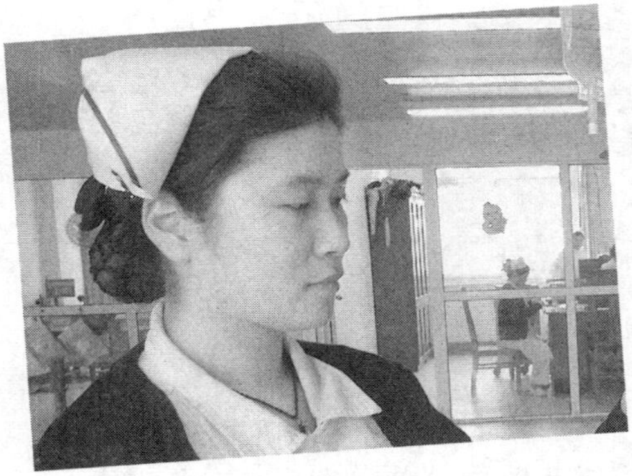

今天大雨滂沱，突变的天气让我们有点措手不及，半路上连出租车也叫不到，我们一行4人被狠狠的浇了个透，感觉好狼狈，但大家还是拼命往前赶，因为我们都知道有一个女孩正在期盼我们的到来。我们之间有个约定，一个遵守了10年风雨无阻的约定。

她叫霏霏，是一位漂亮的小姑娘，1986年出生的她应当是如花朵绽放，但是命运给予她的不仅仅是美好，更多的是磨难。霏霏从小就患有特殊的先天性心脏病，罕见的病例使得她从小就奔波于医院与家之间。10年前的9月里，她又一次的入院，不忍心看着她在充满着冰冷仪器和死亡威胁中默默度过花季生日的监护室护士姐姐们自发的帮她筹办起了生日，那天吹灭蜡烛的她和护士姐姐们共同许下了一个约定，每年陪你一起过生日。这个约定到如今已经遵守了10年。

想起我和霏霏的相识，那是在同事们为她庆祝的第4次生日上。当时我才刚上班不久，一路听着为霏霏庆祝生日的由来，跟着护士长和其他老师们来到霏霏家，看着比我年龄小不了多少，却承受更多病痛的霏霏，我不禁感恩自己的健康，也觉得自己有责任让她快乐起来。如今算来已有6年多了。

敲开霏霏的家门，迎接我们的是一张可爱的笑脸"你们可来啦，我等得急死了……"霏霏今天特别漂亮，人也特别精神，眼睛一眨一眨，一笑两个月牙。我看着这样的她特别高兴，因为就在前些年的春节，当我们去给霏霏拜年问到霏霏的新年愿望时，霏霏的话让我红了眼睛。她说"我的新年愿望就是能活着呗……"感觉到了霏霏的消沉，在场的所有人纷纷想办法怎么让霏霏乐观起来。我和几个年轻的同事主动邀请霏霏申请开心网还有微博，互相加了关注，有好玩的、好看的总是不会忘记转一下给霏霏。网络聊天工具真的很好，可以不受时间地点的约束，可以分享彼此的心情，无论是悲伤、喜悦还是烦恼、幸福，多一个人分享，痛苦会减半，快乐会加倍。2012年春节前夕，监护室几位护士代表在护士长的带领下带上新年的祝福又去探望霏霏。当我们问及霏霏新年心愿的时候，她依然说"我的新年愿望就是能活着呀"。但这一次霏霏非常坦然，她调皮的说："如果我来住院了，还要麻烦各位啦，打针轻点哦。"这样的转变让我感到非常的欣慰，不只是我们，更开心的当然是霏霏的父母。

每次我们去，霏霏的爸爸妈妈都特别热情，今天也不例外，她妈妈特地叫好了奶茶还要削水果，被我们给拦下了。有句话是这样说的，孩子的幸福就是父母的幸福，就是家庭的幸福。每一个患病孩子的家庭都是不幸的，不知何时死神降临，一次次面临生离死别的场景让霏霏的父母也心力交瘁。回想起病房内她的妈妈背着霏霏总是以泪洗面。这一切我们都看在心里，所以当霏霏住院抢救时总会有一个护士陪着她的家人，无论是安慰的话语还是默默的陪伴，总希望以我们的能力给与他们更多的帮助。

当霏霏在家休养时护理人员上门探望，关怀的电话不仅是为了霏霏更是鼓励她的父母能够坚强起来。霏霏的病例特殊，体内常常会有查不出原因的低血钾，正常最低限度3.5 mmol/L，可她常常会低至2.8 mmol/L以下，引起心律失常。为了帮助霏霏能够在家里科学地补钾，减少因低钾引起的心律失常，我们查阅书籍，给霏霏制定了一张食物含钾表，罗列了众多食物的含钾量，在含钾高的食物上打上明显标记方便霏霏的父母给她制定菜单。

犹记得10年间霏霏无数次的病危入院，根据病情我们会为她安排专护人员，让她得到更好的护理。当病情缓解时我和其他同事也会为她梳头和她聊天，讨论着怎样的发型更好看，会和她说说新鲜事让她高兴。当病魔来袭则极尽所能挽救她的生命。尤其是最近的一次，疾病来势汹汹，频繁发作的室颤使霏霏不得不经受一次次的电击除颤。她承受着巨大的痛苦，尖叫着不要电击，她宁愿离开，因为这一切太痛苦了。父母流着眼泪写下放弃书。当天正好我值班，看到此情此景在场的所有抢救人员都红了眼睛，整个病房都沉默了。正当我心乱如麻怎么再劝劝她，怎么可以再挽救她时，医生小严最先难以抑制自己的感情吼了一句：“只要有我们在就不会让你走。”这是我们所有人的心声，接下来大家都默契地各司其职。或许是上天的眷顾，经过我们几个小时的全力配合抢救，霏霏最终转危为安，带着笑容离开医院回家休养。

今天离开霏霏的家时，她和她的家人一个劲的道谢，来时带着狼狈的满身雨水，带走的却是浓浓的感激之情。我想我们是医务人员，救治患者是我们的本职工作，但当我们融入自己的情感后这一切却又是超越了职业的范畴。人说做一件事简单，难的是一辈子做下去。我只希望能够尽我们最大努力守护住这个女孩，与她再做一个约定，“守护生命”这是我们和霏霏的另一个10年之约。

普陀医院护理部姚丽文主任点评

这一切是那么的细微，却又都是那么的温情。在我们的护理工作中没有斑斓的服饰，没有华丽的语言，有的只是自己温馨的微笑与内心的真情，平凡的语言、平凡的举动、平凡的工作，这就是护理工作的诠释，只有在这平凡中用细微编织出真情，才能成就生命的辉煌。

中医药大学医院管理处王珏副处长点评

金璐琛护士的日记记叙了她们遵守了10年的约定，10年来她们与一个病患爱心牵手、亲情相伴，难能可贵。护士的爱是助人为乐。

用爱心为生命护航

周之青　普陀医院骨科/神经内科

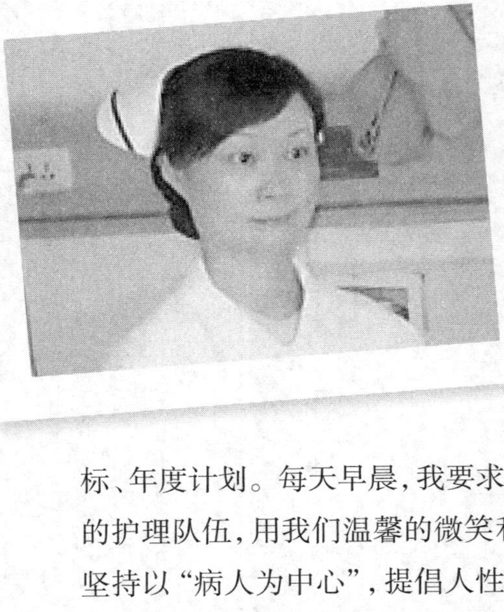

2005年，我被聘为十五病区护士长，先后做过骨科、胸外科和神经内科护理工作。要成为一名合格的护士长，我时刻提醒自己要起到模范带头作用，除了正确行使医院赋予我的职责外，更要加强自我修养，用自己高尚的品格、丰富的临床知识技能和友好融洽的同事关系来调动护士们的积极性，鼓舞她们和自己共同完成各项护理目标、年度计划。每天早晨，我要求自己仪表端庄、整洁大方地带领着15楼的护理队伍，用我们温馨的微笑和亲切的问候开始一天的工作。我一贯坚持以“病人为中心”，提倡人性化服务，加强护患沟通。工作中我经常深入病房对重症、高龄、特殊情况的病人及家属加强宣教、沟通。鼓励他们积极配合治疗，及时将他们的要求传达给主任或床位医生，促进医、护、患沟通，避免了医患矛盾，得到病人及家属多次表扬和好评。

虽然护理工作琐碎繁忙，虽然护理工作平凡不起眼，但是我还是年复一年地带领护士姐妹认真工作在护理一线。病人无医就会无望，病人无护就会无助，所以我们不能让病人感到无望无助。在日常工作中，我也把这句话当成了自己的座右铭。尤其在2011年我病区开展了优质示范病房创建活动以后，我们更是积极响应卫生部号召投入工作。记得有一次，我们收治了一名98岁高龄老人，股骨颈骨折伴老年痴呆。老人原来是一名英语老师，现在只记得自己叫李老师，患者年龄这么大，身体各方面状况都不理想，连家属都不对老人的康复抱有希望，甚至连寿衣都备好了。老人入院后，就成了我的“宝贝”。俗话说“三分治疗，七分护理”，术前老人怕痛，不让别人靠近她、碰她。每天我都不厌其烦地哄着她、分散她的注意力，和护工一起用轻柔的动作帮助她改变体位。术后我更是每天亲自去关心老人的病情变化、治疗、饮食，我有时拉着她的手亲切地叫她李老师，像对待自己的奶奶一样哄她说话、吃饭服药、打吊针。有时给她梳理头发、翻身。时间长了，老人渐渐和我有了感情，看到我特别乖，有时还会和我说一两句简单的英语。有一次，老人的家属急匆匆过来对我说老人拒绝进食，吵着要回家，家里人怎么也劝不住，想让我去试试。我连忙放下手中的工作，来到老人身旁，果然她的脾气还不小。我笑嘻嘻地摸着老人的手，柔声说：“李老师，想家了吧？”她看着我，情绪安静了点。我接着说：“不吃饭哪有力气回家？来，听话，我来喂你吃饭好吗！”老人看着我，轻轻点了点头，不再吵闹。我从护工手里接过饭菜，一小口一小口耐心地喂给老人吃……在我和大家的精心护理下，老人身体日渐好转，如此高龄，又在床上躺了一个多月之久，老人身上未发生过一处褥疮。出院那天，家属拉着我的手千恩万谢，说这真是一个奇迹，还特制了一面锦旗表达谢意和敬意。护士姐妹们在我的影响下，耳濡目染，从刚开始的有微词到后来和病人们融成一片。在我们病区有一块美丽的墙，上面有美丽的画和病人留下的赞美的诗。

遇到有重大抢救或节假日加班，总会出现我忙碌的身影。作为护士长，我从不计较个人得失，优先照顾下属。在平时的工作中，护理姐妹们总把我视为知心大姐，谈谈在生活或工作中的矛盾。我总是正确引导她们，积极鼓励她们，调和各种矛盾。就像我经常和她们说：人都有缺点，但我们要多看到别人的优点！在每一年里，虽然付出了很多，但是我也看到了自己的成长。感谢给了我这份成长经历的护理部老师们和伴我成长的护理姐妹们。

普陀医院赵德强副院长点评

该日记充分描述出护理人员牢牢坚持以病人为中心，落实“待病人如亲人，让病人真正感受到关心与关爱”的优质护理理念，关爱患者像对待自己的家人一样倾心关心，这份关爱在我院的每一个细微护理工作中随处可见。

中医药大学医院管理处王珏副处长点评

圣洁善良的白衣天使，从事着平凡而又伟大的护理事业，她们只是希望她们的付出和努力，能为每一位患者带去最优质的护理服务。愿社会给予护士更多的关爱。

无悔的选择

周　云　曙光医院东手术室

“护理工作是一门艺术，护士要有一颗同情的心和一双愿意工作的手”。南丁格尔的这句格言诠释了护理工作的内涵——奉献、牺牲、默默无闻、平凡而伟大。

光阴荏苒，不知不觉中在手术室护理工作岗位上已经20多年了，作为一名普通的护士，我没有惊天动地的业绩，但可以凭借“燃烧自己，照亮别人”的坚定信念，在平凡的岗位上恪尽职守，默默奉献。

每天一上班，就开始了井然有序的手术准备，手术、接台、再手术、再接台，因为对每台手术的技术步骤、器械特点、操作流程无不烂熟于心，所以与医生的配合有条不紊、天衣无缝，手术如行云流水般进行。无影灯下，是心灵的互通，眼神的交流，手术器械的精确传递，完成了每一台手术，带给我们成功的喜悦，带给患者康复的信心。我们付出了青春岁月，岁月的痕迹慢慢显现于脸盘。但是，当我们把成功手术后已苏醒的患者送出手术室，看到他们和家属感激的眼神，听到一句由衷的谢谢，我们内心就有一种自豪感、满足感。

手术室加班加点是家常便饭，为人女、为人妻、为人母的我们，有时来不及通知家人，就毅然投入到手术工作中。当看到孩子娇小的身影在幼儿园阿姨怀中已睡着，脸上还挂着未干的泪水；当亲爱的妈妈卧病在床，我们却不能陪伴身边。或许，对孩子来说，我们不是称职的好妈妈，对父母来说，我们也不是孝敬的好儿女，但我们却从没有因为个人原因耽误过一台手术，我们用热情的服务，精良的技术，安全送回了一个又一个手术病人，对医院来说，我们是好职工，对病人来说，我们是好护士。

为了更好地为患者服务，解除他们的病痛，需要我们有过硬的业务能力；医院优质护理的开展，对我们的护理质量提出了更高的要求；医学的发展，也要求我们不断地学习新技术、新知识。业余时间不断地丰富充实自己，掌握护理发展的新动向，不管工作再繁忙，我总会挤出时间，阅读护理医学杂志，不断总结工作中的经验和护理体会，积极撰写论文，并在有关杂志上发表多篇护理论文。

护士的职业的确平凡，但小草是平凡的，却能拥有整个春天，水滴是渺小的，却能折射整个太阳的光辉，在这平凡而神圣的护理岗位上，我愿努力奉献，无怨无悔。

曙光医院护理部张雅丽主任点评

20多年的青春岁月，都默默奉献给了崇高的护理事业。岁月在她脸上刻下印记，留下皱纹，却依然磨灭不了她对护理事业的无限热忱。

中医药大学医院管理处王珏副处长点评

周云护士的日记从一个侧面反映出护士因为工作的特殊性而“忠孝难两全”，因此在护士出色的工作背后，有支持他们的家人。我想对所有护士的家人说：你们辛苦了，护理事业的发展有你们的贡献。

门诊护士长的角色定位

周　芸　岳阳中西医结合医院门诊

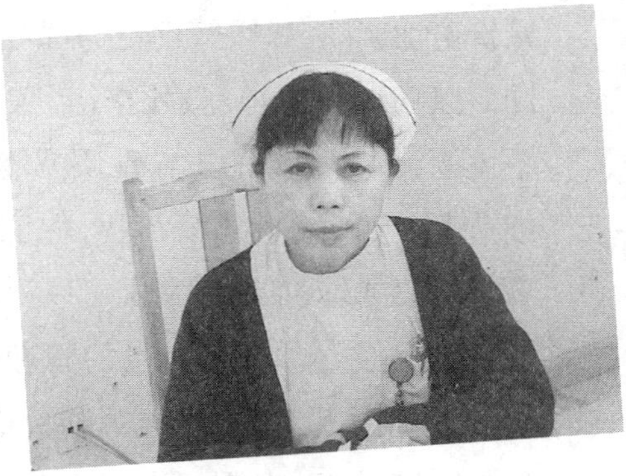

门诊工作对医院来说既是形象又是窗口，是医院与社会的联络处。由于工作环境和服务对象的特殊性，护士在此项工作中承担重要的协调和沟通角色。从事门诊工作的护士的思想觉悟、业务技术、工作能力以及管理艺术都直接影响整个门诊的护理质量。

作为一名门诊护士长，更加需要做好联系上层与基层的“桥梁”，而不是“一堵墙”，也就是院领导、护理部强调指出的角色定位问题。通过担任门诊护士长的半年多工作，体会到门诊护士并不是以往所知的，护士到年龄大、身体状况差了就照顾到门诊。门诊护理工作质量的高低反映出一个医院的整体水平和精神面貌，融洽门诊护患关系是减少医疗纠纷，赢得医疗市场的重要措施，也直接影响患者病情和医院的声誉。

由于门诊护士岗位多、每天接待病人数量多、病种多、诊疗环节多、应急变化多、诊室多、医生变换多等工作环境和服务对象的特殊性，使门诊护士在此项工作中承担重要角色。所以门诊护士必须要有敏锐的观察能力、迅速果断的工作作风、良好的服务态度，以及过硬的业务水平和能力、熟练的护理操作技术，精通门诊的常规工作，熟悉本院特色专病专科、名老专家的学术专长等以便为患者做好解释工作，指导就诊，使患者一到门诊就感受到优美的环境、优质的服务、优良的秩序。通过为患者提供主动、优质的护理服务，使患者感受到我们的爱心、细心、耐心和责任心，享受高质量的护理服务，使护理工作真正“贴近患者、贴近临床、贴近社会”，从而提升患者和社会的满意度。这就要求从事护理管理工作的护士长，实施以人为本管理，不断更新服务理念。随着医疗制度改革的深入开展，医院的文化和宗旨更加明朗，医院管理更加规范，诚信、求实、创新、奉献是医院文化的内涵。以病人为中心，救死扶伤，关爱生命与健康是医院服务宗旨。围绕这个主题，门诊护士的工作性质就体现在为患者提供优质护理服务的每一个细节上。如何简化看病流程，保证诊疗秩序，减少医患纠纷，为患者提供更满意的服务，就某种意义上可以说取决于护士长管理的才能与艺术。

护士长必须转变自己的管理理念，处处以身作则，起模范带头作用，树立正确的人生观、世界观和价值观，严于律己，人性管理。平时培养良好的人际关系，对高年资护士要尊重，对低年资护士要爱护，经常找她们谈心，了解她们的思想动态，尽量帮助她们解决工作、生活中的困难，虚心听取、接受她们的意见，使大家拧成一股绳，相互全力配合，共同完成护理任务。面对为广大患者服务的门诊护士，护理管理者不但要站在为广大患者主动提供优质服务的主导位置，更应该尊重、关心和帮助每一位护士，加强护士素质、专业理论、专业技能的培训。努力为护士营造一个宽松、温馨的工作环境，使护士每天都有一个愉悦的心情为患者服务。当日常工作中出现投诉时，首先要分析投诉发生的原因，并积极主动的与病人及护士沟通，引导、帮助护士解决问题。其次尽最大努力帮助病人解决困难，将不良后果降至最低，切忌训斥和埋怨。即使批评也要注意场合和地点，避免打击挫伤护士的积极性，给护士带来心理压力。因此，护士长应通过调动、激励、启迪和凝聚作用，激发护士的工作热情和创造力。尊重护士的人格人权和创造精神，尊重护士的劳动价值，发挥护士潜在能力，赋于护士参与感与成就感，让护士自身价值得到最佳体现，同时教育护士更新服务理念，工作严谨，爱岗敬业，做患者满意的好护士。门诊部是一个大集体，需要大家共同努力，才能更好地完成工作。

在这个平凡的岗位上要扮演好自己的角色，还要具备良好的心理素质。遇到困难和矛盾，要克制自己的情绪，以坦荡的胸怀、宽容的态度冷静处理、妥善解决困难和矛盾，正确对待各种挫折，在不断的工作磨练中，在批评、自我批评中不断成长，树立"以病人为中心"的服务理念，学会互换思维，学会理解，用爱心、耐心、责任心接待每一位病人、每一位护士。

"爱在左，同情在右，在生命的两旁，随时撒种，随时开花，将这一径长途点缀得花香弥漫，使得穿枝拂叶的行人，踏着荆棘，不觉痛苦，有泪可挥，不觉悲凉！"这是冰心老人的一段话。爱是高尚的情感，深厚的社会责任，分分秒秒的公德心，以及从空气中产生的幸福感受。爱心是一个火炬，一个接一个向前传递，我愿做一个传递爱心的接班人，传递爱的火炬手。

岳阳中西医结合医院陆嘉惠副院长点评

从临床一线护士到担任门诊护士长，对周芸来说是个挑战，但是，从日记的字里行间，真切的情感表达中体现出她对这一岗位的执着和敬业。半年多的工作实践，她以强烈的工作热情，每日深入门诊一线，了解各诊室的工作情况，梳理繁杂的工作事务，合理调配人力资源。已将门诊优质、高效的护理团队真正构建了起来。不仅如此，她重视服务质量，维持良好的就医环境和就诊秩序，真正将优质护理落实到医院门诊大厅的每个角落。

中医药大学医院管理处王珏副处长点评

周芸护士长的日记字里行间透出了她对门诊护理管理工作的热爱，对门诊护理工作的准确定位。相信在这基础上岳阳医院门诊护理工作会有新的发展和突破。

追逐阳光

周　律　市中医医院急诊病房

那年秋天，我戴上了神圣的护士长燕尾帽。

走进满是危重病人的急诊观察室，只见墙上的心电监护仪连接着一个个脆弱的生命，补液架上挂着大大小小的输液瓶，从接班到下班，我们不停地执行着医嘱：抽血、拍片、留取各种标本……刚担任护士长的我既兴奋又紧张。

上班第二天我们病区“送走”了一个病人，第三天“送走”了一个病人，第五天两个病人……说实话，有点“流水作业”的味道，似乎交接班就在谈论今天几床会“在劫难逃”，几床要通知家属等着告别。两周下来，目睹了近十个生离死别场面的我不禁有些茫然，心里总有一个困惑：难道生命在即将逝去时，我们这些白衣天使只能机械地抽着强心针、做着心肺复苏、催着家属签写病危通知书、办理结账手续吗？难道真的没有心境、没有时间和意识去关心更多的东西吗？譬如病人最终的感受和愿望。

一周后的下午，临下班前同事小沈打电话说有急事晚些接班。刚把手头的事干完，值班医生火急火燎地说要收治一个重病人。“嗨！”这位病人苍白的脸上泛着一丝笑意，和我打了招呼。看着他因化疗脱发，戴着一顶火红色的假发，“虽说聪明的脑袋不长毛，但我还是喜欢有毛！而且是红毛”！他眼里透着年轻的自信让我感受到生命的活力。接下去的日子，我们的病区时常飘荡着他坚强乐观的笑声。只是有一次我跟主任查房时发现他注视医生的眼神里有一抹忧郁，说不清这是羡慕、向往，还是……也许是我敏感了，毕竟他的病情越来越不乐观。

到了丹桂飘香的日子，我在病房的工作渐渐步入正轨，每天照旧“收治”并“送走”一位位患者，心底里的那个困惑只因为繁忙不已的日常工作被暂时忽略了。“3床今天凌晨有颅内出血表现，凝血功能检查指标异常……”听着交班报告，我知道，这几天那个才19岁的农村小伙会生死攸关。

第二天下午，3床果然出现了临危症状：尿量减少、心率增快、血压不稳……农村的亲人都赶来了，我们又按照常规和家属做着所谓的沟通，其实无非是询问是否要实施临终抢救、是否要继续使用昂贵的自费药……签完了该签的告知书、同意书，憨厚淳朴的父亲似乎并不急着离开，闪烁的眼神里藏着些期待，一旁的同事催促着：“没什么问题您出去吧！”“等一下，您有什么事，尽管说。”我的直觉告诉我老人还有话要说。

“孩子高考没成，原本想考医科，分数不够，家里也出不起钱。”他顿了顿，“快走了，他说只想穿一下你们的白大褂。”

我的困惑——不正是这个吗？我想知道我们除了用药、检查、抢救，我们还能为他们做什么？说实话，大家从来没在人之生死这样的问题上对病人进行过心理调摄，年轻的护士暂时无法从课堂的书本中获得这样的经验。我想我应该带领她们去不断尝试。

我和护士小王替他穿上了白大褂，并让他的父亲用手机拍下了珍贵的一瞬间。过后大家在谈论中都觉得他满足的笑容、他父亲由衷的谢意让我们体会到一种职业的神圣感。其实我们只要能耐心地去倾听、细心地去观察，就会站在病人的立场上去真正地尊重生命、爱惜生命，守护生命。我们面对的虽然是即将逝去的生命，但仍有责任让临终病人的生命依旧拥有绚烂的色彩，帮助他们去追逐最后的阳光。

在这个人来人往、几多欢喜几多愁的急诊室，我真想让每个病人在我们的共同努力下都活得像著名作家尤金所说的——活在当下，追逐阳光！

市中医医院徐建副院长点评

护士长从繁忙而机械的急诊护理工作中感悟生命的真谛，从细致的心理观察到一个细小的举措，处处都体现了对生命的真正关爱。同时用积极的人生价值观感染身边每一个脆弱的生命，带领他们去追逐心中的阳光，使我们仿佛又看到了“提灯女神”的身影。

中医药大学医院管理处王珏副处长点评

“追逐阳光”读来让我动容，临床一线有许多像周律护士长一样可敬的护士。她们面对渴求健康的目光，用鼓励的眼神传递关爱的力量，带给患者摆脱病魔的勇气和生存的希望；用护理专业知识和技能为患者传授身体康复的健康指导……愿我们的护士好人一生平安！

护士心语

周　燕　市中医医院心病科

护士是神圣的职业。白色的护士帽象征着纯洁、高尚，这就是我当初选择考护校的最简单的理由。干净得没有一点灰尘，纯净得没有一点柴米油盐的味道。这种感觉，这种想法一直持续到我走出校门的那一刻。有人说：护士的胸怀像大海，能容纳千百万被病痛折磨的父老兄弟；护士的品格像红烛，燃烧了自己，照亮了别人；护士的心灵像清泉，爱的透明，不是亲人胜似亲人；而护士的微笑，它犹如一坛封存了百年的佳酿，其味柔和，其意深远。十里飘香是它广博无私的爱，恬静含蓄是它绵绵不绝的美，慢慢地品，细细地酌，那真是一段让人百感交集的情节。是呀！一个微笑，一句问候，一杯热水，一束鲜花，多么温馨而又平凡的小事啊！但它却融入了护理人员对患者的浓浓亲情，为患者点燃了生命的火炬，驱走病魔笼罩的黑暗。

“从普通护士，到带教老师，再到科室护士长，我只感觉肩上的责任越来越重大，但同样，我也感觉到了大家的信任和鼓励。”做了3年的护士长，让我成长了许多，也成熟了许多。自从科室开展“优质护理服务示范工程”，为患者提供最优质的护理也许是我们每个护士的心愿，但在此期间由于这样那样的客观原因，总也不尽如人意，看着科室“85后”的小姑娘每天为病人做基础护理，心里真是感慨，难道这些活非要我们护士做吗？但是在经历这样一个感人的故事后，我的观念完全改变了。记得一名90多岁高龄的老人在我们CCU病房逝世，几天后其70多岁的儿子、儿媳穿着孝服来到病房赠送寿碗，言语间抑制不住激动的情绪突然下跪在地，向CCU全体护理人员表示感激。我快步走上前，眼泪已经抑制不住地掉了下来，搀扶起老人说道：“我们只是做了我们应该做的！”是啊，我们何德何能怎能受得起如此的大礼，在那一刹那，我觉得我们所有的付出都是值得的，再累再辛苦也值得，我们最大的欣慰就是看到每位患者健康出院，当他们告别时说声“谢谢护士照顾”就是我们最快乐的时候。工作被肯定，辛苦得到回报，付出再多都是值得的。

真实的自我隐藏在我们的心底，那是一汪宁静而清澈的清泉，沉淀着彩虹似的梦。当我们撑起坚强热情的长篙，向心灵深处漫溯，寻觅才能在它如镜的水面映出真实的自己。你才能真正找回在那物欲横流而纷扰多变的尘世中渐渐迷失的自我。那一刻，幸福之花已徐徐绽放在你的心头。

市中医徐建副院长点评

作者叙述自己从一名普通护士一路走来，并成为护士长的成长经历。尤其在开展优质护理工作中所产生的困惑与迷茫，到最后拨开迷雾，又见彩虹，带领护理团队找回自我，坚定了今后的工作目标。加油！

中医药大学医院管理处王珏副处长点评

南丁格尔曾赞誉道："护士是没有翅膀的天使，是真善美的化身。"的确如此，来自病家的一声"谢谢"足以使我们的护士感到一切付出都是值得的，那是爱的升华。愿你们在守护健康、关爱生命的同时也关爱自己，活出精彩来。

叶的事业——感悟护理

郑　蔚　龙华医院乳腺病科

转眼间在龙华医院已经渡过了17个春秋，人生约四分之一的旅程。犹记得，第一次戴燕尾帽、第一次单独值夜班、第一次抢救、第一次面对死亡、第一次受委屈、第一次得奖……太多太多的第一次都在这里发生，让回忆有些许的激动。

在进入医院工作之前，老实说我包括父母都没有真正意识到护士到底是干什么的，如果知道可能家人并不会让我选择这份职业。但时至今日，我可以骄傲的说我并不后悔选择她，尽管这份职业很机械，成年累月做着重复的劳动；尽管这份职业很辛苦，需要我们晨昏颠倒，放弃正常的作息时间；尽管这份职业很平凡，她没有很大的职业成就感，但她确实是伟大的，她的伟大在于对生命的呵护与延伸，她的伟大在于奉献。

医院是没有硝烟的战场，生与死在无声中较量着。还记得那刚进医院的一个夜班，就碰到了肝硬化门脉高压大出血的病人，我被吓懵了，看着那一盆一盆的血水，我打针的手也在颤抖。病人外周静脉完全看不到，耳边还传来医生的喊声“快……快……血压又降了”，我的心快提到嗓子口了，如果病人因为我没有及时穿刺成功而……我将永远受到谴责。这时柳主任（那时还是柳医生）喝了声：“别慌，看一下正中，我已经叫麻醉科了！”我永远感激他，因为他的喊声我成功找到静脉，成功将救命的药推注进了血管，随后配合医生进行三腔管插管、胃管推注……整整5个小时。当病人的生命体征终于恢复了平稳时，天空也已经开始发白，随后该进行晨间工作，抽血、发药、测体温……那第一次抢救时的紧张、彷徨、害怕、疲惫我永远也不会忘记，这种感觉，可能没做过护士的人永远不能体会。后来那位病人出院了，尽管他并不记得那抢救时的小姑娘，但我还是很开心。泰戈尔曾说过：果实的事业是尊贵的，花的事业是甜美的，但还是让我在默默献身的阴影里做叶的事业吧。

记得有一位乳腺癌患者，生病前从事某单位管理工作，平时注重外表，自我评价较高，生病后由于自我形象的缺陷、对癌症的恐惧、社会地位感觉方面的落差造成她极度悲观，甚至于想放弃药物治疗。作为她的责任制护士，我除了耐心劝导外，还联系了老病友现身说教，并寻找其他病人佩戴义乳、假发的相关照片来帮助病人恢复自信、找回自尊。最后病人接受了全部化疗疗程，这里面我功劳不少，正是这种肯定不断促成我的成长，让我对自己的职业有了更深刻的认识。

一切生命价值的体现，一切生命尊严的维护，一切生命终结的告慰，都与护士息息相关。崇高的理想是人生的支柱，然而，仅有理想是不够的，因为理想是一种向往，要使之成为现实，还需要付出艰苦的劳动。正如高尔基所说的“把语言化为行动比把行动化为语言要困难的多”。工作的这些年中，我有过彷徨有过迷惘，但又会坚定选择；有过委屈有过无奈，但从未有过退缩；有过失误有过荣誉，但从未失去一颗真诚的心。面对朝夕相处的病人，面对自己平凡琐碎的工作，总会让我捕捉到许多感动，正是这些感动让我义无反顾地忠情于我的职业，我无悔于我的选择！

龙华医院护理部张华春副主任点评

让病人因我们的护理而减少痛苦，因我们的健康指导而有所收获，因我们的安慰而树立信心，这才是护理工作的本质。

中医药大学医院管理处王珏副处长点评

郑蔚护士日记中的两个事例见证了她从青涩走向成熟。面对平凡琐碎的工作，她之所以能捕捉到许多感动，是因为她有坚定、无悔的选择。

累并快乐着

郑　霞　曙光医院手术室

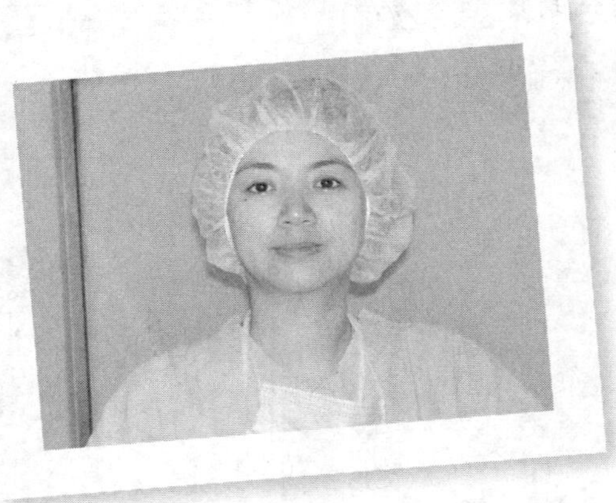

把爱心和关怀奉献给手术患者，把温暖和阳光展示给手术患者，没有豪言壮语的表白，更没有惊天的举动，只是用自己点点滴滴的真挚，滋润着手术患者的心田，将丝丝缕缕的爱心献给没有耀眼光环的护理事业，这就是曙光医院东部住院部手术室护士。

手术室的工作强度大，工作常常超负荷，感到疲惫，但护士长的责任，随时提醒着自己一定要坚持，一想到手术台上的病人，就忘记疲劳。记得一次清晨，我还没有下夜班，已经一夜没合眼了，这时传来了紧急通知，医院附近发生群伤车祸，我立刻安排手术台次，启动应急预案，调配应急人员，车祸病人被推进了手术室，看到病人痛苦、呻吟的表情，还没有吃早饭的我及同仁，早已把疲劳和饥饿忘到了一边，二话没说，准备手术器械即刻配合当班医生投入到急救手术中。当走下手术台时已接近中午，这样的例子，举不胜举，对于手术室里的每一个护士，已是司空见惯。

由于常年处在快节奏、高强度的工作状态中，我患上了“甲亢”，一直没有请假休息，年青的护士心疼地说：“领导，你歇歇吧！这里有我们呢。”

但我深知科室人手不足，工作量大，咬牙坚持到一台台手术安全顺利结束。

手术室的工作需长时站立，饥饿不能进餐，口渴时只能忍受，常年累月，许多同仁患上胃病、肾结石、腰突症、甲状腺功能亢进症、腺垂体肿瘤、静脉曲张，但是我们把这些都看成是小事，是自己的事。只要看到一个个病人手术成功，心情就无比欣慰。

谁家没有父母兄弟姐妹，我的孝心都被工作代替，父母年事已高，患各种疾病，谁不知父母身旁需要子女照料等，但常因手术室工作量大、人力资源有限，工作忙脱不开身而不能请假照顾他们的晚年生活，这种舍小家顾大家的精神，感染了身边每一位同仁。当科室的护士家里有了困难，或孩子生病了，我们更是相互帮助、扶持。

我经常参加院内举行的各种义务捐献活动，捐钱捐物，2012年东院手术室在我的倡议下与川沙敬老院孤寡老人结对认亲，我们不仅定期探望老人，给老人生活上的帮助，更重要的是让老人得到亲人般的温暖。我们一对一照料老人，陪老人聊天、谈家常，让他们感受到阳光与欢乐。

这些点点滴滴，都是我和全科护理人员默默奉献的真实写照，我们用精湛的护理技术为手术病人减轻病痛；用细心轻柔的话语抚慰手术病人心灵的郁结；用专业易懂的医学知识为手术病人传播健康理念，让所有手术病人都能感受到“天使”在人间。做护士，我心淡然，做护士，我心自豪。为了所有手术病人都能痊愈，健健康康地生活，我愿在护士这一岗位奋斗一生。

曙光医院周嘉副院长点评

医院手术量随着医疗业务的发展也相应增长，护士工作节奏快，强度高，经常需要加班，上述工作点滴写照真实感人。随着医疗改革的日趋完善，相信我们的付出能够得到社会的认可，医护人员的身心压力也有所缓解。

中医药大学医院管理处王珏副处长点评

《累并快乐着》让我们体会到手术室护理工作的艰苦与责任重大，郑霞护士长的身先士卒给团队以榜样的力量。随着社会进步，护士将会得到更多的理解、关心和尊重。

工作随想

赵丽萍　岳阳中西医结合医院心内科

从事护理工作已有30个年头了，对护理这个专业谈不上喜欢，只是凭着一份对本职工作的责任心，一份维系生活的职业，一份对职业的良知在岗位上勤勤恳恳地工作，不求有功，但求无过。

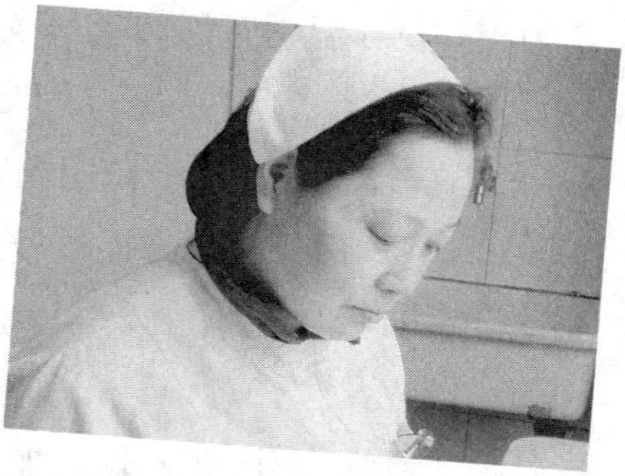

记得刚踏上工作岗位的时候，护士的职业还是很受尊重的，医护之间的协作非常密切，关系非常融洽，医生、护士的责任心也比较强，医患关系和谐，没有这么多的医疗纠纷，那时除了工作累点，心情还是很愉快，没有什么工作压力。但是随着医疗体制的改革，医学知识的普及，侵权法的出台，现在医疗纠纷、投诉不断。每天上班心惊胆颤，生怕一不小心踩了雷，被患者和家属骂，出现纠纷或投诉，工作的压力非常非常大。

造成现在这种局面的因素很多很多，有社会的因素，患者和家属的因素，我们医护人员本身的因素等。我们无力去改变其他因素，只能从我们自身去寻找原因，做好自己的本职工作。目前我们医院的年轻护士大多数学历在大专以上，且多为独生子女。护士的工作脏、累，报酬又低，影响到护士工作的积极性和稳定性。而现在人们的物质文化生活水平的提高就相应地对医疗服务质量的需求也提高，病人的自我保护意识强，故要求我们护士必须转变自己的服务模式，转变服务意识才能建立良好的医患关系。

身穿白大褂在岗履责，就应全身心地投入到工作中，才能够做好方方面面的事务。护士工作看上去容易，其实真正做好却又不是件易事。这项工作有其自身的职责和内在的标准，各位护士做起来因自己年龄大小、工作经验、履责态度、个人性格等因素，虽然也能在工作职责和工作标准范围内完成任务，但效率和质量却是千差万别。有的护士完成了硬件工作（如量体温、打针、发药等）之后，心安无事地歇在办公室；有的护士做了硬件工作之后，又做了大量软件工作（如给病员以更多的真、善、美的精神性东西）。“硬”有范围有尺度，“软”则没有指令性的规约。那么，护士在岗履行职责，怎样能够做到高效率、高质量、创造性地完成各项工作任务，达到最佳工作效果，让病员安心、放心，并积极配合医院治疗。

首先是责任意识，责任心才是做好工作的前提。工作上的“心”（责任心）到位，即捧着一颗心来，在上班时用心去做，不夹私心离班，这样专“心”之至，才能做好护理工作。如果缺乏责任心，无论是新护士，还是老护士，都不会做好护理工作的。护士工作不能有丝毫麻痹大意，“失之毫厘，差之千里”，歪打是不会正着的，加强责任意识才是最佳出发点。当然，工作中也会有好心办错了事，这很正常。对护士来说，护理工作有业务水平、经验多寡、病员配合、他事阻碍等，使之方法不得力，或者不到位。这些属外在原因，是客观造成的，非主观所致，这种“错”容易被防止和克服。如果不该出错而因责任心不强出了错，性质就变了，就不属正常范围。所以，责任意识对护士来说不是可有可无的，而是必须自我内修、点滴养成这种意识。其次是健全的制度和规范流程，使护士在工作时能有法可依，有标准可以参照，虽然没有经历，但是可以按照流程进行操作。

还要有良好的职业前景，要让护士看到希望，这样才能安心的工作。

一个好的医院，不但要有先进的设备，精湛的医术，还要有良好的医德、医风。护士是医院的窗口，护理工作的好坏直接影响到整个医院的形象。希望我们护士的工作会越来越受到重视。

岳阳中西医结合医院陆嘉惠副院长点评

平凡的语言体现了一个老护士长勤勤恳恳、兢兢业业的工作态度。赵丽萍护士长服从工作安排辗转了多个重要科室，她有的是一颗执业护士的责任心和像家长一般的爱心，虽然没有远大追求目标和前景规划，但在日常工作中，凭借着对专科知识、技能的熟练掌握，赵护士长一直作为护理操作指导老师，帮助护理部培养了一批又一批的新护士和操作能手。她的谆谆善诱、耐心细心以及为此做出的大量工作，赢得了众多一线护士和护理部上下的尊重。

中医药大学医院管理处王珏副处长点评

赵丽萍护士长日记中"希望我们护士的工作会越来越受到重视"，这是一种心的呼唤。我们认为应该向社会多宣传护士，提高人们对护理工作的认识，理解、尊重护士，共同促进护患关系的和谐发展，更好地保护护士的权益。重视护理工作应该成为一种社会风气。

急诊室的故事

赵　峰　普陀医院急诊科

急诊留观室的工作就如同一年四季的天气，有时晴朗有时阴霾，日复一日，麻利的换上护士服，干净洁白的颜色如同生命的原色透露着一份朴实的责任感。

在一个夏季的阴雨天，闷热得让人似乎有些透不过气来，4号床位病人也像是受到了这种天气的干扰，脸色异常的苍白。她是一位老病人，尿毒症让她比实际体重看上去更加的肥硕，连续的血透也让她身心交瘁，4个子女始终陪在身边不愿意离去，亲情似乎也就体现在这种小小的事情上。如同往常一样，今天也要送病人去血透室进行血液透析，带好必需品和病历卡充好氧气袋后仔细为她接上，护送至血透室，途中向病人家属交代血透的注意事项。谁也不想意外也就在这个时刻发生了，患者突然间意识不清，我当机立断送患者至抢救室。看到患者家属在旁哭泣着，那一刻我似乎也慌了手脚，因为这种突发事件也是第一次碰到，但是我告诉自己千万不能慌，如果这个时候医护人员也慌了手脚，那么病人还有家属在这个陌生的环境里还能相信谁。此时的我心里虽然非常紧张，但想到的是一切以患者为重，没有什么比生命来得更加重要，于是马上配合医生做好各项抢救工作，做到稳而不乱，护士的慎独精神也就体现在那一刻。经过紧张而激烈的抢救，患者慢慢地恢复了意识，看到家属欣喜的脸庞，我浮躁的心似乎也平静了下来。事后患者家属为我们科室送上了锦旗以表示感谢。

上海冬天的晚上，虽不像北方那样时常会银装素裹，但一样容易使人产生倦怠的心情，所以值夜班的时候就如同拉锯战般让人感觉难熬。也就是这样一个冬天的夜晚，有一位50岁左右的男同志双手捂着肚子蹲在地上，我马上走上前去询问情况，只见病人脸色苍白，豆大的汗珠直往下淌，病人直喊胃痛。多年的临床经验告诉我，病人不是简单的胃痛，马上拿来了推车把病人送至抢救室，并及时联系医生采取一系列的抢救措施，吸氧、测血压、验血、开放静脉通路、做心电图，发现病人为急性心肌梗死，并出现了心源性休克。在与医生的共同抢救下病人得到了及时的救治。当病人治愈后特地来到急诊室，送来了感谢信，并连声说道："多亏您的及时发现，让我捡回了一条命！"这样的事例对急诊护士来说真是举不胜举，因为一直以来，我们始终把挽救病人的生命作为自己最神圣的职责。

"质量万里行""三好一满意"是我院现在的主要任务，虽只有10个字但是却包含着太多的内容，每天都会碰到形形色色的人和事，但是只要坚持自己的原则，不忘本职工作，相信每天都会是晴天，在上班的时候，都能闻到一丝清新。

普陀医院护理部姚丽文主任点评

急诊室是医院前沿阵地和对外服务的重要窗口，是一个永不休止的救治战场，在这里没有弥漫的硝烟，没有隆隆的枪炮声，而这里的护士们夜以继日地从事着高技术、高强度、高风险、高紧张度的工作。在这里每天都上演着“生死时速”的较量，“时间就是生命”一次次被诠释得淋漓尽致。

中医药大学医院管理处王珏副处长点评

急诊科的护理岗位是一个极其富有挑战性的工作。文中赵峰护士列举的两个例子，生动地说明护士观察病情和准确判断的重要性。我们可以自豪地说，胜任急诊科工作的护士，一定是精兵强将！

平凡的每一天

赵　菁　市中医医院心病科

晚上上网，看到朋友的微博里这样写着：当护士真可怜，不能留指甲，不能涂指甲油，不能穿漂亮衣服，不能穿高跟鞋，不能让一个完美的发型保留一整天。我看过后不禁一笑，谁说不是呢？喜欢打扮爱漂亮是女子的天性，然而为了更好地服务于患者，我们这些护士选择了舍弃，选择了平凡，选择了专业。

一身纯白的护士服与燕尾帽就是我们的象征。白色代表着明亮干净、畅快、朴素、雅致、贞洁与神圣，它没有强烈的个性，不能引起味觉的联想，可是却像空气一样围绕在我们身边。我们是医院里的一个重要环节，是一个必不可少的群体。

每一天，我们都带着微笑工作，用我们的沉着为患者带来通往健康的勇气；迈着轻盈的步伐穿梭在病人的床旁监测病情；说着亲切的话语为患者驱走浓密的阴霾。病人消极时，有我们坚定的语言激励他；痛苦时，有我们鼓励的双手握紧他；垂危时，有我们敏捷的身影在抢救他；弥留时，有我们带着同情和遗憾在陪伴他；去世时，有我们带着真诚和悲伤为他做好最后的护理。

每一天，我们都面对着生离死别，悲欢离合。我们为患者的康复而雀跃，为病情的加重而焦心，然而大多时候我们都必须保持冷静，因为任何的小差错都有可能导致无法挽回的后果。

每一天，我们都心甘情愿地在这平凡的岗位上做着繁重而枯燥的工作，只因为相信有了这平凡的付出才能看到病人满足的笑容。

每一天，当一个个病患康复出院，脸上露出满足的笑容时，我感到很幸福，我爱护理工作，爱白衣天使这个神圣称号。爱是一盏灯，照亮了别人也温暖了自己。

躺在床上，我跟老公说：请你好好疼爱你身边的护士，不要嫌弃我逐渐粗糙的双手，不要感叹我不再细腻红润的肌肤，不要嘲笑我越来越深的黑眼圈，不要抱怨节假日不能陪在身边。因为我们要站好自己的岗位，让更多的人享受生命。

尽管我们的工作有时很脏很累，但可贵的是，我们都在坚守着这种平凡，都在平凡中默默奉献。马克思说过：如果我们选择最能为人类服务的职业，我们就不会为任何沉重负担所压倒。因为这是为全人类作出的牺牲，那时我们得到的将不是可怜的、有限的、自私自利的欢乐，我们的幸福将属于亿万人。我们的事业虽然并不能显赫一时，但将永远发挥作用。这句话难道不是很好地映射了我们选择的职业吗？有人说用自己的左手温暖自己的右手是一种自怜，而用自己的双手去温暖别人的双手，却是一种奉献。

明天，我们将继续在平凡的工作中书写着自己不平凡的人生！

市中医医院徐建副院长点评

作者从青春逐渐逝去时，岁月的痕迹在脸上显现来感悟自身的成长经历。也让读者感悟到，多少的生命和健康是护士用情和爱赋予的，多少的消沉和开泄是护士用情和爱去化解和照亮的，世界因有了护士的爱一切都灿烂。护士的人生就是时刻在平凡的工作中镌刻着不平凡的追求。

中医药大学医院管理处王珏副处长点评

赵菁护士长文中四个“每一天”，足以说明护士工作的崇高与辛苦，更是从一个侧面反映了护理工作有着一种特殊的职业时尚。护士的工作平凡却不平庸。赞美你，护士。

护士——守护生命的战士

赵渊靖　龙华医院中医示范病房

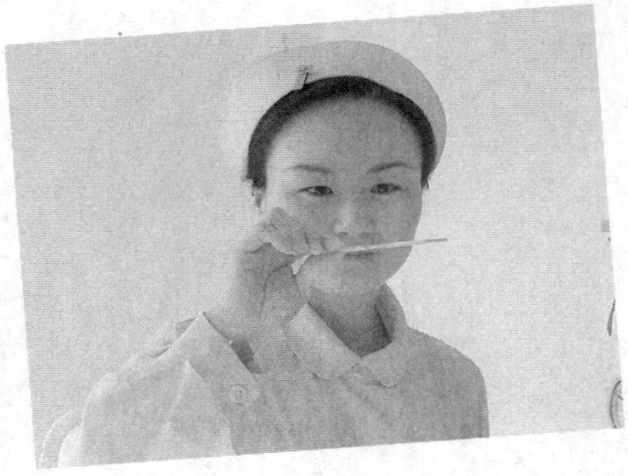

20年前懵懵懂懂的我投身到了护理专业的学海生涯中，也许是当时的一时兴起填报了护理专业，亦或是被“白衣天使”这一美丽而又感人的称谓所吸引。而20年后的今天，支持我还奋战在临床第一线中的是不一样的感慨：护士是生命的守护神！

记得穿上护士服第一次踏进病房时，那种自豪感无以言喻，但随着时间的推移，每天重复的铺床、打针、送药，那种在病区内的穿梭忙碌，那种筋疲力尽，那种病人及家属的不理解不尊重，那种永无止境的业务考试，渐渐地把之前高涨的火焰浇灭殆尽……

有一次无意中在书上看到了这样一句话：“什么叫不简单？能把简单的事情千百次地做好，就是不简单。什么叫不容易？大家会认为非常容易的事情非常认真地做好它，就是不容易。”是啊！护士工作看似简单、容易，但是每天都能做好这些看似“简单、容易”的工作，也一定是不简单的人！

当给病人一针见血地完成静脉穿刺，当为高热病人耐心地酒精擦浴后降温时，当因迅速有效地建立静脉通路、吸痰而为抢救病人生命赢得了宝贵的时间时，“天使”那温婉可人的形象又出现在我面前，我要做好一名守护健康、守护生命的天使！

在医院工作的10多年时间里，每天都被那些渴求生命却又不得不承受痛苦的眼神感动着，我想为他们做的很多，不只是用我的专业技术治愈他们身体上的疾病，而是让我们所提供的护理能让他们拥有对生命的希翼，让他们感受到生命的温暖。比如：一张舒适的病床、一碗可口的饭菜、一支祝福的歌谣、一些触手可及的生活护理。在护理工作的每个日日夜夜，我始终坚持着自己的信念：“用心做好每一件事，认真对待每一天。”特别是开始开展优质护理服务后，我们学会了换位思考：“如果我是病人，我希望得到什么样的照顾？”我们要做到的只是爱心多点、耐心好点、动作轻点、责任心强点、考虑周到点、表情丰富点、态度认真点，当长期卧床病人因为精心护理无任何并发症，当早期脑梗病人肢体偏瘫逐渐恢复自主活动而无肢体废用综合症时，这时病人及家属的一个微笑、一句简单的谢谢让我体会了把简单、容易的护理工作做精、做细才能做好，也更深层地体会到了护士的价值。护士是一名战士，是一名生命守护的战士！护士还应确立朋友意识。有了朋友意识，就可以缩小护士与病人之间的距离感。护士有了朋友意识，在主观上确定了这个朋友目标，就能主动地与病人交朋友，在对病人治疗和相处中就能仔细地了解和观察病人：他是什么样的个性特质的人？他的家庭成员对他怎样？他的职业是什么？这种职业对他的性格有什么影响？他热爱他的职业吗？等等。在关心病人疾病的同时，还要关心一个个性格相异的人。以朋友之心去待人，也一定能够得到朋友之心的呼应，病人一定能够遵守医院规章制度，理解护理工作的艰辛，默默地提醒自己：应给朋友增光添彩，不给朋友添乱抹黑；应主动配合治疗，而不消极、作梗；愿把朋友之心作我心，定不负医护人员的心。

2008年5月12日，一场大地震牵动了我们每一位中华民族儿女的心，而我也有幸在“爱心病房”中护理来自四川都江堰的伤病员们。其中一位女患者不得不截肢到了骨盆，每次换药都要准备好毛巾让她咬住，我们在旁协助时，都心疼得热泪盈眶，但是她却从来不吭一声，也从来没有放弃过，她的坚强让我体会了生命的坚强。平时，我们除了要在生活上照顾他们，更要从心理上对他们进行疏导，这几位伤病员终于基本痊愈回到了四川，在这过程中我想我也更坚定了作为一名护士的信念！

工作数十年，我两次被评为“院十佳护士”。我也深知选择了护理工作，就注定是选择了奉献。国庆节、元宵节、春节……无数个节日，我依然奋斗在工作的岗位上，放弃与亲人的团聚。我减轻了别人的痛苦，有时候自己的孩子生病我却顾不上，在亲人与病人之间，我“痛并快乐着”！

岁月憔悴了红颜，也见证了我的成长，或许我们没有什么惊天动地的英雄故事，有的只是朴实无华、默默奉献的身影，或许没有什么高深莫测的神秘典故，有的只是传递在天使与病人间的温暖情谊，因为我们是一名战士——生命守护的战士！

龙华医院护理部张华春副主任点评

10多年的临床实践让赵渊靖在护理工作岗位上一步步的成熟，阅历增加的同时也伴随心灵的成长，让她更加坚定自己的选择，做一名守护生命的战士！

中医药大学医院管理处王珏副处长点评

赵渊靖护士对工作的回顾勾勒出一条美丽的弧线，虽然它是由一张舒适的病床、一碗可口的饭菜、一些触手可及的生活护理，还有默默奉献的身影所构成，但它却是那么清新脱俗，让我们感受到护理工作的意义。

感恩　坚持　奋进

赵　晶　岳阳中西结合医院ICU

有幸作为院第三批青苗人才培养的一员，从最初的兴奋，到后来压力重重，再到现在积极投入，我深刻地体会到：要用一颗感恩的心，坚持既定的目标，不断奋进，积极回报医院和关心帮助过我的老师们。

我感恩于院领导，为我们临床护理提供了这么好的学习平台。我感恩于我的导师沈永红副主任，她不仅教会我临床科研知识和技能，更教会我谦虚做人，踏实做学问。每月读书笔记中她那圈圈点点的批阅让我受益匪浅。我感恩于科室领导以及同仁们给我的莫大帮助与支持，为我创造了良好的学习条件。

“青苗”给了我成长的机会，让我有压力、更有动力。有付出才会有回报。在这两年里没有虚度光阴让我感到庆幸；比同龄的伙伴机会更多，学习更多让我感到欣慰；让我打开了视野，接触到了许多新的事物让我感到新奇。凡事不都是一帆风顺的，也遇到过失败和挫折，但是“坚持”二字让我不断地增强了信心，我相信最终会“守得云开见月明”。

从最初制订培养计划的那刻开始，我开始思考我今后努力的方向在哪。在逐步向培养计划所要求的目标靠拢的过程中，逐步提升了自我。从没写过论文到后来的发表于核心期刊，中标校级课题；从哑巴英语到能简单流利地会话；从参加完一个个培训班到开阔了眼界。身边的榜样层出不穷，努力的方向坚定不移。

我将在接下来的日子里，刻苦钻研，吸取经验，学习榜样，不断进取，努力提高自身的综合素质，争取递交一份满意的答卷。

岳阳中西医结合医院护理部陆静波主任点评

赵晶从进入ICU后不断的在成长，在一年青苗培训过程中，有艰辛，也有惊喜，彷佛青苹果的味道，酸中带甜，甜中带酸，这种成长的滋味，格外让人难忘。其实，成长代表着一连串的改变，过程虽然苦涩，但结果却是甜美的。

中医药大学医院管理处王珏副处长点评

赵晶护士的日记题为“感恩、坚持、奋进”，读来让人深思。“感恩”之心，是我们生活中不可或缺的阳光雨露。在感恩的前提下，她以“坚持”和“奋进”作为责任、作为回报，青苗人才培养计划的意义已在此得到彰显。

天使的蜕变

赵晶晶　龙华医院浦东分院肿瘤五科

“燃烧自己照亮别人”，每一位真正的护士都是天使。那洁白的双翼，左边承担的是爱心和真诚，右边承担的是无私和奉献。

“肿瘤”每个人都闻之色变的的疾病，但是作为一名肿瘤专科病房的护士，我不得不面对着这一类特殊的人群。我看过太多期待的眼神，同时也看到了太多的恐惧和无可奈何。由于肿瘤病人的特殊性，平时的护理工作中经常会碰到患者因为一些小事，就不分青红皂白地责备、迁怒于我。刚开始工作的时候，我也经常会觉得想不通，觉得委屈，但是经过这几年工作中与病人们的相处，现在，我已经能做到含屈忍辱，不为工作中遇到的不顺利而耿耿于怀。不仅如此，我还会以敏锐而细致的观察、耐心而真切的解释换取他们的信任。

还记得今年6月，一位25岁的女性患者，体检时发现骨肉瘤，刚入院时一个人躲在被子里哭。在我给她做治疗的时候我发现了这个情况。“小谢，你怎么了？”我轻声的问道。“我腿疼得厉害，受不了了。”小谢哭泣着。“为什么你们都那么的健康，都能走路，自由自在的。我还那么年轻，却要整日躺在床上。护士姐姐，我在生活上再苦再难都可以忍受，但疾病的痛苦使我在精神上无法承受。”顿时，我的眼泪充满了眼眶。当时的我，心中默默在想，生命是如此的无奈和脆弱。她的青春和未来在哪呢？但是，作为一名医务工作者，我深知，我们是不能在病人面前流露这种情绪的，我们是病人生活的力量、精神的支柱。于是，我安慰小谢，“小谢啊，活着就有希望，想想你的父母，日日夜夜守护在你的身旁，就是希望你能坚强、能快乐，你是他们的希望啊！你要坚强地活着。来，把你的腿伸给我，我来帮你做康复运动”。小谢擦拭着脸上的泪水慢慢地把腿从被子里面挪了出来。我微笑着说道：“相信我，也相信你自己，现在我帮你腿部做伸展及弯曲的动作，你要忍着点疼！来，听口令。一，慢慢伸；二，慢慢的弯……”不知不觉半个小时过去了，我的脸颊流下了汗水。可是，病房里传出的是我俩的笑声。第二天、第三天、第四天一如既往地做着康复治疗。我还经常找她谈心，给她讲解一些疾病知识，为她介绍术后多年一直健康生活着的病例，建议她听一些优美的音乐、看一些修身养性等方面的书籍，树立战胜疾病的信心。在她生日那天，我还为她送上美丽的鲜花和卡片，卡片上写上温馨的祝福并附全体护士的签名。通过与我的接触，小谢终于能坦然面对疾病和现实，脸上也逐渐露出了笑容……看着她慢慢地拄着拐杖走出医院的背影，我的内心激动不已，默默地为她祈祷，祈求她能平安！

10月份，有一次我上班时，一个70多岁的老人腹胀得厉害，给他吃了通便药仍不见效。看着满脸憋得通红、喊着救命的年迈老人，我也是心急如焚。按着医生的医嘱，我马上拿着肛管，带上手套和所需用品帮老人家进行了肛门排气。当肛管进去的时候，马上老人肠子里面积蓄多日的气体喷涌而出。病房的其他患者都立刻逃之夭夭，因为房间里被熏得实在让人难以忍受。可是，不知怎么回事，老人的大便还是没出来。当时我丝毫没有其他的想法，根本顾不上什么臭不臭的，反正是戴着手套，直接用手把老人的大便慢慢抠出来。看着老人的表情逐渐舒展，病房里所有患者也对我竖起了大拇指，即使是平时脾气急躁古怪的患者也没有以前那么苛刻和挑剔了。通过这件事，我内心也感到无比的自豪，为自己，也为护士的这份职业。

自古以来就有"三分治疗，七分护理"之说，可见护理在患者治疗、康复中的重要性。工作中，我一天比一天体会到护理工作的神圣。我也从一开始畏手畏脚的小护士逐渐成长，一如丑小鸭逐渐蜕变成白天鹅的过程。我用自己的愉悦、信心和病人的沮丧、绝望做着交换，用自己的微笑抚慰病人伤痛的心灵。工作这几年来，我渐渐地懂得了：不能把对生命的怜惜和救助划为纯粹的工作，这更是一种生命中爱的本能。无论过去、现在，亦或是将来，爱与奉献都是我们永恒追求的主题。

龙华医院护理部张华春副主任点评

两个真实的例子让我们看到了"丑小鸭"蜕变成"白天鹅"后的美丽、成熟，充分诠释了护理的职责及重要性，我为有这样的护士而感到自豪。

中医药大学医院管理处王珏副处长点评

"爱与奉献都是我们永恒追求的主题。"表达了赵晶晶护士对护理工作一份深深的爱，因为有这份爱，护理工作的意义已悄然发生了升华，由此会让生命发生无数喜悦。

隐形的翅膀

赵　蓉　普陀医院妇科

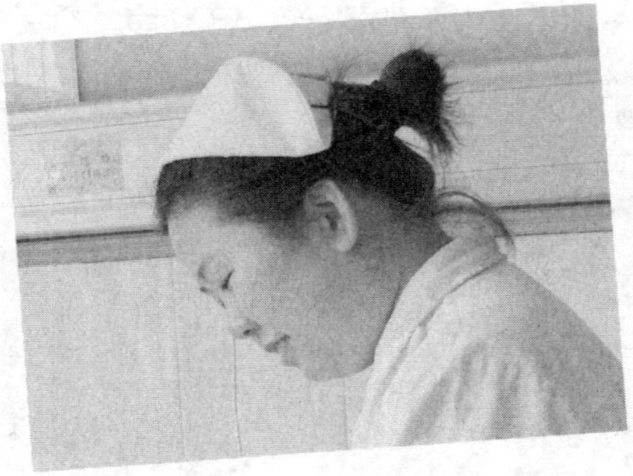

今天看了《护士日记》一文后感触颇深，人生是不平坦的，但是就像外面的风雨一样终会停息。文中的简素华在日记中写道：我就这样走上了生活道路，以后会碰到什么呢？我想我们都有一双隐形的翅膀，当我们在充满着纯净、力量、期待、志愿、求知和斗争的志向，盛满着希望、信心的青春激励我们的时候，我们会勇敢地面对未来，执着着我们的梦想。用心去凝望，以信念作方向，相信我们的梦想与幸福会开花，会绽放。

人们把护士誉为“白衣天使”，然而“天使”的现实却不像称谓那么美好，又有多少人知道这背后的艰难、辛苦，谁能真正体会到护理工作的苦与乐呢？为此，我也会痛心难忍，暗自落泪。但是，每天我都以微笑、愉快的心情投入工作，在病房内不停地穿梭忙碌，为病人测量体温、打针送药，执行医嘱，当给病人穿刺，一针见血时，心里是快活的；当病人高烧，耐心地为其做酒精擦浴，病人的高热终于退下去的那一刻，内心是惬意的；当看到自己护理的病人术后康复出院时，心情真是无比的舒畅。当看到那一张张由陌生到熟悉的脸，由入院时的痛不欲生到出院时的神采飞扬，我感到一种欣慰。记得有位患者出院时对我说：你笑起来很美，很好看。虽然只是很平常的一句话，却让我很感动。

作为一名平凡的护士，我不求感谢，不求回报，更不求鲜花和掌声，我只希望在我们付出宽容和爱心的同时，能收获一份尊重、理解和支持。能体现出护士的价值和"天使"背后的无私奉献。

普陀医院护理部姚丽文主任点评

护士是白衣天使，有一双隐形的翅膀，但同时也要具备一颗同情的心和一双愿意工作的手，为病患带来有形的福音。

中医药大学医院管理处王珏副处长点评

护理工作的辛苦没有让赵蓉护士退却，而是用她微笑的面容，努力的工作关爱病人，从而收获工作中的点滴感动。她想要的仅仅是一份理应得到尊重、理解和支持。

信念　坚持　爱

须　斐　龙华医院东院外科

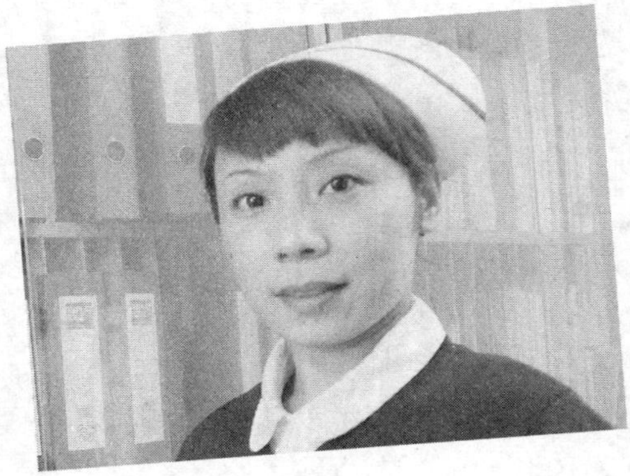

"护士"这个名字似乎与"天使"这个名称紧密联系在一起，让人感到既神圣又浪漫；"救人"与"疗伤"的工作，让人感到既神往又向往；南丁格尔的"不畏艰险、甘于奉献、救死扶伤、勇于献身"的人道主义精神，令人激起无比的憧憬和遐想。

然而，现实的医护工作与幻想中的医护工作有着天壤之别：每天鼻子闻着浓郁的消毒药水味、耳中听到的是呻吟的声音、嘴里总说着"打针吃药量体温"之类的话语……是坚持自己的理想还是打退堂鼓？

看着临床护理老师们每天脚步轻盈、手法熟练地做着护理工作，问她们为什么乐此不疲毫无怨言时，有的说"爱"、有的说"坚持"、有的说"熟能生巧"……朴实的语言和熟练的操作，使我当初的信念无比的坚定与清晰。不爱这一行，哪会干好这一行？爱是干好一切工作的基础！

经过10余年的磨砺，我终于成长为一名护士长。作为一名护理管理者，在团队管理上，先要求自己，再要求别人；要求别人做到的，自己必须做到；禁止别人做的，自己绝不违反。正人，必先正己；己不正，何以正人？

一支队伍能否在任何时候拉得出、打得响靠的是扎实的内功。而扎实的内功来自于一丝不苟反复操练而达到精益求精的境界。因为我们反复做什么，就会成为什么样的人。优秀绝不是一个行为，而是一个习惯。养成这一习惯，患者就少痛苦，加快痊愈。要养成这习惯，我率先为之责无旁贷。在技术层面上简单的东西反复做，你就是这方面的专家；重复的事情用心做，你肯定是赢家。

最近科里又来了一名刚刚踏上护理岗位的护士，在她身上我不但看到了当初自己青涩的模样，也看到了当初同样有过的迷惘。这时候，良好的沟通和引导必然能够使她尽快找回当初的坚持，因为有些事情不是看到了希望才去坚持，而是有了坚持才会看到希望！安排时间，好好谈谈！

其实这些年来，护士们最大的困惑就是如何处理好护患关系。病患往往带着身上的疾病和思想上的“疑”病，住进病房，护士成了他的“接待员”。于是矛盾的焦点就集中在护理人员身上了。

我们必须安抚患者的精神，安定患者的情绪，安排患者的日常生活……病患的性格、脾气、气质、文化层次等都决定了矛盾的程度。这些，我们必须了解，从而可以“对症下药”，提高治愈效果。同样，我们也要学会换位思考：如果我是病患我会怎样？如果我是病患家属又是怎样？要宽容，要理解，更要原谅他们的一时之忿。再难也要坚持，再冷也要热情，笑能弥补两者的分歧，笑能带来春风。被误解时能微微一笑，显示了素养；遭委屈时能坦然一笑，显示了大度；被逼得无奈时能达观一笑，显示了境界；被轻蔑时能平静一笑，则显示了你的自信……让笑填平“鸿沟”。

“逆水行舟，不进则退”。社会在前进，时代在改革，生活水平在提高，我们更应该与时俱进，万万不可因为有了点滴成绩而躺倒，也万万不可因为有了些许优势而夜郎自大。坚持才有希望,我和我的团队必定满怀希望又脚踏实地地走自己的路,永不停滞和放弃。

龙华医院张嗣博副院长点评

护理工作历来注重服务,从服务性行业的共性要求而言,提高服务对象的满意度是放在首位必须考虑的问题。护士技术水平提高、护理流程优化、服务态度改善都有助于提高患者的满意度,从而奠定护理学科发展的基础。

中医药大学医院管理处王珏副处长点评

护患关系是从病人进院起就迅速建立的一种互动过程,在这种互动过程中,护士被赋予了多元化的角色。我们认为加强沟通是建立良好护患关系的基础,同时提供给患者与社会进步、病人需求相适应的护理服务,才能有利于建立和谐的护患关系。

多棱镜

祝秋萍　普陀医院心内科

清晨，我正了正洁白的衣领，将短发往后梳整齐，走出了值班房的大门，开始一天的工作。

病房里夜班的姑娘还在忙碌，早班的女孩子们也陆续走出来，各就各位，踏入病房，开始她们一天的工作。看着她们忙碌的身影，我的心里是五味杂陈。经过一年的磨练，新来的6个姑娘已经适应了优质护理病房的模式，可以有条不紊的安排手中的工作，这些“90后”的孩子们，不乱花钱，不晚归，工资奖金统统给爸爸妈妈保管。早晨很早起来，冲到单位担负起难度高、风险大，且需付出较大爱心的护理工作，没有半点怨言，在病人奶奶爷爷面前永远展露着笑容，病房里拥有着无比好的口碑，这些都是年轻护士的优点。想着这些，我的嘴角微微上扬，觉得是我们科室的骄傲呢。

正想着，忽然听闻36床的呼叫器铃声大作，家属带着哭腔呼喊着医生，赶到病床边，病人端坐位，大汗淋漓，喘着粗气。医生微微皱眉：心衰又发作了。吗啡半支皮下注射、静脉补液、抽血、酒精湿化吸氧……经过一连串的治疗，20分钟后，患者的病情趋于平稳。家属拉着我的手问道：

“我爱人这个病怎么最近越来越厉害了，一次比一次重，而且发作更加频繁了。”我张了张嘴巴，最终还是没有说出什么，只能拍了拍她的手：“平时多陪陪他吧。”只有五十几岁的男人，因患重症扩张性心肌病，身体孱弱的连上洗手间也需要家人帮助，他的生命犹如风中残烛，随时可能熄灭，而面对死亡，面对这种慢性非传染性疾病，我们能做的只有延长他们的生命，希望能在他们最后的生命里能有尊严、有质量的活着。

“护士长，等会我叫张小团给我打针好不好，我针难打。”我正埋头排班被打断了，也是个老病人。“哦，知道了，我们这里其实都打得很好，你要给她们机会锻炼啊。”正说着，喝水的小张似乎呛了一下，止不住地咳嗽起来。“原来你也在感冒啊，那我不要你来打了，我最怕别人传染给我了，等会儿你千万不要来噢。”于是她又去病房里寻找下一个目标了。“我那儿有罗汉果浓缩片，可以直接吃的，治咳嗽很好的。”一位年迈的老太太患者对着张小团说。“不要，不要，我没有感冒，只是刚才呛到了。”“你们护士工作很辛苦的，小姑娘，我那个东西很管用的。”“真的不用了，谢谢奶奶。”看着老太太患者失望地往病房走去，我不禁想到，同样是患者，为什么对待同一件事的态度却天壤之别，想想，她们的做法都无可厚非，区别在于，一位只考虑到自己，另一位却想到了别人，“人”字的结构就是互相支撑，愿世上多一些为别人着想的人。

病房是一个小社会，而很多时候，一点点小事情可以反映出一个人的内心，多棱镜里面有你有我，阳光下它可以折射出不同的光彩，可能艳丽，可能苍白。

曾经在新职工培训的时候说过，我们的白大衣就是我们的超人服，穿上了它，我们就是万能的。不知不觉在心内科已经工作了10几年了，看惯了生死离别，看多了人情冷暖，不过我的心仍然保持着对护理事业的热爱，从带上洁白的护士帽开始，我就是一名光荣的白衣天使，不伟大、不特殊，只是默默在自己的工作岗位上做好自己的本职工作，相信这个社会上有许多热爱生活、热爱工作，充满热情，富有爱心愿意帮助别人的人，我就是其中的一个。

不知不觉已经过了下班时间，秋天的夜幕好像来得早了，家家户户都已打开电灯，厨房里仿佛也飘出了饭菜香。脱下超人服，我换上自己喜欢的小西装，走向回家的路，家就是那个闪烁着温暖橘色灯光的窗口。

普陀医院赵德强副院长点评

护士的工作面对的是失去身心平衡的非健康人群，病人通常会因身体不适或一些外在因素引起心理问题，出现一些意想不到的不良行为或情绪。有的病人甚至会将这些不良行为或情绪发泄到护士身上。这就要求我们护士必须学会“忍辱负重”，要有宽广的心胸去宽容病人，体谅病人。祝秋萍护士长以多棱镜为载体从多方面折射出年轻护士的工作热情，以自己宽阔的胸怀来包容体贴广大患者，以我们的热心、精心、细心为广大患者康复作贡献。

中医药大学医院管理处王珏副处长点评

“多棱镜”折射出护士工作的辛苦与不易，然而更多地折射出护士无私的爱。她们的爱是在平凡的岗位上，默默地表达着对护理工作的热情和对生命的尊重。希望社会对护士，特别是年轻护士给予更多宽容和支持，给予护理工作正确的理解和应有的信任。

燕尾帽下的誓言

费小琴　龙华医院儿科

时光飞逝，转眼间踏上护士这个工作岗位近10年了。刚开始学习护理专业的时候就有人问起："你为什么会选择做护士呢？"其实就是填写志愿时阴差阳错的结果。懵懵懂懂地觉得护士头戴燕尾帽，身穿白色的护士服，挺好看的；护士的工作就是发发药，打打针，工作挺轻松。然而真正接触到护理这专业的时候才发现，和自己以前的想法完全不是一回事；当护理前辈们郑重地为我戴上神圣燕尾帽的时候才发现，护理工作远远没有想象中的简单和惬意，身上肩负着前辈们对护理事业的执着、热爱和责任。

回首近10年的时光，眼前闪现的是一幅幅自己经历的画面：有刚踏上工作岗位时，病患不信任，质疑技术水平而拒绝静脉补液时的尴尬和难过；有家属因为心情不好，出言不逊时的冤枉和无辜；有抢救无效，病患去世时的惋惜和无奈；有奋力抢救后，挽回生命时的喜悦和自豪；有家属真挚感激，对我说一声"谢谢"时的高兴和欣慰；有病人家属胡搅蛮缠，甚至动手打人时的气愤和灰心；有小患儿童言无忌时说“小费阿姨，I Love You”时的兴奋和开心……但有时候会丧气地觉得，护士工作没地位，仅仅是一份养活自己的工作而已；看到病人一天天恢复健康病愈出院时又会自豪地觉得，护理工作还是很有价值。

过往的种种，会让我不停地思考如何做好一名护士。当我踏上临床护理带教老师这个岗位，面对一名名稚嫩的实习护生时，我更不停地思考如何做好一名护士……不仅仅是在熟练基本功和掌握专科知识技能的前提下，为病患减轻痛苦，给他们安全感，给他们家一样的温暖，更应该在面对突发事件时处事不惊、从容应对；面对难缠病患时不卑不亢，有礼有节；面对危重病患时仔细认真、慎独严谨。每一次的言行举止都要时刻提醒自己多换位思考，多从病患的角度出发，多为他们考虑一点，多体贴和关心一点，多给他们一点发自内心的微笑。

一名好护士不仅仅要有娴熟的护理操作技能、良好的道德修养、严谨的慎独精神，更要有积极向上的良好情绪、良好的服务态度和意识、良好的交往能力、团结友爱的意识。在工作中，以自己的爱心感化病患，以自己的耐心鼓励病患，以自己的责任心让病患露出笑脸。

龙华医院护理部周文琴主任点评

把看似琐碎简单的工作当做日积月累的收获，费小琴善于思索，不断总结，用心去护理病人，真正领悟了护士职业的快乐与艰辛。

中医药大学医院管理处王珏副处长点评

费小琴护士10年护理工作经历有眼泪，有挫折，投入了热情和给予，收获了感动和可遇不可求的感悟。她用积极的心态践行自己的誓言，用爱心、耐心和责任心服务患者，难能可贵。

学习、感悟与提升

姚　蓉　岳阳中西医结合医院脑外/卒中科

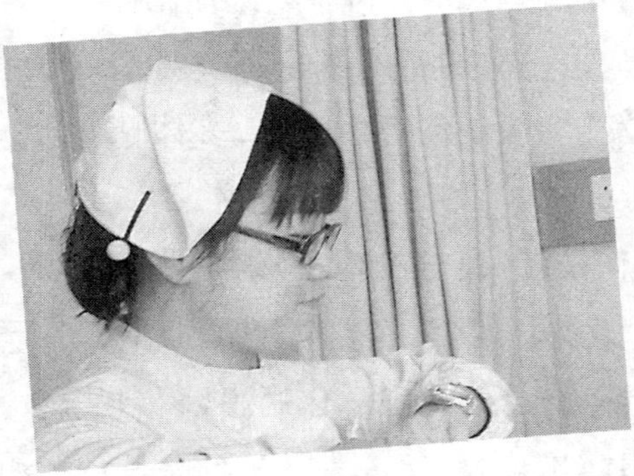

俗话说：十年树木，百年树人。自2009年我院启动第一批青苗人才培养计划，至今已经培养了大批优秀的医疗和护理人才。今年在院领导的大力支持下，在各位老师的精心培养下，在各位同仁的无私帮助下，我很荣幸成为了第四批青苗护理人才，经过这一年的学习和工作，我感到受益匪浅、各方面都有所提升。接着我将谈谈青苗培养学习中的想法和感悟。

近一年来，通过导师的精心培养、帮助、鼓励下，我感到收获巨大。老师们用她们的敬业精神，探求知识的渴望，扎实的业务能力，时时鞭策教育着我。通过读书和记录跟师笔记、新理论技术开展、护理查房、论文撰写、课题申报等多种形式，让我能孜孜不倦地学习管理学知识、心理学知识、不同专业护理领域的理论知识和技能操作、护理科研及教育等多方面知识，努力提升专业水平。

对于这为期三年的青苗培养机遇，我的心中是充满感激和感动的。期间医院提供了许多学习交流，培训深造的机会。例如：新东方托业考试培训，让我有机会进一步加强英语听说读写能力的培养，从哑巴英语到现在能简单流利对话，并能运用工具做些英语材料搜集及整理，帮助良多！通过中医护理理论和技术新发展培训班、护理科普创作学习班等一系列培训课程，让我开阔了眼界，丰富充实了自身的专业知识，提升了综合素质。通过为期3个月的护理学会继续教育基地进修培训，老师们手把手的指导，使我的教育管理知识和能力有所提升，令我深刻体会到“授人以鱼，不如授人以渔”，学到的钻研方式，创作方法，科研思路，教育理念，使我受益终身！

期间院领导、护理部及科室领导、同仁提供了大力支持，为我创造良好的学习深造条件，提供了无私的关怀及帮助，在此我表示深深地感谢。身为我院医务工作者的一员，我感到无比荣幸和自豪，我将十分珍惜这一难得的机遇，刻苦自重，用心汲取经验及知识，努力提高自身综合能力，更好地为患者服务，用自己的行动回馈医院、服务社会！

岳阳中西医结合医院护理部陆静波主任点评

这篇日记道出了一位临床护士通过青苗人才培养计划，所获得的成长和感悟。相信随着医院的发展，护士会有越来越多的机会从不同途径得到学习和培养，从而提升自己的专业素养，更好的为病人服务，为医院的发展做出贡献。

中医药大学医院管理处王珏副处长点评

姚蓉护士的成长得益于医院的青苗培养计划，为此她决心“用自己的行动回馈医院、服务社会”。这是青苗培养计划的成功之处。

人文关怀　诚信管理

秦秀芳　曙光医院特需科

在护士长的岗位上工作了那么多年，经历了大大小小各种事件，处理了形形色色各种纠纷，也算是顺顺利利地把病房这个大家庭“经营”到现在。也许有人问我成功的诀窍在哪里，我只想说：根据不同的工作环境，制定不同的工作决策，合理调配，合理布置，合理安排，从容不迫地做一名病房的管理者，才能让病房有条不紊地运行下去。借此机会，也分享一下我在特需科这几年的管理心得。

首先，我认为病房工作最主要的是整体观念。只有把整体把握住，才能将细小之处不断完善改进。根据护理部的要求制定出适合科室的年计划、月安排、周重点，督促实施，并监测其实施效果。我始终把握以病人为中心，以质量为核心，把为病人提供优质护理放在首位，深入开展以病人为中心的健康教育工作。宣教时因人因时因地，通过发放健康教育手册，开展定期的病房小讲课，以及每一位病区护士的言传身教，让病人掌握其自身疾病的防治、康复及相关的医疗及护理知识。

其次，坚持各项制度的贯彻落实。秉承“标准是护理工作的准绳”这一理念，对于上级传达学习的相关制度要深入学习，并结合病区内的实际情况，持续优化改进，真正将其落实到实处，提升护理层次。

再次就是沟通。在以上这几点都落实到位的过程之中，沟通是不可或缺的一门“艺术”。与病人沟通，从入院宣教到出院健康宣教及出院后不定期的随访工作，沟通工作贯穿始末。与医生双向沟通合作，如有医嘱出错，及时指出。要求每一位床位护士深入病房，随时关心照顾病人生活上的实时需求，及时为病房内设施的故障拨打报修电话，督促后勤人员在尽量短的事件内解决问题。与护士之间的沟通，作为护士长，我尽量按照护士意愿排班，照顾身体不适及家里有情况的护士，并时刻关注护士之间的交流，做到无障碍沟通，保证工作的有效进行。

总体而言，作为护士的领导者，必须兼备以下几点：展示人格魅力，善于管理；具备知识才能，提高职业素养；建立良好的人际关系，提高工作效率及积极性；只有在掌握以上几点，并按照全局统筹的思想，才能真正成为一名合格的管理者。

曙光医院周嘉副院长点评

作为年龄最轻的科护士长之一，秦秀芳虽没有轰轰烈烈的先进事迹，也没有夺人眼球的课题论文，但她自有独到之处，一个字——“稳”。她所管辖的东院门急诊部门每天面对的是形形色色、人如潮涌的复杂局面；她所负责的贵宾楼三层病区，每月为医院贡献将近500例的手术，平均住院天数不到7天；她所领导的名医治疗中心、体检中心、生殖中心、治未病中心、特需部等护理部门一直是曙光医院最闪亮的品牌。工作量之大，可见一斑。秦秀芳的才能在于处事不惊、遇事不慌，稳重中见成效，得体中见功力。如她日记中所述，她的整体观很强，对各部门的制度落实非常到位,充分发挥了每个护士长的聪明才智。此外,她的真诚,成为她与各科室、职能部门、各阶层人事良好沟通的法宝。

中医药大学医院管理处王珏副处长点评

科护士长是管理多个护理单元的负责者,设立这一岗位的目的不仅是要保证日常护理工作的正确性、有效性,而且创造愉快而专业的护理环境。我们认为科护士长在工作中应忌厚此薄彼,宜公开公正;忌求全责备,宜用人之长;忌事必躬亲,宜计划有序;忌以势压人,宜以诚待人。愿此能引起共鸣。

辛悦历程

钱雅奋　龙华医院肿瘤一科

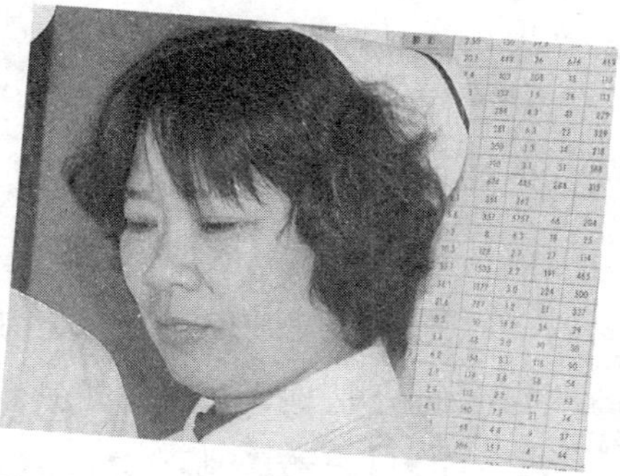

斗转星移，从穿上圣洁的白大衣至今，我从懵懂无知、天真无邪的新护士到现在，已历经了29个年头。成长历程中的每一步都记载了我对护士工作的热爱。冰心老人有句经典名言："爱在左，同情在右，在生命路的两旁，随时撒种，随时开花，将这一径长途点缀的花香弥漫，使得穿花拂叶的行人，踏着荆棘不觉痛苦，有泪可挥不觉悲凉。"护理岗位之所以具有其独特的魅力，正是因为在这平凡的岗位上，每天都有无数的护士辛勤耕耘，用她们的青春与汗水，付出与奉献，谱写着属于她的生命乐章，展示着她的风采。一眨眼功夫，走上护士长管理岗位也已有17个年头了，那些年轻气盛时对事业的热忱，经过多年的磨砺，也进一步沉淀为对这份事业的执着热爱与坚定。

在工作中，我倡导一切以病人为中心，病人的安危就是我们的责任。在对待病人时，坚持把病人的痛苦安危放在第一位，做到"将心比心，用我的爱心换你的舒心、安心和放心"。全面开展优质护理工作，从小事抓起，从点滴做起，塑造了肿瘤专科优质服务口碑，历年的病人满意度均为满分。

针对肿瘤患者负性情绪和非适应性作为，2010年我组织科内护士姐妹开展了“生命之光”肿瘤患者联谊会，每年举办2～3次活动，探索新型护患关系模式，用专业的针对性方法，开展形式多样的心理护理活动，帮助肿瘤病人重塑阳光心态，树立战胜疾病的信念。我们的活动曾被《文汇报》《新闻晚报》《新闻晨报》《大众卫生报》等报道，收到了很好的社会效应。

在科室管理中，我注重以身作则，坚持以人为本的管理方法，注重人文关怀的护理管理模式，使护士的身心得以舒畅，在面对大量繁琐平凡的工作时，每位护士能微笑应对工作中的压力和挑战。同时注重人才培养，尤其是老中青三阶梯护理人才结构的合理安排，使每个护士能够较好地规划自己的职业生涯。在医院中我率先开展了PICC护理穿刺技术及维护工作，培养了PICC护理专家型人才，并在科内培养了一名二级心理护理师，在临床开展科学的心理护理方法。根据临床需要，与营养科合作，拟开展营养师与护师联合工作模式。

龙华医院肿瘤科已成立了50年，目前是全国的重点科室、全国中医临床研究基地，我有幸在其最辉煌的10多年中成长起来。经过去新加坡、广州、台湾等地的学习，更加充实完善了自己的管理思维与经验。作为护士长，我将一如既往，配合科主任把管理工作做好，为护理事业的长足发展，审时度势，优化各种人力、物力，把肿瘤科建设得更好。

龙华医院张嗣博副院长点评

肿瘤患者是医院病患中的一个特殊群体，治疗的艰辛和痛苦，对生命的渴望和心理的恐惧时刻围绕着他们。这对护理工作提出了很高的要求。走进他们的心灵，唤醒他们战胜疾病的信心成了肿瘤科护士的日常工作。在实际工作中，拥有多种护理技能，掌握多项专业理论的专科护士可谓少之又少，需要护理管理者引起足够的重视。

中医药大学医院管理处王珏副处长点评

钱雅奋护士长倡导的"一切以病人为中心,病人的安危就是我们的责任"的承诺,引领科内护士开展很多有益患者的活动,受到社会舆论的广泛认同和推崇。我们相信因为对患者有这样的承诺而使我们的护理工作变得更加光彩。

天使圣洁南丁志　珍重前程自芬芳

徐玉萍　曙光医院科门急诊

1987年，我成为了一名护士，岁月流转，四季交替，转眼间，我追寻着南丁格尔的足迹，实践着烛光下的誓言已20余年。总是被人们叫做没有翅膀的天使，被叫做世间圣洁的精灵，我却深知在那无数个不眠的日日夜夜里，没有鲜花，没有掌声，只有心中那份坚定，让我手提南丁格尔的那盏明灯，穿梭在黑夜对阳光的向往中。

那一年，我走进了有着悠久文化历史，深厚文化底蕴的曙光医院，开始了我的护理生涯，开始负担起一个护士应该负担的责任。但初涉社会，在工作中渐渐遇到了很多事，有繁重的工作，无理取闹的患者，迎接不完的检查……那种对护理事业美好的憧憬和向往，渐渐随着单调而乏味的工作变得虚幻飘渺，每天周而复始的重复着同样的工作使我觉得自己像只陀螺旋转不停，于是我语出轻狂，牢骚满腹，我开始迷惘“提灯女神”的那份美丽，但我心里一直有个声音在告诉我，再坚持一下！于是我还是一如既往的穿梭在那长长的走廊上，慢慢的，随着年龄的增长，阅历的增加，看到无数的患者康复，微笑着离开医院，我开始相信人的一生总该有一种坚持，总有一些东西会令我们感动，令我们热泪盈眶。

其实只有亲历其境的人才能体会到护理工作的艰难。一旦工作开始，什么都要置之度外，全心全意付出。一个尽职的护士仅巡视和处理病人，一天就要走上10几公里甚至更长的路程，遇上抢救更是眼观耳听，手脚并用。但是没有我们，谁来迎接生命的诞生？谁来护送生命的回归？谁没有节假日天天守候在这个没有硝烟的阵地上？还在我刚刚受到医学的启蒙教育时，我的老师曾说，你选择了这一行，就选择了奉献，而在经历了这些后，我才明白这“白衣天使”称号背后的要求是严格而近乎苛刻的。作为护士，不只是手的劳作，更重要的是心的付出。我的护理前辈们，用她们的工作态度，她们的敬业精神，她们对护理事业执着的爱深深的感染着我，是我学习的榜样。孔子说过：“学之者不如好之者，好之者不如乐之者。”我既然作出了选择，既然从事了护理工作，就应该始终热爱本职工作，并以工作为乐。这一点是我在护理岗位上不断进步的源泉。这么多年来，我深切的感受到了曙光的精神，感受到了无限的温情。在护理部的高标准、严要求下，我不断地改进自我，提升自我；在这样一个认真严谨、轻松活泼的环境下，我迅速成长了起来。

这一路走来，我怨过、笑过，有过挫败、也有过荣耀，未来的路还有很长，我会穿着这圣洁的白衣，一如既往地走下去。曾记得有一首诗“一袭素衣梦长求，三积丹桂愿终偿。去时情牵复意连，来日救死并扶伤。天使圣洁南丁志，珍重前程自芬芳”。这首诗写出了我的心声，与大家共勉！

曙光医院周嘉副院长点评

稳重、踏实、一丝不苟、兢兢业业的20多年，是漫长的时光，你把人生最美好的岁月都奉献给了护理事业。护士很苦，护士很累，正因为如此，护士才伟大。护理事业的不断发展，靠的就是无数像你这样的护士。加油吧，护理同仁们，为了我们共同热爱的事业。

中医药大学医院管理处王珏副处长点评

徐玉萍科护士长20多年护理工作经历，有辛苦、有挫败，同时也收获欢笑和荣耀，在不断的历练中成长为科护士长。虽然护理工作是平凡的，但护理始终与爱同行，因此她选择“穿着这圣洁的白衣，一如既往的走下去”。护理事业的发展需要像你这样坚守的护理人。

天使的梦想

徐伟娥　岳阳中西医结合医院老年科

还记得第一次在异乡过的春节，除夕夜，窗外闪烁的霓虹灯，此起彼伏的鞭炮声，无不彰显着上海的繁华，而我却丝毫没有过年的喜悦。每逢佳节倍思亲，听着外面热闹的声音，想着遥远的家乡和母亲包的饺子的味道，暗自神伤。不是不想回家，而是因为要上夜班，我没办法回家。自从我选择护士这个职业，就想到会有这样的情景，只是，上班后的第一个春节，就遇到值班，我还不能适应这样的变化。不过想到不是我一个人在经历着这样的离别，还有好多在值班的兄弟姐妹们也跟我一样，不禁释然。

小时候一直觉得护士是一个很崇高的职业，被称作天使是一种无上的光荣，我很希望能有一天，自己穿上白大褂，做一个美丽的天使！高考填志愿的时候，我郑重地选择了护理专业，向着自己的理想迈进了关键的一步。很幸运，我如愿以偿地进入了我梦想的大学，成为了一个护理专业的学生，我在为即将实现自己的理想而开心着，认真学习，希望能尽我所学帮助那些在死亡线上挣扎的生命。

大学四年，终于结束了校园生活，成为一个真正的护理人员，我来到上海这个大都市，走上工作岗位。我没有忘记刚入学时的誓言：除人类之病痛，助健康之完美，救死扶伤，不辞艰辛！我深知我所从事的工作就应该是挽救生命，可是当我真的成为一个护士，每天做着相同的琐碎的工作，耳边是病人的呻吟，家属的抱怨……如此种种都让我觉得厌烦。在老年科病房里，看着多年躺在病床上不能动的病人，每天为他们擦身、做口腔护理、鼻饲营养、输液治疗，做了很多事情，却发现病人依然躺在那里没有意识，甚至会走向死亡，不禁怀疑自己的价值，我做了这么多，为什么没有挽回他们的生命？那我的工作还有什么意义？我的梦想似乎离现实太远了。可是看到周围的同事都是这样忙忙碌碌的工作着，我又觉得也许我们的工作就是这样的吧。

本以为会一直这样庸庸碌碌的工作下去，人生也不会有新的色彩。很荣幸，我入选了医院的人才培养计划。这个绝佳的机会让我对护理工作有了新的认识。最近一年参加了几个培训班，开拓了视野，让我看到了护理工作的不同方面，除了日常的护理，原来我能做的事情还有很多。现在在一家知名医院进修，更是让我从另外的角度重新审视护理这个行业，我开始认真思考我们的价值，践行入学时庄严的宣誓，刻苦钻研，精益求精，全面发展。

岳阳中西医结合医院护理部陆静波主任点评

对职业的认识，有一个循序渐进的过程，您从朦胧到理解上升到热爱，已经有了一个质的飞跃，望您继续践行入学时庄严的宣誓：除人类之病痛，助健康之完美，救死扶伤，不辞艰辛，并珍惜这来之不易的收获，朝着既定的目标前进。美丽的天使，不但会成为您的梦想，而且会成为现实中的结果，努力、加油！

中医药大学医院管理处王珏副处长点评

徐伟娥护士的日记反映出青年护士的成长需要更多的关注和关心。在她们职业发展的各阶段，尽可能的为她们创造提升自我的机会，缩短理想和现实的距离。

心中有爱无怨无悔

徐丽萍　龙华医院手术室

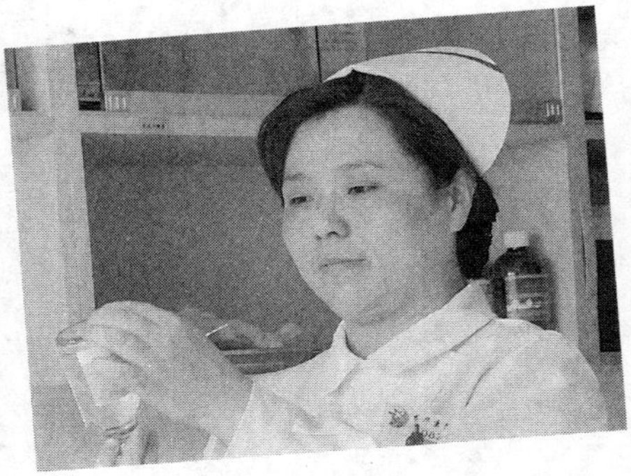

曾怀着对护理行业的好奇，考入卫校，带着对美好未来的憧憬，我走上护理岗位。从那一刻起，我开心地工作着，不断地努力着，幸福地感受着作为一名护士承受的酸甜苦辣……

我们的护理先驱南丁格尔曾说过："护士要有一颗同情心和一双愿意工作的手。"因此，我以此作为人生格言，凭借它的力量，激励自己前进、奋斗、成长……

人们常把护士比作白衣天使，我觉得穿上那件白色的护士服，戴上燕尾帽，走在洁净的病房里，每一个病人都是我们的亲人，他们的忧伤和欢乐就是我们的忧伤与欢乐。看到绝望的眼神露出春意，跌倒的身体重新站起，我才真正感觉到护士的含义：用自己的爱心抚慰所有病体的期翼。

手术室是个很特殊的科室，穿上绿色洗手衣，就站在了没有硝烟的战场上，随时准备进入与时间的赛跑。作为护士长，我每天都在忙碌，热爱那不停地行走。对于长期的繁重工作，我不能说没有怨言，但我总能在一天的忙碌中，不断调节自己。团结协作、快乐工作已成为手术室的优秀传统，虽然我知道大家工作都很辛苦，但同事之间的无私帮助，缓解了心灵上的疲惫。

每当下班时间一到，不时有等候在手术室外的家属会问上一句："又忙了一天，现在下班了吧。"虽然很简单的一句话，但是却透露着他们的体谅、理解、关心、支持，所有的辛苦就都变成了甜美的回忆。

在工作中有许多难忘的经历，面对年轻的乳腺肿块患者在等待病理报告期间的紧张和焦虑不安心理，我深知等待期病人不仅要克服本身的病痛，更渴望亲情的关怀。毅然决定在病人被告知确诊乳腺肿瘤时，给病人与家属短暂的交流机会，让她们能有一个心理的过渡，在此期间我总热心地开导病人及家属，甚至有时是哄着病人接受手术，虽然时间很短暂，但是给予病人却是莫大的安慰，让病患有一个思想的过渡期，我想对她们术后的康复是有一定帮助的。这个小小的决定，得到我们科室护士的一致认可，认为这才是优质护理服务的体现。护理工作是繁琐的、平凡的，却给予了我快乐与幸福。

"提灯女神"南丁格尔的灯光驱散的何止是受伤士兵心头的阴云，那穿越时空的温暖，在每一名护士的心中，都炽燃成生命的烛炬！或许就是这份执着、这份温暖照亮了患者通往健康的心灵彼岸。

手术室的护士像蝴蝶一样轻盈，像羽毛一样温柔。每天，在这个没有硝烟的战场之上，我们默默坚持着自己的那份信念。

有人问过我后悔选择护士职业吗？我坚定地说：不后悔……因为只要心中有爱，就永不后悔。

龙华医院张嗣博副院长点评

很长时间我们只注重对躯体疾病的治疗而忽视了对病人心灵的慰藉。在开展优质护理的今天我们应该更加关注患者的心理需求。中医学对"七情"致病有详细的阐述，希望每一位护理岗位的从业者能从中摄取养分，为整体护理做出自己的努力。

中医药大学医院管理处王珏副处长点评

徐丽萍护士长在管理中注重患者及家属心理护理的举措，无疑体现了对患者的关心，同时也表达着全体护士对护理工作的深深热爱。相信只要心中有爱，我们的护理工作有很多潜力可以挖掘。

今天，你能微笑着去工作吗？

徐　旻　龙华医院护理部

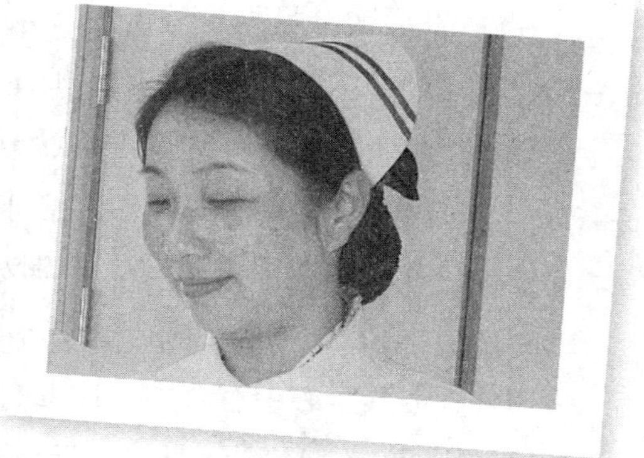

今天上班的时候，有一位工作3年的护士满怀困惑地来问我：护士长，您为什么每天都能开开心心地来上班呢？就这个问题，我和她进行了一番深谈。原来，这位年轻的护士在职业的道路上遇到了困惑，对于自己付出的意义开始有了怀疑。的确，从刚一踏上工作岗位到现在，20几年的光阴，我已从一名年轻的“小护士”成长到了科护士长，这中间，同样经历了几番心路历程。

康德曾经说过：有三样东西有助于缓解生命的辛劳——希望、睡眠和笑。生活在这样一个快节奏的社会，从事着面对生命的工作，我们本是一群容易辛劳的人，扪心自问，每天，你都能微笑着去上班吗？

或许是因为我小时候就住在医院对面，每天都能看到白衣天使们救死扶伤，能看到各地病患前来求医时那充满希望的神情，从小，我就向往着成为一名护士。冰心老人曾说过这样一番话：“爱在左，同情在右，走在生命两旁，随时播种，随时开花，将这一径长途，点缀得花香弥漫，使穿枝拂叶的行人，踏着荆棘，不觉痛苦，有泪可落，却不悲凉。”这是对护理工作做的最好的诠释。正是白衣天使们的付出，谱写出了人世间最优美动听的旋律。

可是，谁又知道，在天使的背后，又有着怎样的故事呢?

在最初披上洁白而圣神的工作服时，我们是那样的兴奋，仿佛生命的权利已经掌握在我的手中，我随时都能让生命重生。那时候，每天，都是乐呵呵的上班，再累再苦都不怕。

可是，护理工作真正是伟大又平凡的，在每天反复的基础护理、打针、发药、输液中；在反反复复的三班倒把我们的白天黑夜颠倒了之后；在每逢佳节躲过孩子的纠缠匆匆夺门而走时；在面对病人无理的挑刺、辱骂时，我们几乎差一点就忘记了当初的热血、最初的理想，我们也曾一度觉得从事着这份职业，笑不起来。

但是，其实我们不会忘记，护理先驱者南丁格尔曾说过:“护理工作是平凡的工作，然而，护理人员却用真诚的爱去抚平病人心灵的创伤，用火一样的热情去点燃患者战胜疾病的勇气。”我们热爱着护理这份职业，面对这一切时，我们可以一笑了之，原因很简单，对于渺小的“我”而言，还需要我的，有更多人。

刚刚走上护士长岗位、尤其是到分院任职之初，虽然每天都面带微笑的上班，但其实心中有着如千斤重的感觉。护士长是医院基层科室护理工作的领导者，在这个岗位上，必须不仅要独善其身，更要兼济天下。“群雁高飞头雁领”，作为护理管理者，首先最重要的就是提高自身的从业素质，起到带头作用，做到真正的有效管理，而不是只会说空话，没有实干精神的“假大空”。有一种说法是这样阐述领导者的四个境界的:领导者的第一层境界是职位与职权，因为你是上级所以听你，如果你不是上级他们就不听你了。第二层境界是能力，做事能力强。下属在做事上会听你的，听的是做事的方法。第三层境界是尊重与培养下属，下属因为能力提高而尊重你。第四层境界是人格魅力，强调自身的修为，往往以身作则。这样的领导者是下属的楷模，下属因为你的为人而由衷地敬重你。追求是无止境的，我们每一位领导者都在努力达到第四境界的高度。只要有护士能够在我的团队里进步，能力得到提高、眼界得到开拓，我都会由衷地微笑、开心。

经常会有人这样询问我，“你是否会后悔选择做护士？”“如果再选择一次，是否依然还会再做护士长呢？”这样的问题曾经也让我稍有迟疑。但是现在，我会毫不犹豫的说：“我不后悔！”

有人说用自己的左手温暖自己的右手是一种自怜，而用自己的双手去温暖别人的双手却是一种奉献。爱与奉献是我们白衣天使永恒不变追求的主题。选择了这份职业，就是选择了奉献。我的职业，不仅能为患者奉献，更加能感染到一批的护理人员，为护理事业奉献，能够从事这样一份温暖别人的职业，让我感觉很幸福。

是什么，让我依然坚持着做一名白衣天使？是爱和信念。我热爱护理这份职业，我愿意为它奉献。我也相信，我的这份执着，能感染我的护理团队。所以，我每天，都能笑对我的一切工作。你，可以吗？

龙华医院张嗣博副院长点评

俗话说：眼界决定境界，思路决定出路。当一个人将平凡的工作注入了爱的动力后，相信展现在人们面前的将是一幅美丽的画卷。常说护士是白衣天使，但现实的我们是否负担得起这样的称号？微笑着去工作，我们多少人能真正做到？我深深地为我们拥有这样的护士长感到骄傲！

中医药大学医院管理处王珏副处长点评

护理工作非常辛苦，辛苦到有很多人离它而去。然而徐旻护士长能微笑地面对工作，这是难能可贵的。我们真诚的希望更多的护士能培养一种积极的职业心态，微笑着面对工作。我们认为微笑是一种力量，微笑地面对工作，你的工作就会丰富和充满意义，好多难题，都能迎刃而解。

爱与责任

徐炜堇　曙光医院内分泌科

有人说，护士是没有翅膀的天使，因为我们用爱心和微笑去抚平患者所受的痛苦；有人说，护士虽然不一定有很美丽的容颜，但是一定有一颗温柔善良的心。在工作的这些年里，我遇到了形形色色的病人及家属，有好说话的，也有较难沟通的。但是我总对科里的护士说："人生病时心情一般都不会好，我们要学会包容。我们面对的是一个个生命，不能想着只要完成治疗任务就好，同时我们要用心去关爱他们、温暖他们，倾听他们的烦恼，从而帮助他们。这是我们护理人的责任。"

记得有位来自安徽的患者被送到我们科室，年纪很轻却患有严重的糖尿病足。其家属都是特别淳朴的人，每次我们进病房做护理工作时，他们都很真诚地笑着说谢谢，家属在陪护期间一天一包饼干沾沾开水就算吃饭了。后来我了解到他们都是山里的农民，患者每年打工挣的钱还要寄回家里给父母妻儿用，现在家里的顶梁柱就这么倒下了，可想而知，他们是如何的心焦。因为患者干的工作是临时工，工地也不给报销，现在用的就是患者前几年打工挣的钱，每天高昂的医疗费都快把家底掏空了。

了解到患者的情况后，我从第二天起就自己掏钱为患者订小锅菜、营养汤，同时把患者的情况告诉科主任及科室的姐妹们，在科内发动爱心捐款活动，此举得到了大家的大力支持，同事们纷纷慷慨解囊。当我把筹得的善款交到患者及家属手里的时候，他们留下了激动的泪水，说："护士长啊！你们真是地上的天使啊！"

为了使科室的送护质量更上一个台阶，我和科里同事们动脑筋、想办法，从巡视病房，整理病房、病人床单位，到在病房为患者做宣教……各个细节，概不放过。终于有一天，同事们发现我的脸色越来越苍白，都劝我先去休息一会。其实那天早上起床的时候我就感觉有点头重脚轻了，现在经过一上午的忙碌似乎更严重了，但我想了想还是不放心，说到："应该只是小感冒而已，没事的，现在科里这么忙，已经经过了几天的努力，不能在这个关头有所懈怠，还是和大家一起继续奋斗吧。"令我高兴的是，经全科同事的共同努力，在2012年11月23日进行的万人问卷调查中，我科名列前茅。

工作的这些年，经历了病人的生老病死，人间悲欢，我看着身边的姐妹们为素不相识的患者的快乐而欢笑，悲伤而哭泣，为他们倾尽全力时，心中总是有着莫名的感动。也许护士的职业已经完全超越了利益本身，每一个护士付出更多的是自己的感情，视每一位患者为自己的至亲，不吝惜每一个微笑、每一滴泪水，一次次伸出双手，奉献她所能给予的全部力量。这就是我们护士的可爱之处。

曙光医院周嘉副院长点评

护理本身是一份枯燥而又乏味的工作，但因为有了不同的病患才让这份工作变得更有挑战性。徐炜堇对待工作兢兢业业，视每一位患者为至亲，视工作如生命，她有着极强的责任感及爱心，不辜负患者给予的评语：患者的天使！

中医药大学医院管理处王珏副处长点评

有人说“护士的爱是助人为乐、谦逊仁慧，不论贫富贵贱一视同仁”。徐炜堇护士长日记中的故事很好的诠释了这一点。在爱与责任的驱使下，我们的护士日复一日的默默奉献，给予患者生的希望。我想大声地说：“护士的职业是最崇高的职业，护士是最可爱而可敬的人！”

珍惜与患者相处的点滴

徐建玲　普陀医院老年科

他是一位抗战时期参加革命工作的老年痴呆患者，住在我们老年科病房里。家属陪伴他在走廊散步的时候，他见人就问：你谁啊？如果你停下来让他猜，和他搭话，他会看着你的工号牌，报出你的姓名和工号。接着就不着边际地乱说一通，常常引得我们医护人员笑着走开。

我们一直评估他的神志不甚清楚，每次我和护理姐妹们巡房的时候，总不忘看看床档拉好没有，地板有没有潮湿，腕带戴了没有，生怕他走失或者是摔倒。只要护士们一有这些举动，他便絮絮叨叨很不满的样子：你们把我当孩子啊，我都成人了，都工作了。我们说：嗯，好，你长大了，要听话哦。他就看着我们咧着嘴痴痴地笑。

每逢我们帮他洗脸、擦浴的时候，他总是喜欢卷起衣袖给我们看手臂中弹后留下的疤痕，对我们讲当年在革命战场上奋勇杀敌的故事，虽然故事总是叙述得颠三倒四，毫无次序可言，但是我们每一次的倾听总让他充满着自豪和满足。

每每科里的护士有个头疼脑热，感冒咳嗽，不知怎的，总会让他瞧出个端倪，忙不迭地拉开床旁桌的抽屉找药给你吃，瞧着比谁都紧张：我这里有药，你拿去吃，身体要紧呐。护士们总说：我们有药，谢谢你啊。此时的他总会露出略带羞涩的笑容：谢什么啊，跟我还这么客气，不像话。

有时遇到家属或者邻居来探望他，他就拼命做出主人的做派，坐在病房的太师椅上，张冠李戴地将我们逐一介绍：这是我们的护士长小徐，这是护士小冯，她们对我可好了，我的病就是她们治好的，可不许欺负她们啊。探望他的人也配合着他，将我们表扬一番，弄得我们面红耳赤，急急地退出病房。

这些个情景：每一次的走廊相遇，每一次病房里的交流，总让我们感受到在他那个不为我知的世界里所传递出的问候和期待。这样的情感里透着对我们护理工作的肯定，我们是多么地在乎与珍惜。我们珍惜病房里与每一位患者相处的点滴，珍惜与每一位患者积攒的温暖，珍惜与每一位患者营造的快乐。只希望能够把这样的快乐留下来，留下来。

普陀医院赵德强副院长点评

俗话说："干保无小事"，老干部患者年龄大，合并症多，病情变化快，家属期望值高，要求我们护理人员在工作中，谨慎小心，精益求精。医护人员与每一位患者建立了深厚的感情，在患者的眼里，医院是他们另外一个家，医生、护士是他们的家人。彼此之间所建立的这份特殊情感，努力为老干部在院治疗提供了一个温馨的环境。

中医药大学医院管理处王珏副处长点评

徐建玲护士长以与一位老年痴呆患者相处的点点滴滴为线索，朴素的描绘了干保科护士关爱患者、赢得患者信赖的生动画面。一句"珍惜与患者相处的点滴"反映出了干保科护士质朴而高尚的职业情感世界。

人间天使

徐　俊　市中医医院风湿科

有人说，上帝怜悯世间饱受苦难病痛折磨的人们，于是把最富有爱心的天使折断了翅膀，将她们派遣到人间，为那些需要救助的人施予帮助、抚慰和关爱，而这些断了翅膀的天使从此再无法飞上天，也无心飞上天，只安心留在世间奉献自我，播撒关爱，她们就是护士，被誉为“白衣天使”。

从小觉得护士是圣洁而美丽的。20岁那年，我圆了护士梦。当穿上护士服第一次踏进病房，看见那一个个在死亡线上挣扎的身影，看见那一双双乞求的眼睛，从那时起我就有了一种使命：要让这些人脱离病痛的苦海，远离疼痛的折磨，这是我的天职，更是我的使命！

还记得2010年国庆前夕，一位女性患者发着39度高热，病情的反复，家人的抛弃使她的情绪跌到了谷底，虚弱的她经常一个人呆坐着，一声不吭，几次想要轻生。那一次，我们发现她藏着一把锋利的美工刀，马上报告了床位医生，我们的床位护士便陪伴在她的左右，和她谈起了家事。护士耐心的询问才将她的心结打开：病情无法好转，红斑狼疮的病痛已经把她的生活折磨得千疮百孔，丈夫背信弃义，将她狠狠抛弃，这双重打击将她的底线完全击溃，说到这里，她已经泣不成声了。护士听完了这些，深深地拥抱了她，流下同情的眼泪。此时无声胜有声，病人在护士的怀里放声痛苦，把积压在心里的痛苦全部释放了出来，主动把小刀交给了我们。还有一次，我们在帮其换床单的时候，她躺在床上一动不动，突然说想解便，可是话音刚落，黄色的稀便流了满裤子，她脸瞬间就红了，一边说着对不起一边用手捂着被子，生怕异味弥散在空气中，护士不但没嫌弃反而安慰说："没有关系的，生病是谁也不愿意的，你别太在意，等收拾干净了就好了，好好休息别想太多。"虽然是短短的一句话，却使她眼里充满了感激之情，一抹泪水从她的眼角流了下来："护士，你们真好啊！"

作为一名护士，最能感受到的，就是人们心灵深处的各种感悟。我将继续和护理同仁们一起，怀着一颗仁爱之心，用心做好本职工作，安心当着"折翼天使"，在忙碌中收获充实，在工作的点点滴滴中绽放自己独特的美丽！

市中医医院徐建副院长点评

作者叙说了患者一般都会面临生理和心理上的双重折磨，作为服务的客体，用仁爱之心做好"心护"，用心灵感悟做好"情护"，用天使之命做好"责护"，将会使"白衣天使"实现崇高的人生价值。

中医药大学医院管理处王珏副处长点评

"在忙碌中收获充实，在工作的点滴中绽放自己独特的美丽！"多么纯洁而美丽的心灵。我们的护士承担着平凡的工作，但却始终追求卓越，坚守自己的承诺。护理工作理应受到社会的尊重，护士理应受到社会的关心。

我的遐想

徐　洁　市中医医院门诊

我在大学毕业后就选择来到了离家较近的中医医院工作，进入单位后就被暂时安排到门诊工作。起初对于门诊的工作不太了解，但是在前辈老师的带领下慢慢进入了工作状态并适应了护士这一角色。

门诊工作虽然看上去不太起眼，但在细小之处能体现出很多人生百态。比如：有些年纪大的阿婆耳朵和腿脚不太好使，我就要多留个心眼记得阿婆的序号和名字，在差不多轮到阿婆就诊时就提醒阿婆并帮助阿婆到就诊室；比如那些不明白就诊程序的病人，我需要耐心向他们解释和教他们如何遵守就诊流程。但是还是有许多病人不能理解，好几次我都委屈地了流泪了，幸好有老师和护士长帮我解围，指导我在遇见这种事时该用何种心态去处理。

日复一日的门诊岗位工作，有开心有委屈有劳累也有无奈。开心的是每天都在做自己喜欢的事可以帮助到别人，不是为了那个谢谢，而是他们的微笑和理解；委屈的是病人的不理解与无理的指责，作为一名护士不能肆意的反驳，委屈的眼泪在眼眶打转，转身默默流泪的无助感；劳累的是每天都有很大的工作量，门诊高峰时一窝蜂的拥挤把你忙得晕头转向，两只脚两只手都不够用，稍有不慎，病人还会有闲言闲语；无奈的是明明自己是很正确地在进行规章制度上所要求的事，而病人觉得那是不合理，把火气和不满还有矛盾都指向你的时候，无奈的只有继续做自己该做的事，耳边却充斥着各种骂爹骂娘不堪入耳毫无素质的言语，还有那些子虚乌有的投诉。不过那些只是少数的存在，也有可爱的病人会安慰我理解我工作的难处，心里暖暖的。

我希望，自己的门诊就诊秩序是很好的，病人安安静静地候诊，我穿着美丽的护士服，轻声细语地做好导诊安排，我会把学到的护理知识告诉我的病人，如何合理安排饮食起居、做好各种疾病的健康指导。我希望看到走进诊室时病人忧愁与疑虑的眼神在走出诊室时已不复存在，点头微笑地与我道别。有一群好伙伴好同事一起工作很开心，有好老师教导我照顾我很满足，我会把每一天的护士工作做到最好。

市中医医院护理部张洁常务副主任点评

遐想是美好的，美好遐想的实现是需要艰辛的付出。当你站在患者的角度，以仁爱之心去换位思考，当工作的劳累、委屈和无奈换取患者康复和满足，患者的理解和微笑，同事的肯定和赞评，那么护士的使命感、责任感将催生你遐想的实现。

中医药大学医院管理处王珏副处长点评

徐洁护士的两个“希望”体现了她的美好心愿和对护理工作的热爱，然而门诊工作是比较繁琐的，除了爱心，还需要更多的用心。相信经过不断的历练和实践一定会实现“希望”。

真情点亮生命

徐　菁　龙华医院肿瘤三科

又是一个星期一，而且还是刚刚开学的星期一，道路明显比暑假期间拥堵，还好顺利地到达医院，我像一阵风似地冲进电梯，来到科室，麻利地换上护士服，开始了新的一天。

晨交班后，就开始了日常的护理工作。从上班的那一刻开始，我们就不停的在治疗室和病房之间奔走。虽然路程不是很远，但是一天下来已经记不清到底自己走了多少回了？我在医院工作的10余年时间里，应该已经完成了一次“环游世界”了吧！

每天的工作是繁忙而重复的，每天的工作又总是充实而丰富的。查看医嘱、打针、输液、换药、熏艾灸……时间似乎总是在一眨眼间一闪而过，总是在腹中咕噜噜的打鸣声中才惊觉已到了中午吃饭的时刻，才有了稍稍休息的间隙。

医院是没有硝烟的战场，特别是肿瘤科病房，生与死在无声中较量着。在病房内最令人心痛的就是病人的离去。今天，17床的晚期癌症病人老刘因抢救无效离开了我们，隔壁床的老张唉声叹气，嘴里不断地唠叨:"看到他这样,就想到了我自己的明天……"并对我们说:"你们见惯了生离死别,也就不足为怪了吧。"一时间整个病房的人都愣住了,整个病房似乎沉浸在一股哀伤、失望、颓废的气氛中,不知怎么回答才好。沉默了良久,我轻轻而又坚定地说到:"您这话是不对的,正是由于我们见过了太多生命的骤逝带给生者的哀痛,我们才要更加珍惜生命,要有战胜疾病的勇气,活好每一天。"一时间,病房内的阴霾似乎一瞬间一扫而光,病人听了满心宽慰,家属也投来了信任的眼光。

我们的工作是繁杂而忙乱的,但并不意味着真诚的流失。护理工作要求我们必须要有爱心、耐心、细心,肿瘤科的病人都是身患绝症的病人。我们每天面对的是始终站在生死边缘的人,是饱受疾病折磨与摧残的人。每当看到他们那一个个痛苦而又无奈的表情,我的内心充满了自责,感到自己是那样的渺小与无能为力,心有余而力不足!我虽治不好他们的病,但是我将尽心竭力帮助他们减轻痛苦,鼓励他们与癌症进行抗争。每天一句句简单的问候拉近了与病人之间的距离。一句句真诚的话语,使病人体会到了医患之间的平等和亲切,护患之间也架起了一座座心灵的桥梁。

肿瘤科的护士还应具有不同寻常的责任感,因为我们的每一点的失误都有可能给癌症病人带来身心的伤害和经济上的损失。所以别看我们永远都是昂首挺胸,风风火火的,每当我们看到患者能康复出院时,我们感到辛苦并快乐着,虽然每天留下的是疲惫,换来的却是我们身心的满足。即使是那些不幸失去生还可能的患者,我也会维护他们最后的尊严,让生者能平静地接受事实。

我们没有什么惊心动魄的豪言壮语,没有什么可歌可泣的英雄事迹,但我们用我们的真诚书写着生命的感动!用诚挚的爱心,为患者拂去满身的伤痛!我们朴素的笑容,为患者增添继续前行的信心与勇气!我们将责任定格在燕尾帽下,用奉献丈量着生命的长度……

龙华医院护理部张华春副主任点评

护士职业，让我们在目睹一次次的生命轮回中，感受着人生的悲欢离合、生死离别，理解着生命的真谛。也让我们更加尊重生命、珍惜生命、善待生命，体会到医护人员的责任与义务。

中医药大学医院管理处王珏副处长点评

徐菁护士的日记读来让人感到有股向上的力量，清晰地标示着护士的心念和智力。加油！再上一个台阶。

平凡岗位上的不平凡工作

徐逸霞　普陀医院血透室

护士，平平淡淡，忙忙碌碌，没有惊天动地的壮举，却注定与安逸享乐无缘，与劳累艰辛为伴。这是护士工作真实的写照，平淡而又忙碌，平凡而又艰辛。早班的忙碌，中班的紧张，夜班的难熬，是常人无法想象的。

作为一名血透室的护士，我的工作每天重复着却又不同着。记得刚进血透室那会儿，护士长就语重心长的对我说："血透室是特殊科室，不能用你以前的工作经验来工作，一切必须从头学起，每一分每一秒都会有新的情况发生。"经过理论培训，我逐渐掌握相关的基本知识，血透机的构造及功能，还了解了尿毒症病人的饮食护理及心理护理的重要性。带着满满的信心我跟着我的带教老师走出了第一步，可是病人的婉转拒绝让我深受打击，带教老师笑着告诉我："不要有负担，每个尿毒症病人都会在手上做一个动静脉内瘘，那是他们的生命的保障，如果内瘘无法正常使用的话他们的生命将受到威胁，所以血透病人将瘘管看得无比重要，你必须让病人信任你，那样他们才会把生命托付给你。"在护士长和带教老师的帮助下我终于能独立工作了，可是有一件事情的发生又再一次对我敲响了警钟。那日，一位患者因为内出血不能使用抗凝剂，遵照医嘱我必须每半小时用生理盐水冲洗透析器及管路，我知道这样会大大增加凝血的可能性，我紧张地观察着病人及透析器的情况，突然机器发出了报警指示，透析器出现了凝血现象，我慌得不知如何是好，这时是护士长帮助了我，在她的指导下我们采取了应急措施。事后，我紧张地回想，原来护士长所说的不同的紧急的情况，是需要我不断的学习，认真的观察及应变能力的提高。在工作过程中，我向前辈们学习她们的经验，与病人多作沟通及交流，并且翻阅书籍，对尿毒症病人的饮食护理、心理护理和内瘘护理加深了了解。

其实护士的工作就是这样平凡而高尚，在数不清的辛劳夜晚，数不清的委屈与误解中，我们默默付出。每当后半夜连昆虫都已纷纷入睡，而我们还在给病人量体温、测血压的时候，当病人和家属因急躁和不理解误会责怪我们的时候，当在镜子里发现原本光洁的容颜已过早爬上皱纹的时候，我知道护士这个职业是平凡的，甚至是卑微的。当然生命可以是精彩的，也可以是平凡的，但决不可以是索然无味的，我愿意在"护士"这个岗位上体会精彩人生。

普陀医院护理部姚丽文主任点评

血透室的护士手握病人的命脉，就更应担起这样一份责任，不断开拓进取，掌握专项技术，方能对得起病人们的信任。

中医药大学医院管理处王珏副处长点评

徐逸霞护士的日记讲述了她的成长过程，同样也道出了作为血透护士的辛苦，但是她表示愿意在护士岗位上体会精彩人生。愿她在不断学习和实践中成长并快乐！

白衣手记

翁琦烨　普陀医院消化、肾脏科

这几天总是阴雨绵绵的。今天窗外依旧淅沥沥地下着小雨。撑着雨伞，踏着雨滴声走进了我熟悉的病房。随着同事们陆续到来，忙碌的一天即将开始。

跟随着护士长走进病房，询问着每位病人的情况，“昨晚睡得好吗？”“早饭吃过了吗？”微笑着和病人说声“早”，这是我们每天的第一项工作——床边交接班。通过和病人的直接沟通，可以使我们掌握病人的第一手资料，可以为今天一天的工作打下基础。

等到为病房里所有病人打上吊针的时候，已经9点多了，这时候，新病人也开始接踵而至，医嘱更是如汹涌的潮水，一波接着一波。就在大家全神忙碌的时候，一个熟悉的声音从电梯口传来了“我回来了”。不用看，那是我们的老病人，一位83岁的老人——董××，大家都爱叫他董董。前一阵他因为严重的心律失常一度转入监护室治疗，今天病情有所稳定的他又回到了病房。大家快速将他安置好后，便根据医嘱开始为他连接心电监护仪，可是老人因为多次的脑梗，造成他有点痴呆。看到监护仪上的电线，便吓得大呼小叫，挥舞着双手，坚决不肯合作。面对如此的情况，我们只能连哄带骗：董董，要听话哦，想不想回家啊？想不想小孙子啊？这个可是高级仪器哦，只要用它毛病就会很快好的，到时我们就能回家看孙子了，好不好啊？经过一番善意的谎言，病人总算肯乖乖合作了。是的，护士的工作有时就是一种语言的艺术。可能一句话会让病人忧心忡忡或者暴跳如雷，也可能一句话就能让病人觉得安心，充满信心。作为一名护士，我们每天都在实践中不断地学习这门艺术，希望能通过我们真诚的祝福与病人架起心灵的桥梁，用春天般的雨露滋润每位病人久旱的心田，用我们温暖的双手搀扶他们跨过心灵的沼泽。我们衷心地祝愿着每位病人都能树立起战胜疾病的信心。

我们肾内科病房里的病人因为肾功能的衰竭，大多都需要每天进行腹透治疗和血透治疗。这也就要求我们对每一位患者的尿量、超滤量进行仔细的观察，客观的记录，为医生提供动态的病情变化。有时腹透病人因为体位原因造成腹透液引流不畅，我们便会鼓励病人转变体位。对于那些年老、活动不便的病人，我们会亲自帮助他在床上做被动活动，并不时地蹲下观察引流情况，通常这一番折腾下来，我们自己也已经是腰都直不起来了。对于引流的量，我们更是都要用秤称量过，并仔细用肉眼观察引流液的色、质情况。因为这些病人肾功能都已严重衰竭，每天都是“量出为入”，所以容不得半点马虎。是的，护士的工作就是如此的严谨。抱着客观求实的态度，运用自己的所学，仔细做好观察，以求在第一时间发现问题，为病人赢得生的时间。也许我们的工作是繁琐的，除了观察还是观察，观察这，观察那。可是也正是我们的观察才为医生提供了诊断和治疗的依据，也是因为我们的仔细观察、客观记录为医疗护理的发展提供了数据。

忙忙碌碌中已是下午4点多了，要为糖尿病病人测指血糖了。46床的病人是糖尿病肾病，她的血糖平时一直还算稳定，可是今天才2.5 mmol/L，追问病人有什么不适，她说是的有点头晕，我们立刻找出巧克力给她吃，再通知医生进行进一步的处理。10几分钟后病人的血糖值上去了，主诉身体也舒服多了。

我们被冠以了“天使”这个雅号，我们也为此付出了很多，泪水、委屈都悄悄的咽下，因为我们没有时间伤感、感叹。我们的工作是繁琐而又辛苦的，或许有时也是不被理解的，但是我们知道，只要在这岗位，就应该尽职地做好自己的本分工作。因为我们肩负的是生命，是一个家庭。

当我踏出医院的大门，夜幕已经悄悄地降临。仰望天空，不禁想起诗人泰戈尔曾经说过：天空中没有翅膀的痕迹，但鸟儿已经飞过！作为一名护士，我们或许没有丰功伟业，但是我们的平凡或许能换来一个家庭的团圆与幸福。作为一名护士，这已足矣。

普陀医院护理部姚丽文主任点评

腹透室护士，要求全面掌握腹透知识及营养学知识，具备良好的沟通技巧和方法，为了提高腹透患者的生存质量，我们将不懈的努力，为患者撑起一片蓝天，在平凡的工作岗位做出不平凡的事业。

中医药大学医院管理处王珏副处长点评

翁琦烨护士的日记记载了她某一天的工作，虽然没有太多华丽的语言，但却难以掩饰她对护理工作的深深热爱和孜孜追求。

年轻的秘密

高　敏　普陀医院儿科

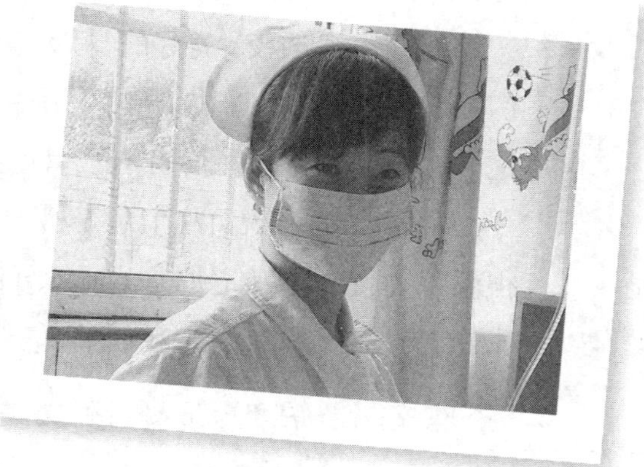

常常会有人说，为什么儿科的护士们看上去总是那么的年轻，那是个很温馨的秘密！

当你走进儿科的时候，会看见墙壁上贴满了各种各样的卡通图案，你以为那是广告设计师的创意么？那是科室姐妹们共同努力的结果：夜班的时候，对着原本雪白的墙壁，思索着，俨然像个企划者。第二天，大家去宣传科找花花绿绿的纸，看似简单，却花了两个星期才完成了现在的杰作，小向日葵，小动物们骑着自行车，草地，还有椰树，大海，一切都是我们想象的！每逢节日，姐妹们会去市场上采购各种各样的“小玩意”，诸如灯笼啦，气球啦，娃娃啦，贴纸啦，我们可爱的护士长喜欢爬在高高的梯子上去挂那刚打足气的气球，一群病房里的孩子们围着她，因为期待得到一个美丽的气球作为奖励哦！

我们喜欢孩子，从孩子们身边走过的时候，顺手抚摸他们的头，听他们亲切地叫一声护士姐姐，心里总有一种暖意。扎针，作为小孩都会有恐惧感：对于小婴儿，读懂他们的肢体语言，用母亲般柔和的语言和他们对话，尽可能地分散他们的注意力，同时安慰好家属；对于大些的孩子，我们会为他的勇敢奖励一颗小五角星，还会打个电话给他们的偶像“奥特曼”！有种真诚，孩子们懂，家属们懂，我们更懂。

想起几年前曾经有个西藏的孩子，据说是由国家保送到上海念书的，成绩非常优秀。那天因病住院，进来的第一天，因为陌生、害怕、病痛，不肯接受检查，哭哭啼啼，姐妹们急坏了，去商店买了玩具、书本、拼图、小零食，轮流扮演童话故事里的角色，他的信心和笑容渐渐出现在脸上，没事的时候经常跑进治疗室静静在一旁看着我们专注的工作。出院的那天，他又哭了，他告诉我们，不愿意离开，因为舍不得，舍不得。

很深很深的夜，美好的身影，轻轻地巡回着每个病房，我们懂得孩子们的心语，理解一些幼小身躯的病痛，帮助他们渐渐地恢复。用笑容迎接他们，再用笑容祝福他们康复后回家。

常常会有人说，为什么儿科的护士们看上去总是那么年轻，那是个很温馨的秘密！知道那是为什么了吧，因为童心未泯，因为热爱自己的工作，因为那份爱心，因为我们的微笑，因为姐妹间的互相理解和关爱！

普陀医院护理部姚丽文主任点评

年轻的秘密就是她们的脸上总是挂着灿烂的微笑，她们知道：这微笑是阳光，能减轻患儿的疼痛；这微笑是雨露，能滋润患儿的心灵；这微笑是翅膀，承载了千万个家庭健康平安的希望！

中医药大学医院管理处王珏副处长点评

高敏护士的日记中洋溢着沁人心扉的温馨，从这里我们读到了儿科护士对自己所从事职业的自豪与骄傲；看到了她们用慈母般的爱心抚慰着病孩无助的呻吟与满脸的痛楚；体会到了她们用精湛的技术换来家属赞许的目光和孩子带泪的微笑。

代理护士长的日子

高　雯　普陀医院骨科/神经内科

护士长因身体不适，病假一个月。作为科室里的教育护士，护士长请假期间把科里的工作托付给了我，我从事护理工作虽然也有数年，但代理护士长却还是第一次。心里不免有些紧张与担心，不过既然接受了代理之职就决不负重托，一定要尽职尽责、尽心尽力做一名合格的代理护士长。

刚开始代理工作，就接到准备了迎接全区卫生系统工作质量检查的通知。通知要求：各病区做好硬件服务设施的排查工作、落实护理服务质量、整理完善人员培训资料、自查病区内院感管理工作……面对这些顿感压力倍增，突然发现原来护士长需要管理许许多多大小事务，兼顾与统筹这么多方方面面。这让我想起一句话："护士长是科室的管家婆、大家长。"从前觉得这句话有些夸张，但当我代理了护士长时才真正体会到这句话的含义。加上日间病房工作非常忙碌，于是加班就成为了家常便饭。

以后的几天中一次又一次的考验接踵而来。一位病人因年轻护士静脉注射失败两次，患者家属情绪激动，不断指责，之后更是质疑该护士所有护理，最后护士与家属发生了争执。我以护士长的身份去调解，尽管我语气极尽委婉，诚恳道歉，但患者家属却依然不能平静，不接受解释与道歉，用语十分无理，甚至出现谩骂。当时面对如此无理取闹的家属，我非常气愤，真想一走了之。但想到现在我是代理护士长，是病区的大家长，所有问题与困难，如果我不解决，问题将会堆积在一起，病区工作就无法正常开展。此后我连续几天向家属表示歉意，并特意安排高年资护士为其治疗。

代理护士长的日子里我真正体会到了护士长工作的辛苦与不易。认识到护理管理是一门科学，也是一门艺术。护士长必须具备发现问题及解决问题的能力。每天要细心地检查病区工作，不断找出工作中存在的疏漏和不周，并且马上纠正，杜绝任何护理安全隐患的存在。同时，要妥善协调好与各部门关系，以保证病区护理治疗工作正常、有序地开展。

代理护士长工作的日子，使我对自己有了一次客观的了解，让我看到了自己的不足。更懂得了护患之间、同事之间以及各类人际关系中相互谅解和支持是多么必要与难能可贵。

普陀医院姚丽文主任点评

护士长的工作就像是一个“管家婆”，但要当好这个“管家婆”并不是件容易的事。而通过代理工作，从护士到护士长的角色转换，护士学会公正地评价和理解别人，从而也懂得了人与人之间的相互谅解与支持是多么的难能可贵。

中医药大学医院管理处王珏副处长点评

俗话说“看人挑担不吃力”，高雯护士在代理护士长工作后体会到了护士长工作的不易。相信在以后的工作中她会更好地配合护士长工作，同时这次历练也会给她今后的工作带来许多帮助。

我是岳阳人

郭玲妹　岳阳中西医结合医院内科

“我们因为岳阳而荣光，岳阳因为我们而辉煌……”每当《岳阳之歌》优美的旋律响起，我深深为自己是岳阳人自豪。1998年我中途转道从胸科医院来到了岳阳，浓郁的中医气息深深吸引了我，10多年来，岳阳在大踏步地前进，它不仅仅体现在救死扶伤、治病救人的医道上，更表现在医院的文化建设、领导的科学管理、团队的凝聚力、上下一心的和谐奋进上，我见证了岳阳的发展，而岳阳精神伴我成长。

记得刚入岳阳，护理部主任童老师交给了我一个光荣的任务，给当时病入膏肓的外科主任陶海炎做特护，我悉心护理，时刻不敢松懈，正值清明那天，心电监护出现了变化，频发室早、心率减慢，我果断呼叫了医生，胸外按摩、插管、呼吸机辅助呼吸、三联静推、吸痰……一系列的抢救措施后，陶主任还是离开了我们，虽然宣告抢救失败，但却是一次成功的医护配合。

通过竞聘我当上了普外科护士长，做了护士长才知道，一个科室相当于一个家，护士长和科主任是一家之主，科内大小巨细无一不要家长操心，大到医患间矛盾的调停、医护间的合作、科与科之间的联系等，小到物品的领用、病房的环境卫生、护工的管理等，总结前任的经验，创建了自己的一套管理体系，使科室先后获得了“上海市卫生系统先进集体”首批“温馨病房”“巾帼文明岗”称号，并获得了大批病人的信赖，满意度直线上升。

担任外科科护士长后，真正让我体会到“承上启下、上传下达、联系内外的桥梁和纽带”作用的不易，医院的发展靠的不是一二个科室的努力，而是整个医、护团队的前进，我一边体味着护士长工作的繁琐辛苦，一边要将领导的政策下达落实，身临其境看到的是多重矛盾：时间与效率的矛盾，工作和学习的矛盾，本位与团队的矛盾，安于现状与创新思维的矛盾，另有护患间的矛盾、医护间的矛盾等等。矛盾并不可怕，本着以医院的发展为核心，以病人的满意为中心，以人性化管理为前提，牢记责任，奉行职业准则，从细微处着手，通过深入、诚信、沟通、解决，克服了困难，化解了矛盾，使整个团队不断提升执行力和凝聚力，进一步验证了岳阳精神：团结奋进，积极进取。

由于工作需要，我又从外科科护士长转任内科科护士长，本着“秉公办事、不逃避矛盾、敏锐的判断力、较强的协调和支配能力”赢得了护士们的信任。我们发挥各护理单元的优势，集众家之特长轰轰烈烈地开展了优质护理工程，创新了多项护理服务项目，如：健康宣教多元化、与肿瘤俱乐部联谊活动、专科护理项目呼吸操、骨松操，延伸优质护理内涵家访护理等，得到了病家的认同和满意。我们的目标是，我与岳阳同前进，力求完美，追求卓越。

“一滴水，只有溶入大海，才能永不干涸；一粒沙，只有投入大地，才能聚集力量。一个人只有依托集体，才能实现价值”。同上千名岳阳人一起，为岳阳的发展添砖加瓦，实现自身的价值，这就是我的目标和追求。

“让所有笑容都选择美丽，让所有心灵都选择高尚……”《岳阳之歌》的旋律又一次响起，我的心再次为之触动。岳阳的文化让我感受到护理工作是美丽的，岳阳的精神感动于我护理工作是高尚的。我为自己是岳阳人而骄傲，岳阳精神将激励我敬业奉献、恪尽职守。

岳阳中西医结合医院陆嘉惠副院长点评

第一次听郭玲妹护士长作科护士长竞聘报告时，直觉告诉我，她是一个干练、反应敏捷的护士长。一如她的外科出身，第一次读郭玲妹护士长的日记时，感觉告诉我，她是一个感性、诚挚、充满爱心的护士长，一如《岳阳之歌》感召下的每一个岳阳人。

中医药大学医院管理处王珏副处长点评

医院文化让郭玲妹科护士长感受到护理工作是美丽的，医院精神让她体会到护理工作是高尚的。这是岳阳医院的成功，是岳阳医院护士的幸运。愿全社会带给护士更多的关怀和支持！

让爷爷能以我为荣

郭淑莹　市中医医院脾胃科

“唱支山歌给党听，我把党来比母亲；母亲只生了我的身，党的光辉照我心”。儿时的我，一直听着爷爷唱这首歌。作为一名优秀党员的爷爷，每每有空就会和我诉说关于党的点点滴滴，党是如何关心群众，帮助群众等等。所以在我儿时的记忆里，对党有着不一样的情怀。

2010年7月开始就业于上海市中医医院，现在的我已经工作2年多了。在这2年里，我学会了很多。从刚毕业理论知识丰富，临床实践欠缺，到现在可以较好地把理论知识与实践融会贯通，离不开老师们的细心教导和栽培。

记得刚进市中医医院就去了CCU，那时的CCU刚开展优质护理示范工程工作，要求把护士的时间还给病人，落实各项基础护理。每周三都会帮病人修剪指甲，通过在为病人修剪指甲的过程，和病人进行沟通，时间长了，病人就会把你当成自己的孙女这般爱护。

记得当时有一个老奶奶，每天都会有晚辈来看望，送水果，送礼物等等，那天5点钟协助开饭时，那老奶奶就拉住我和我说了很多过往：年轻时候的她是一名语文教师，有3个子女，2个儿子1个女儿，大女儿在国外生活，偶尔节假日回来看看老奶奶，老奶奶和大儿子和大媳妇住，她们对她最好，偶尔会去小儿子和小儿媳妇那住一段时间，每次只要住的时间超过三天，小儿媳妇就开始要唠唠叨叨：住我们这，退休金却放在大儿子那，这算什么，好歹也要补贴一下之类的话语。老奶奶的言语间，有些许的哀伤，不过好在第三代都对老奶奶还不错，一下班就会过来看老奶奶，陪她聊聊天。所以我就尽可能地说些好听的话安慰老奶奶，你看你多开心呀，天天有大媳妇给你送好吃的东西，晚上还有孙子孙女陪你聊聊天，还有什么不满足的啦，而且还有我这个“外面的小孙女”陪你吃饭，还不开心啊，别人嫉妒你还来不及呢，你看看这里，哪个人有你这么好福气，我陪在你旁边陪吃饭的啊，旁边的一个老伯也半开玩笑的依附道：是呀，5床奶奶有什么想不穿的啦，你这个“外面的小孙女”对你这么好，换做是我，天天乐呵呵的。听到6床老伯这么说，老奶奶的心情也变好了呢。

护士是高尚，光荣的一个职业，作为一名党员护士，更应该对自己高标准严要求，对于工作要认真、仔细，容不得一点马虎，对于病人要热心、耐心，不得有一丝怠慢。以前的我以有一个光荣的党员爷爷为骄傲，现在的我，要以爷爷为榜样，争取做一名优秀的党员同志，让爷爷以有我这样一个党员孙女为荣。

市中医医院护理部张洁常务副主任点评

作者从患者对第三代的感悟，联想到自己，希望自己的爷爷以自己为荣。从而锁定了自己理想和追求，坚定了自己的信念。作为一名护士，把自己的信念的基点确立在平凡的岗位上，做好平凡的事业。这就是一个普通护士、普通党员实践人生理想和追求的正确途径。

中医药大学医院管理处王珏副处长点评

文中叙述了郭淑莹护士工作中的点点滴滴，看似很平凡，但却从一个侧面反映了她在工作中以人为本的护理理念，也体现了优质护理示范工程工作的成效。用优质护理赢得患者的满意是我们的追求目标。

不平凡的工作

唐　欢　岳阳中西医结合医院血透室

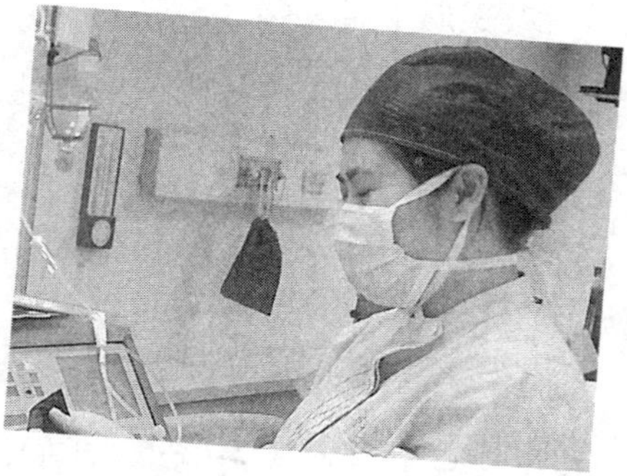

近期，由于血透室扩建，透析患者及透析治疗量增加，血透室将在院内招聘一名护士培养为“血透护士”，很多身边的同行朋友们都来争相报名。对这个工作岗位的描述，听到最多的就是“血透室护士工作轻松，福利好，又不用翻夜班，每天对着病人只要4个小时就好了。”“每天搞搞机器，打打针就好了，整一个熟练工！”“普通的护士，只要针打得好，肯定就行了。”“血透室的护士要求动作都要很快。”

“血透护士”真的就是他们描述的那样吗？我想，我对“血透护士”的理解是：缜密、灵巧、耐心、进取。除了具备所有护士都具备的一般护理技术外，血透室护士更多的是利用自己的血液净化专科知识以及血液净化专业技术，来协助医生为患者实施血液净化治疗，以维持患者的生命。

缜密。每次进行治疗，我们都会对一系列设施、环节进行缜密、细致的检查。患者可能只是看到表面上我们在引血前检查血路管的各个夹子是否夹毕，管路之间，管路与血透机之间是否衔接紧密。但除了这些必须的检查之外，还有很多不为人知的检查步骤。比如每天进行血透前，对水处理设备的检测，对透析用水硬度、余氯、总氯的测定；上机前对血透机各部分性能的检查等。透析过程中，我们还会仔细检查患者各管路的固定是否妥善，穿刺针眼是否渗血。透析结束时，检查使用弹力绷带的松紧度，动静脉内瘘的状况等等。这一层一层的缜密检查只为了一个目标，那就是确保患者在进行血透治疗时的安全，确保治疗能够顺利的完成。

灵巧。每一名血透室护士都有一双灵巧的手。动静脉内瘘穿刺不同于静脉穿刺，动静脉内瘘穿刺部位是局限的，穿刺针的粗细，穿刺时的角度等难度都比静脉穿刺要来得高。穿刺时患者对一针见血的期望，担心质疑的眼神，无形中对穿刺者造成的压力，这都需要灵巧的手、强大的心来承受。

耐心。每一名血透室护士都会不厌其烦，耐心的为患者进行一些健康指导。维持性血透患者是一群慢性病患者，随着社会的老龄化，老年血透患者的比例逐年增加。血透患者的透析质量、生存质量以及透析时急性并发症的发生又都与血透患者平日的生活管理有着密切的联系。如何使患者采取健康的自我生活管理方法，是我们护理工作的另一个重心。针对老年人记忆力减退，我们没有抱怨，只是一遍又一遍地反复宣教，不求他能够一次记住很多，但求他在每一次宣教时，能够接受并遵从一条有效的信息。宣教工作也不是一两次就完成了，而是不断地重复，唯一的目的就是帮助依从性差的那些患者逐步建立健康的生活习惯，从而减少并发症的发生，延长生命。

进取。每一名血透室护士都要有学习进取的心。血液净化专科技术的发展已经不再是单纯血液透析，还有血液透析滤过、血液灌流、血浆置换、CRRT、吸附等血液净化技术。不同的透析机又有不同的操作规程和方法，机器的监测、管路的安装、报警的显示，不同机型都存在着差异。我们护士都努力地学习、实践，力求掌握不同的技术，来为更多的人群服务。在学习过程中，不断思考，验证一些国外引进的新技术，改良一些不合理的工作流程，创造一些有效的新护理方法。

这就是“血透护士”，这也是我对“血透护士”的理解。要成为一名好护士难，要成为一名专业的血透护士更难。所以在人前，我会很自豪地告诉他们：我是一名护士，我是一名专业的血透护士。

岳阳中西医结合医院护理部陆静波主任点评

该文主要叙述了对血透室护士工作内涵的理解，要成为一名优秀的血透室护士除了要有缜密、灵巧、耐心、进取的素质，还需要具备敏锐的洞察力，只有善于抓住这些特点，才能在工作中不断提升业务素养与服务水平。正因为有这样的护士，才有血透室护理工作今天的发展。

中医药大学医院管理处王珏副处长点评

随着诊疗技术发展和医学分科的不断细化，建立和培养专科护士，并在专业领域发挥带头人作用已成为新时期护理管理面临的新课题，也是提高护理专业技术水平和促进护理专业发展的重要策略和方向。

细节决定成败

黄　凤　曙光医院肾病科

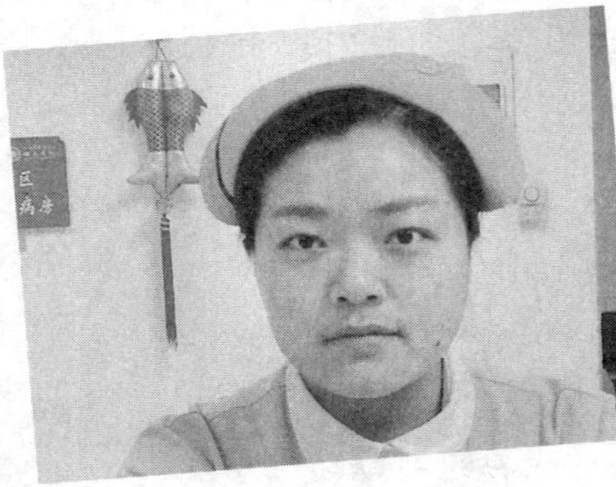

“护士长，4床患者又恶心了”。早上一上好补液，4床患者的责任护士小顾就来报告，“这个病人也真是奇怪，每天早上都会恶心不适，过一会又好了，到底是怎么回事呀？”小顾低头自言自语道。确实是有些奇怪，这个患者是一位胰腺炎的患者，一直使用生长抑素24小时维持中，但是生长抑素这个药物也没有晨起恶心的不良反应呀，到底是什么原因呢，我也有些困惑了。

来到病房，刚才还恶心不适的患者已经恢复，患者目前颈静脉穿刺接微量注射泵给予生长抑素缓慢推注中。“护士长，这几天早上我推针后都会觉得恶心不适，我到底推的是什么药啊？”患者一脸疑惑的问我。“你先不要担心，我来帮你查看一下”，我安抚患者紧张的情绪。回到治疗室我查看了4床患者的医嘱，患者所说的推针是每日早上补液前冲深静脉管的稀释生理盐水，应该不会造成恶心的副作用，那恶心和推针到底有什么联系呢？我陷入了思考，忽然间我明白了，该患者是深静脉穿刺，每日生长抑素维持，早上护士冲管的时候将残留在导管内的生长抑素短时间内推进体内，造成患者生长抑素量突然增加，从而出现了恶心不适的情况。为了证明我的想法，我查阅了生长抑素的相关资料及药物说明书，生长抑素药物使用要确保给药的连续性，生长抑素的血浆半衰期非常短，约为1 ~ 3分钟，需微量注射泵24小时维持，均衡注入，因此更换微泵注射器的时间不要超过2分钟，应提前准备好药物并抽好在注射器内，以确保给药的连续性。药物浓度、剂量过大患者会发生恶心、呕吐等不良反应。终于找到了事情的原因。

这件事情后，科室内连续3天交班，全科护士都了解其发生原因，相互提醒，之后类似事情再未发生。护士的工作是相当细致的，不能放过任何的蛛丝马迹，有时候多问几个为什么往往就能发现问题，从而解决问题，杜绝一些不安全的隐患，更保障了患者的安全，我觉得身上的担子更重了一些。

曙光医院周嘉副院长点评

作为一个年轻的护士长，能够细微观察病情，努力寻求病因以解除病人的痛苦，这种钻研精神非常可贵。在浮躁的大环境中护士长以细致的工作、高度的责任感用心于病人，为病人带来安全与阳光。

中医药大学医院管理处王珏副处长点评

文中事例很好地说明护理是一门精细艺术，同时也反映出黄凤护士长具有高度的责任心、严谨的工作态度、较强的综合分析能力。相信肾病科护理团队在她的带领下一定会成为严谨、求实、富有朝气的团队。

激发护理团队——事半功倍

黄　芳　岳阳中西医结合医院神经内科

中国有句俗语："一个和尚挑水吃，两个和尚抬水吃，三个和尚没水吃。"从业20年，也曾经历过一人担水的辛劳，二人抬水的无奈，三人没水的尴尬。如今作为一个护理团队的领头人，我的观念已发生了大逆转，并有信心和决心激发我的护理团队，在平凡的工作岗位中让患者得到优质的护理服务。

怎样才能做到这一点呢？在现今严峻的医疗市场中，科学技术的突飞猛进也将医学科学推入了快车道发展的行列中，护理管理者必须认清时代发展的方向和我们行业的自身发展特点，任凭经验式、家长式、命令式的管理方法，尽管付出了劳动和精力，也许会收到事倍功半的效果。

护士长要适应新时期的管理模式，必须树立开拓创新意识、继续学习意识和激励效能意识。凡事要以身作则，且样样"胜人一筹"。在你的本专业里，必须是这一专业的行家里手，要有专业知识的深度。说得更直白一点，就是你得有让你的护士心服口服的资本，这样你才能赢得驾驭别人的权力。光有资本和权力还不够，你还要做到以身作则，要求护士做到的，自己先做到。你要求护士不迟到早退，首先自己先做到不迟到早退；期望你的护士对你有礼貌、尊敬你、忠实于你，并竭诚与你合作，你就必须首先向她们表示礼貌、尊敬、忠实和竭诚合作。

评价一个成功的管理者，看其领导的群体潜能发挥比其个人的肯干更重要，看其群体的效能比其个人的工作效率更有价值。任何一个管理者无论个人怎样去奋斗，其能力是有限的，如能调动自己管理的那个群体的每一个人的最大积极性那才能发挥出最大的效能。护理工作点滴零散，既有脑力劳动又有体力劳动，既有事务性工作又有技术性工作，稍不留意就会酿成差错事故。因此，护士长应该了解每一个护士的特长和个性，正确评估他们的能力。护士长根据护士的能力安排班次，根据护士特长发挥潜能，让这一群体的每一个护士各有其长，各尽其才。责任护士的工作要有灵活的管理机制，谁的技术好、语言美、沟通能力强，满意度高，病人喜欢，就应该让他在这一重要岗位，并提高待遇让护士们去竞争这个岗位，同时要让护士有自豪感、成就感。护士有了成绩及时鼓励，出现缺陷批评要有艺术。在原则性的问题上一定要严格，在分配上要公平，在交往上要爱而不宠，远而不疏。在日复一日的工作中，要融入竞争机制，让每一个护士有一个发挥自己才华的场所。只有每一个体的潜能发挥到了最大，集体才能产生最佳的效能。

在新型的医学模式下，我们更应在护理业务的发展方面，病人的特色服务方面，护士的技术方面，护士与病人的沟通方面，健康宣教等方面，开拓新的“以病人为中心”的服务模式。因此，护士长必须提高自己专业知识的水平，经常改进自己的管理方法，钻研各类人群的心理需求，寻找最佳服务方式，掌握动态的管理技巧。

一个护理管理者有多大的胸怀就能做多大的事，没有磨合包容妥协就没有学习成长与进步。我们要以“团队、凝聚、和谐、成长”作为团队管理的目标和愿景,在护理部的领导下,扎实、深入、细致、专业、人文的开展护理管理工作。

岳阳中西医结合医院陆嘉惠副院长点评

曾经是最年轻的护士长,曾经也是最严厉的护士长,而今天的黄芳在她的日记中却显现出了最成熟的护士长风范。善于构建和运用管理体系的特能,挖掘团队中每个人的潜能,缜密细致的落实开展护理工作。注重工作效率、善于总结经验、不断追求奋进,这些的确是今天新一代护士长所应具备的综合素质。

中医药大学医院管理处王珏副处长点评

黄芳护士长在管理中注意运用激励艺术开展工作,难能可贵。人们常说管理一门艺术,除了激励艺术以外,它还包含决策艺术、指挥艺术和协调艺术。愿我们年轻护士长不断探索,勇于实践,更好地驾驭管理。

关爱患者　精细服务

黄　蕾　龙华医院呼吸科病房

记得第一次听到优质护理的时候，心里很反感。想想父母养育我这些年，我都没替自己的父母洗过脚，现在却要给这些陌生人洗头、喂饭、洗脚。而且我是一名护士又不是护工，为什么要去做这些护工和家属做的事。

可是纵使抱怨，医院还是很快就开始推行了优质护理工作方案，并且我们病区被选为示范病区。这样一来所有的事情必须自己亲力亲为。开始的时候多少带着些情绪上班，可是经过一段时间的实施，看着病人信赖的眼神，及通过一系列生活护理后病人的病情的确比以前恢复得更好，抱怨也随之减少了。实施优质护理来，令我记忆最深刻的一件事是我负责的床位上有一位90多岁的老奶奶，半年前因为骨折卧床并发肺部感染。常说久病床前无孝子，可老奶奶的家属一陪就是半年，从来没有离开过人。老奶奶吃的半流质都是家属从家里打碎了带来，营养配比的也很科学。可奇怪的是半年来老奶奶的病情反反复复，时好时坏。刚刚退烧了几天又发烧，家里人急的不得了，可就是找不到原因。随着优质护理的开展，我负责的病人数量减少了，护理书写简化了，使得我有更多的时间到病房里去和患者及家属沟通了解。为病人洗脸、漱口、梳头、协助病人进餐的同时对患者进行动态评估，客观地收集资料。我发现老奶奶吃东西的时候会呛咳，尤其是喝水的时候呛咳得十分厉害，呛咳过后几天就会发烧。原来是吃东西的时候呛咳引起了吸入性肺炎。找到了原因我就指导家属喂食时的注意事项，如半流质的稠度、喂食时的体位等等。手把手地教会家属拍背的方法。老奶奶再也没发烧，渐渐地康复出院了。这件事让我了解到优质护理的真正含义。要我们去做洗头、喂饭、洗脚之类的事情，不是要让我们变成护工、保姆，是不让我们每天机械地去完成工作，而是真正地了解患者，亲近患者，去倾听他们的需求，尽我们最大的努力满足他们的需要。从细小的地方发现问题解决问题，动态评估。

想患者所想，急患者所急。呼吸科的大部分患者都是年老体弱、长期卧床需要生活照料的病人。老年患者常患有"灰指甲"，患者的指甲会随着生长嵌到肉中很难清理，要修剪非常困难。指甲钳是根本剪不动的，往往家属会拿着一把大剪刀来修剪。常常把患者的皮肤刺破，引起感染增加患者的痛苦。可不剪吧，嵌到肉里疼得连路也没法走。看到患者这么痛苦，我利用业余时间，主动向扦脚师傅学习讨教，慢慢的实践掌握了修剪技术，并把修剪技术教会家属。一位患有灰指甲多年的患者感动地对我说："我长期卧床，每次灰指甲的修剪都是大费周章地请扦脚师傅上门服务，没想到你为了我们这些老年人，竟然不怕脏不怕累，尽心尽力去学习这一门技术，为我们解决困难。你就像是我们的贴心棉袄。"听到这些话我心里像吃了蜜样甜。

护士——人们心中的白衣天使，我要用自己的一言一行为患者着想，为病人分忧，做一名让病人"生命所托，值得信赖"的护士，让南丁格尔的精神永放光芒。

龙华医院护理部周文琴主任点评

黄蕾通过实践，明白了开展优质护理的真正内涵。通过优质护理服务，让护士更加贴近患者、观察患者，护患关系更为融洽。我想，做任何事情，只要用心去做、认真去做，就会有收获。

中医药大学医院管理处王珏副处长点评

优质护理服务实践使黄蕾护士收获了成功的喜悦，明晓了优质护理服务的内涵，从而使她更努力地为患者着想，不断拓展护理服务内容。这是爱的奉献，这是理想的职业境界，愿所有护士收获奉献的快乐！

护理人的关怀

黄　铮　市中医医院十四病区

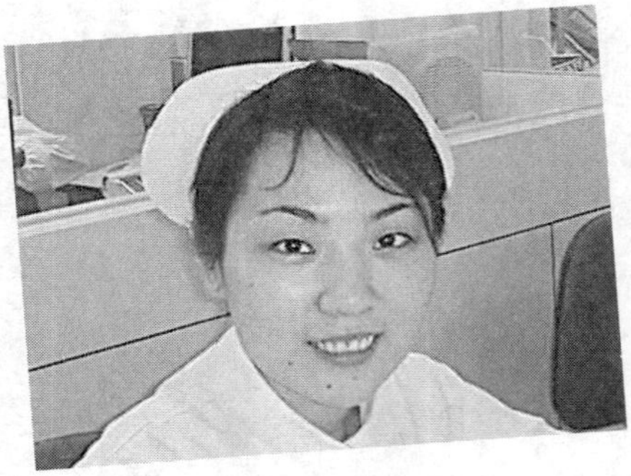

许多年来，人们不断重温着特鲁多医学博士的墓志铭："To cure sometimes; to relieve often; to comfort always." 它的中文翻译非常简洁而富有哲理，意为：有时，去治愈；常常，去帮助；总是，去安慰。有时、常常、总是，像三个阶梯，一步步升华出三种为医的境界。这句铭言更重要的是说明了医生、护士的职责，我们不仅仅是要治疗、治愈疾病，更多的是要去帮助和去安慰病人。

作为一名护士长，我深切体会到护理人文关怀的重要性。去年12月，我们病区住了一位病人，他住院后既不配合治疗也不肯出院，弄得医生护士都非常头痛。眼看着十二月天气越来越冷了，却还穿着夏天的凉鞋，也不见家属经常探望。为了弄清情况，以便关心、帮助患者，我去了他所在的街道了解这位病人的情况。原来该病人退休工资很低，而且只有一个亲人就是他的姐姐，远在江苏老家。他一直住在医院不肯配合治疗，是因为觉得医院更温暖，更像家，至少有护士医生每天关心他，和他聊天，宁愿病不要治好也要长期呆在医院。于是，我一边联系他的姐姐，一面号召护士们为他献爱心。护士们从家里带来冬天的暖手炉、厚棉衣等，我也买了一双棉鞋送给他，老人非常感动。直到有一天我把他姐姐带到他的病床前，他老泪纵横，终于吐露了实情：住院时，因为不希望别人知道自己无依无靠的情况而向我们虚构了自己的家庭，之后觉得住在这里每天有医生关心，有护士聊天，一点不觉得孤单，所以不想治好病出院。大家的关心帮助他树立了正确的治疗观念，从其姐姐来的这天起，他非常配合治疗、护理，疾病很快痊愈，后来他在姐姐的陪同下高高兴兴地出了院。

这件事让我进一步认识到人文关怀是种人性的传递，需要调动大家的积极性关心、帮助患者。使患者感到温暖和安全，及时解除患者的心理隐患，是医护工作的首要工作。古希腊医学之父希波克拉底曾有一句名言："医者有三件法宝，第一是语言，第二是药物，第三是手术刀。"人文关怀正是我们的第一件法宝，在以后的工作中，我要带领我的护理团队更加重视人文关怀，更好地安慰病人，在治疗疾病的同时使患者获得更多的温暖和安全感。

市中医医院徐建副院长点评

护理人文关怀体现的是细节。"有时、常常、总是"的三阶梯是个很好的人文关怀模式，作者带领她的团队"用心观察、用心护理"，既治愈了患者的躯体疾病，又治愈了患者的心疾，在寒冬里燃起了温暖的火焰。

中医药大学医院管理处王珏副处长点评

人文护理的本质是对病人的尊重和关爱，是一种适应时代要求，体现优质护理精髓的护理模式。黄铮护士长和她的护理团队在护理实践中确立人文护理观念，营造一种充满爱心的良好的人文氛围，值得推崇。

新护士轮转的日子

曹　瑛　岳阳中西医结合医院手术室

因为母亲照顾外婆经常进出医院，很喜欢那里的小护士，所以想要她的女儿我也成能为一名白衣天使。所以在高中选填志愿时迷茫不知自己今后想要从事什么职业的情况下，也就从了妈妈的心愿。经过三年的专业学习和实习，我成了一名新护士。

虽然大三实习了一年，初到医院一切还是显得这么陌生，脑子里对护士职业还没有很具体的概念。作为一名新毕业的护士需要学习各方面的知识技能，根据医院要求内外科轮转一年。刚进入病房，总有一种茫然的感觉，对于护理工作处于比较陌生的状态。看着其他护士们忙碌的身影，良好的操作技能及各种护理工作能力，我才更全面而深刻地了解护理工作，更具体而详尽地了解这个行业每天都会接触到很多人，从中我慢慢地学着和他们交流沟通。

首先轮转的是内科，老病号较多，护士和病人们相对较熟。学着老师们与患者沟通的方法，只有与病人沟通好，护士才能更好地实施操作。用心跟病友们交流后会发现他们每个人都是这么的可爱，在护士中流传着他们许多的小故事。有二度把母亲从生死线上呼唤回来的孝子;有很喜欢跟你讲道理的退休老教师;有娇生惯养怕打针的小女孩;有每次进医院总要抱怨伙食的老阿叔……在工作中分享着他们的心情,使我们的工作多了许多意义和人情味。

再后来去了工作量较大的普外科,那里是很锻炼护士技术水平的科室。在那里让我深刻体会到作为一个护士和一个护生最大的区别在于需要更大的责任心。作为护士,最重要就是三查七对,只有把好核对这道关才能使病患得到安全有效果的治疗。

最后在手术室的轮转,刚进到手术室时那是一片茫然。好多好多的器械名听得我头晕,不同代号的针线不知道怎么给它们配对,架子上琳琅满目的无菌物品搞不清它们谁在哪儿……和病房里完全不同的工作方式方法,全然没有我的用武之地。经过一两个月的适应期,才觉得比之前上手许多。我相信付出是收获的前提,只有自己主动地付出自己的劳动,才能顺利的完成工作,才能得到患者的尊重,才能学到更多。俗话说熟能生巧,相信多练几次,就会有更大的进步。

时间过得飞快,一年后我也即将要独立当班,不会有人再带着我了。所以我要为自己的病人负责,要为自己的工作负责。我会在今后的工作中继续努力学习,以不断提高自身的业务能力,使自己的理论知识及操作技能更上一个台阶,更好地服务于患者。

岳阳中西医结合医院护理部陆静波主任点评

轮转很辛苦,但也是接触各科知识的好机会,各科的工作方式、流程都有很大区别,病种不同,与病人之间的交流方式也会有差别,用心体会可以收获不少。现在在手术室轮转,手术室对外人而言是个神秘的地方,对患者而言是个充满希望的所在,望能早日适应新工作,早日成为能独当一面的好护士。

中医药大学医院管理处王珏副处长点评

曹瑛护士的日记叙述了在各科轮转的情况，体现了护理部对新护士的培养，相信这种培养模式一定会给新护士成长奠定良好的基础。

优质护理，生命的真谛

曹　琦　龙华医院ICU

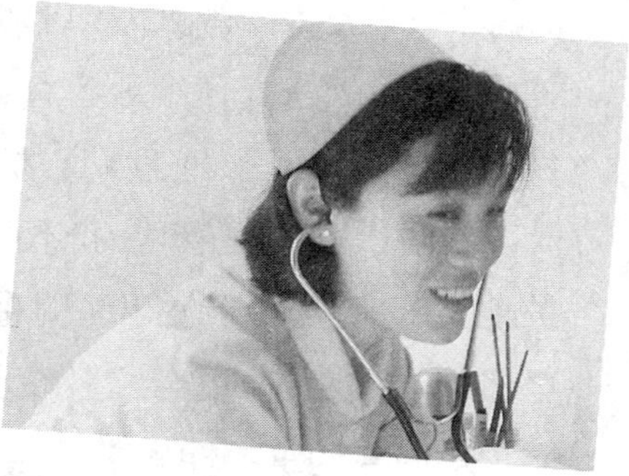

护士，神圣而伟大的职业。

人们将护士比作“白衣天使”，因为她们圣洁、友爱、温暖、无私奉献，我也因此而为自己感到自豪。我走上护理工作岗位已14年，在ICU工作也近十年了，希望、迷茫、自豪、平静……酸甜苦辣有太多的体验。

ICU的病人病情危重，病情变化快，突发事件多。因此ICU工作强度大、难度高。气管插管、气管切开的护理及多通路静脉输液，湿化气道吸痰、抽血、抢救……工作量相当繁重。2010年起实施优质护理服务建设，开展ICU零陪护的重症患者护理，对护理工作提出了更高的要求。说实话，在刚开始听说“示范工程”时，我有点疑问，觉得ICU的护理工作量已经很大，过分强调生活护理似乎与ICU专业性很强的专科护理有冲突，随着工作量的增加带来压力的成倍扩大，不利于调动护士的工作积极性。但随着“示范工程”活动的深入推进，我对“示范工程”活动的认识越来越清晰，责任制的整体护理工作模式使护士与病人的关系更密切、更融洽，护理质量不断提高，患者的健康得到更好的维护。

为了更好地实行护理示范工程，我们在护士长带领下，在原有ICU护理工作基础上，组建了ICU“基础护理协助班”，开展了以帮助病人进食，协助病人剪指甲、每日两次口腔护理、1～2小时翻身一次、每周床上洗头、每日洗脸洗脚等24项护理工作。ICU是全封闭式病房，每天上午6时到11时30分、下午3时到6时，是病人最需要生活护理的时间。我们的护理工作强度更大了，12小时的工作时长，屁股与板凳永远保持着距离，确实让人疲惫不堪。

琐碎而繁重的基础护理工作看似不起眼，但对于危重病人来说却非常重要。生命的责任重于泰山。有一位“大面积脑梗死”患者收入ICU时，因全身瘫痪，入院时大、小便失禁，合并多处褥疮，奇臭无比，作为责任护士，我每天认真仔细地为患者进行褥疮换药，翻身拍背，不顾病人褥疮发出的阵阵腐臭。通过精心护理，患者的褥疮渐渐愈合，病情也逐渐好转。在每次家属探望时，我不厌其烦地向家属进行健康教育，经过精心的护理，患者痊愈，康复出院时他拉着我的手说：“是你让我重获了生命的尊严，你比我女儿更亲。”这比鲜花、掌声更令我动容感怀，让我体会了优质护理服务的重要性和必要性。

记得美国医生特鲁多的墓志铭这样写道：“有时，去治愈；常常，去帮助；总是，去安慰。”医生的诊疗和护士的照顾是一名患者治疗疾病的必要条件，“三分治疗，七分护理”说明了护理工作的重要性，也说明了护士在“治愈”、“帮助”和“安慰”中所占的分量。

ICU里的病人每天24小时在护士的严密监护之下与死神搏斗，我们为病人进行全方位的护理服务。从输液、喂药、做检查、翻身拍背到吃喝拉撒清洁身体……开展优质护理服务示范工程以来，科室气氛越来越融洽，每个人精神更饱满，护理质量提高了，差错发生率降低了，患者满意度提高了。所以再苦再累，我依然珍惜我工作的每一天。或许我只能在护理岗位上默默无闻地度过我充满朝气的美好时光，但是也许这就是生活的真谛，这也许将成为我一生的财富。

龙华医院护理部周文琴主任点评

ICU的病人病情危重，护士的工作量大、风险大、技术要求高。作为一名资深的ICU护士，曹琦用自己的专科技能和专业护理使病人重获生命的尊严，用行动诠释了优质护理服务的内涵。

中医药大学医院管理处王珏副处长点评

曹琦护士日记中感慨开展优质护理带来的种种收获，其中她把为病人服务的经历视作她“一生的财富”，令人欣慰。护理工作因为有千千万万像曹琦这样的护士而生机勃勃。

天使的使命

崔贺熙　普陀医院重症监护室

提起护士，人们脑海中总会浮现出白衣飘飘、温婉可人的女性形象。影视作品里的护士形象也个个年轻漂亮。高翘的燕尾帽，挺括的束腰白大褂，洁白的护士鞋，容光焕发，身轻如燕地穿梭在病房里。人们把护士誉为“白衣天使”，然而“天使”的现实却不像称谓那么美好，又有多少人知道在这背后的艰难与辛苦，谁能真正体会到从事护理工作的苦与乐。最近常常照镜子，不知何时眼角爬上了几条鱼尾纹，本是清澈、明亮的眼睛变得浑浊、模糊。光阴似箭，岁月总是催人老，而我们反反复复的三班倒早把黑夜白天颠倒了。本最需要呵护的女人却总在不经意中全身心呵护照顾别人。每逢佳节总是匆匆出门而走，理由只有一个“病人需要我们”。

进入重症监护室的病人病情都是很重的，随时有可能发生变化，需要密切监护患者的生命体征变化。所有的医生、护士，24小时严阵以待。护士有着更高的工作强度，8小时的工作时间屁股与凳子永远保持距离，确实让人疲惫不堪，但这里病人每天24小时在护士的严密监护之下与死神搏斗。我们为病人进行全方位的治疗和护理,从输液喂药做检查,翻身拍背到吃喝拉撒,清洁身体。护士在这里,是病人生命的唯一依托。曾经有个80多岁的心梗病人在医生的治疗和我们的护理下终于可以出院了,但是他却说:“我不想离开这里,你们对我很好,回家了就一个人了。”听着这样的话,心里一阵酸楚,既为老先生的生活处境忧心,也为我们付出的关爱被认可被接受感到骄傲。

有时,虽然要面对家属的不理解,但正是我们那份责任心、那份关心、那份爱心使得重病患者从绝望中走出来,逐步迈向痊愈。人类在生命面前永远都是那么脆弱,这份神圣的工作更是让我领悟到生活的真谛。

普陀医院护理部姚丽文主任点评

ICU里病人多时,护士经常加班加点,更谈不上节假日了。常常把家里托付的事忘得一干二净,但是谈起哪个病人,却记得清清楚楚。就是这样的一群人,没有豪言壮语,只是这样悄悄地把病人放在了心中。

中医药大学医院管理处王珏副处长点评

ICU护士的工作很苦、很累、很繁琐,然而崔贺熙护士在她日记的结尾却写道:“这份神圣的工作更是让我领悟到生活的真谛。”是什么让她们如此坚定地坚守这份职业?是自信、是爱心。在生命的单程旅途上,护士用高超的技术,将人生旅途的终点加以延长,赞美你,护士姐妹们!

我愿似桥　构建和谐

崔晓燕　岳阳中西医结合医院老年科

人与人之间的沟通，就像是一座桥，连接着双方之间的情感。如果这座桥架在恰当的时机和适当的时候，它能让双方之间盛开美丽的花朵，让我们看到和谐的风光。

30年的护理生涯和担任护士长工作的18年间，工作上，我需要的不仅是勤勉踏实、钻研业务，学习先进的护理技术和管理经验。我更需要把先进的管理经验运用到病区护理管理中，注重团队内涵建设，加强病区的文化建设。在这过程中，我深深地感觉到，病区护理管理工作的顺畅，正确协调处理各种人际关系是一门值得研究的艺术。

正确处理各种人际关系，协调各部门的工作，我觉得这是做护士长工作中相当关键的部分，几乎也成为了我每天必须做的工作之一。

作为一名护士长，在科室中处于一个比较特殊的角色，要面对各种人员，从主任到医生、护士、病人、护工和病人家属等等，在处理这些关系的过程中，必然会遇到一些问题，及时正确处理好这些关系，对开展工作十分重要。

首先是处理好和护士的关系。坚持原则，以诚相待，关心、爱护、尊重和理解都是非常重要的。建立亲切融洽协调的内在关系，有利于团结，增加凝聚力，使整个集体团结向上。群策群力，心情舒畅，才能有效地推进护理工作的顺利进行。同时，在处理问题时要一视同仁，不偏不倚，使大家感到违犯规章是行不通的。

其次是处理好和病人的关系。只要有时间，我总是尽可能多走进病房，与病人及家属谈心，征询和听取病人及家属对护理工作的评价，以便于改进护理工作。近年来，医患关系紧张、医疗纠纷上升已成为不争的事实。造成医患关系紧张的原因有医院方面的，也有患者方面的。认识到问题，不能回避，要积极采取一系列的防范措施，加强和患者的沟通，促使医患关系协调发展，减少医疗纠纷的发生。

再次是处理好医护关系。工作中，医生向我反映护士问题的情况有，护士向我反映医生问题的情况也有。这个时候我既要坚持原则，更要换位思考，两方面共同探求对策，调整好医护关系，达到相互配合、相互支持，共同管好科室工作，保持团结协作关系的目的。

护士长在工作中联系人多，接触面广，对于其他临床科室、医技、药剂、后勤等科室也应建立一种互相理解、信任和支持的关系。如发生配合不好时，亦应心平气和地共同商讨妥善解决问题的办法。

最后是处理好和上级领导及其他各科室的关系，作为沟通上下的桥梁，医院护理指挥系统的计划决策均要通过我带领护士去贯彻实施，对护理部下达的各项任务，应结合科室的具体情况进行有效的落实，并及时反馈科室信息、病人的要求，修订科室护理计划。

一个优良的人际关系氛围，才能孕育一个优良的团队。友善一致，才能奋斗向上。沟通多一点，问题才能少一点。

我愿似桥梁，作为一个沟通的平台，协调处理好各种人际关系，创造一个团结向上，充满凝聚力，充满和谐之爱的科室。

岳阳中西医结合医院陆嘉惠副院长点评

作为一名在护理岗位上默默耕耘30年的资深护士长，她以特有的人格魅力带领着老年科护理团队取得了一项项佳绩，“我愿似桥，构建和谐”的心语恰与她日常淡定、坦然的工作作风不谋而合，然而表面看似平和的她内心却是充满着对工作的满腔热情与不懈进取的劲头，在2010年启动的优质护理示范工程活动中，她与她的团队连连获得院“优质护理示范建设”先进集体与个人等荣誉称号，获得的成绩属于崔晓燕护士长与她的团队，而回馈的优质服务却属于广大的病患。

中医药大学医院管理处王珏副处长点评

崔晓燕护士长在日常工作中艺术地行使其管理职能，既是管理制度的执行者，又是医护、护患关系的协调者。她以制度约束护理人员的工作行为；以亲和力团结和感染护理人员；以身体力行带动护理人员；以诚实守信博得护理人员的尊重。她的经验值得借鉴。

点滴就在每一天

章　隽　普陀医院骨科

身为一名带教老师的今天，我时常会回想起自己学生时代的情景。时至今日，我还是会清晰地记得第一个教我写交班本的老师，第一个指导我抽血气分析的老师，第一次在手术室差点违反无菌原则被老师批评等等场景，以至于在今天的很多时候都使我觉得为人师表、教书育人的重要意义。这一切的一切并不仅仅在于照本宣科的传教，更重要的是源于对于人本性的循循善诱，指导她们思想上的提高，信仰上的不断追求，护理技能上的不断精进。用简单的话语和身体力行去引领学生行动上的改变，让学生能积极主动地投身到枯燥平淡而又不断重复的护理工作中去。

脱去白制服的那一刻，意味着今天一天的工作顺利完成，带着疲惫的身躯踏上归家的旅程，留在脑海里的还是白天的种种情景，11床的老太太是不是生命体征平稳了？ 32床的老大爷白天不愿进食，现在是不是胃口好些了？尾骶部的Ⅲ度压疮明天是不是应该采取新的护理措施？新来的3名护生怎样才能够让他们学到更多的知识，想着想着，记忆又伸手把我拉到了白天的一幕又一幕……

7:15分准时到医院，那么多年以来，无数次习惯了换上白制服、带上白色的燕帽，夹上发卡，照下镜子，给自己展露一个微笑，新的一天就此开始。7:30正式交班，今天来了3名实习同学，这一批刚毕业、上岗不久的新职工也刚来科室不到1个月，要带好实习生和新职工，使他们及早地适应新的工作环境，转变角色，更快更好地成为一名称职而又合格的护士，我觉得自己的责任一下子变得深远而沉重。如何带教好这些个新生，如何让他们养成良好的工作习惯，如何将他们自己的所学合理地运用到临床至关重要。在和3名实习同学进行了简短的自我介绍之后，8:00我带领她们巡视病房，进行床边交接班，我把整个骨科病房的环境、科室简介以及收治病人的整体情况作了大致的讲解，8:30让同学跟随分带教的老师一起深入病房，整理床单位，对于当天的手术患者再次进行宣教工作，以消除他们的紧张情绪。9:00左右，我带领3名护生进行常规治疗——静脉输液。同学们都很好奇，个个跃跃欲试，我带领他们来到29床床边，这是一位85岁右股骨颈骨折的老年患者，老太太静脉很细，全身情况也很差，手上留置的套管针已有3天，今天已不能使用，家属起先很不理解，觉得这个针不肿也不痛，长期留置一来可以减少病人反复穿刺的痛苦，二来也可以节省开支，但我告诉患者以及家属，静脉留置针对于老年长期卧床的患者使用是存在风险的，长期使用不但会导致静脉炎的发生，而且会引起静脉血栓的形成，对病人是不利的。听了我的解释病人家属也同意换一个手重新注射，说道：“好吧，让那个受苦的手也休息休息吧！”对于年轻的患者，我要求护生自己主动热情地和病人做好沟通解释，让他们也有自我锻炼静脉输液的机会，毕竟实践是检验真理的唯一标准，作为一名护士，只有反复不断地练习，总结经验，才能得到更大的进步。根据实习大纲的要求，在护生实习两周期间要掌握相关疾病的护理常规以及专科操作，于是我决定在今天实习的第一天先了解一下每位同学的情况，对他们先进行入科理论考试，由于入科的考试都是常规的基础护理知识，我给予他们30分钟的时间简单准备。10:00正式开考。11:00考试刚结束，早晨第一台手术的患者已经返回病房，我又带领同学接收术后患者，测量生命体征、与手术室护士进行床边交接班。对于手术方式、术中用药、切口情况、留置导管做了详细的解释和交接核对，步步流程我都要求护生认真仔细地用笔记录下来，以便自己在以后的工作中能够学以致用。忙碌的时间总是过得飞快，中午顾不上休息，批阅了同学们的理论作业之后，又开始准备下午的小讲课内容。由于我们骨科是优质示范病房，对于术后患者、生活不能自理患者、Ⅰ级护理的患者要亲自进行床上擦身，14:00刚过，我决定带领同学再次深入病房进行下午的晚间护理，就在这时我发现早晨手术患者切口引流液量很多，颜色鲜红，伤口渗血渗液非常明显，按照我的工作经验看，这似乎有些不同寻常，我立刻拿来血压计，测量血压95/50 mmHg，这对于一个刚刚手术结束的患者意义重大，马上叫来了其他护士并且通知了手术医生，给予加快补液速度，氧气吸入，安抚患者和家属的紧张情绪，以消除不必要的恐慌，在主刀医生仔细观察患者情况之后，立刻给予止血药物应用，另外开通静脉输液通路，另外一名护士去血库配血，以保证有效循环血量，另一名护士立刻遵医嘱给予床边心电监护，15~30分钟测量生命体征，以不断观察病情的变化。看得出来护生们也很紧张，看着老师们有条不紊地进行抢救工作，我相信在学生们的心里会留下更为深刻的影响——对于术后切口引流液色、质、量的观察是至关重要的。15:30到进行了小讲课环节，同学们对于今天一天的实习体会颇丰，原本以为较为简单的骨科病房，也会随时出现病情变化，同学们发言踊跃，都谈到了在今后的工作中要认真仔细的核对、遵从医嘱执行治疗，要有良好的沟通技能，要有慎独精神等等……在布置了第二天的学习任务和工作安排之后，时针也已悄悄指向了五点，我又带领同学们和夜跳班的老师进行了床边的交接班，终于可以结束一天的工作了。

回家的路上我也在想：对于"90后"的护生，平日里养尊处优的她们，对于踏上社会要以另一种姿态去面对自己的人生，将来的每一步都要自己一个人独立面对，尤其在夜深人静的夜晚，在自己一个人上夜班的时候，在病人发生病情变化，怎样冷静而又迅速地作出判断，在自己能力、权限的范围内做好第一时间的处理。在当今纷繁复杂的医疗环境之下，怎样和病人及家属做好有效沟通，怎样避免医疗纠纷的发生，怎样真真实实地保护好我们自己。确实我觉得我需要传授的、同学们需要学习的还有很多很多。社会是个良好的大舞台，每个人怎样去上演她的人生，全靠自己努力争取和把握。一天下来，通过工作、学习、接触，我和同学们已经走得很近。喜欢做护士，是因为它有着救死扶伤的神圣使命，它让我对每一位患者充满了仁爱之心，更让我对生命油然而生了一种尊重。喜欢做老师，是因为它不仅仅可以传道、授业、解惑，更让我体会了学习的乐趣，同时鞭策着我不断地追求进步。

护理工作神圣而又艰辛，教学工作更是任重而又道远。古往今来，有道是：名师出高徒，我于心于世愧不敢当，但我将尽我所能倾我所学教授我的每一位学子，希望他们在不久的将来能顺利踏上工作岗位，希望他们有朝一日也能回想起我所带给他们的点滴回忆。

普陀医院护理部姚丽文主任点评

见习、实习，我们曾经也是这么一路走来。我们从懵懂无知的学生到正式参加工作再到变成现在的带教老师，从不知道什么是责任到现在深知带教责任的重要性和意义。带教，一个并不繁重但是却责任重大的工作。除了要让学生学到知识，更重要的是让她们学会尊重生命、爱惜生命，正如往昔，老师教导我们的一样。

中医药大学医院管理处王珏副处长点评

师者，传道、授业、解惑也。我们认为临床带教老师，在向护生传授专业知识和技能的同时，应该注重传递良好的职业情感。一个护生建立起良好的职业情感，她将终身受益。

优质、舒适，从我开始

梁国英　岳阳中西医结合医院血液净化中心

时光荏苒，转眼间，我已担任护士长一年多。这一年经历了科室人员变动、机器的增加、环境改造以及各种检查，这些对于我这个新上任不久的护士长都是挑战。

我作为一名新人，很想做出些成绩来向大家证明我的能力。于是我从小处着手，一点点试着改变。平日工作中大家只顾着完成工作，但却没有意识到提高服务满意度，毕竟患者的满意才是我们最终的奋斗目标。

我从病房环境开始，做一些小小的装饰，将健康宣教内容上墙，在病室里摆放绿色植物和水族馆，让本来单调的病室充满生机。由于科室的工作量逐日递增，工作人员日趋紧张，新人进入科室是形势所趋。然而新人带来的不止是带教问题，更多的是潜在的安全问题。出于对护理安全的考虑，我决定无论工作多忙，都要亲自做好带教及管理工作。我制定了针对每位新人不同的带教方案，因人而异，因地制宜，并根据每个新人的接受程度及时调整带教方案及进度。一方面严把带教质量，另一方面减轻护士们的工作压力，毕竟超负荷工作对于她们来说已经使她们处在疲劳的边缘，如果再给她们施加压力，我担心她们也会身心疲惫的。当我不在时，我会特别委派一名护士全程跟踪带教，必须做到新人每做一件事都有我们护士在旁边指导把关，保证护理安全的同时也让病人放心，并理解我们，知道我们在带新人操作的前提是把病人的安全放在第一位，并不是不顾病人安危而把他们当作“小白鼠”。与此同时，我还带着新人积极与病人进行沟通，一方面让病人对新护士了解熟悉，另一方面也想通过这样的方式让病人更加愿意配合新护士的工作，理解我们的带教工作。随着工作量的逐日递增，增加机器也是必然趋势，但是在一个面积大小已经有所界定的地方做更多更大的改变还是有一定难度的，于是我和科室同仁齐心协力想尽办法，在不耽误日常工作的情况下，做到合理有序的安排原地扩展、装修。及时对患者及家属做好相关宣教，取得家属及患者的最大限度的理解和配合。经过历时两个多月的改造，一个环境相对以前有大幅度提升的干净、宽敞、舒适、布局合理的血透室呈现在大家面前。

在经历了这么多的历练之后，我觉得我已经可以很从容地对待更多更大的挑战，相信我的潜力还能再继续开发，在护士长的这个岗位上继续向前进！

岳阳中西医结合医院陆嘉惠副院长点评

读梁国英护士长日记，一如在倾听她作为一名普通血透室护士长和护理管理者的点滴心声。朴实、真挚，更透出对工作的无限热情与执着。虽说是新任护士长，但她用心管理，短短的时间内，血透室的环境已大为改观。在硬件条件有限的情况下，严格按规范落实工作流程，抓好细节管理，确保临床血透安全。接受区CDC和区卫生防疫站的采样检查均取得良好的成绩。

中医药大学医院管理处王珏副处长点评

梁国英护士长日记叙述了她成长的经历，虽然没有太多华丽的描述，但从中透出一丝丝爱意，是她对护士长工作的爱、是她对护士的爱，更体现出她对患者的爱。期待她在护士长岗位上勇往直前。

“不孝”的抉择

葛步琴　曙光医院血液科

有人说过，世界上有两种东西最珍贵，一种是生命，一种是亲情。生命珍贵是因为生命只有一次；亲情之所以珍贵，是因为它是生命中最重要的情感。正因为如此，在众多行业中，有一种职业，在生命的最前线坚强地守护着，它的名字叫天使。从我选择这份职业开始，我就知道自己肩上的重任，就知道生命对于我的不同寻常的意义。

临床工作10几年，我已算一名年资较高的老护士了，对于处理工作上紧急发生的情况我已能做到从容不迫、应对自如，唯有一次，让我深刻体会到选择是如此艰难。

记得有一年冬天，我的母亲因突然腰酸下肢水肿住进了我们医院的肾炎科，情况不太好，当时的我如五雷轰顶，又担心又着急。凑巧我那天轮到当值，科室里又有一位病情相当严重的患者，而且与我一起当值的是一名刚上临床的年轻护士小钱，我知道我的担子有多重，整理好情绪后，我终于把思路重新拉回到工作中来。

晚饭后，那名患者的病情出现了异常，我凭多年的工作经验与小钱一起配合医生进行抢救。就在这时，我看到父亲焦急地走过来，我心里清楚一定是跟母亲的疾病有关，但无论怎样我必须留守在自己的岗位，尤其是现在这个关键时刻。于是我让父亲先过去，看着他离开的背影我的眼眶湿润了，我强忍着泪水继续忙碌着，我知道虽然母亲此时非常需要我，但是眼前的这位患者更加需要我，我怎能为了私事而离开自己的岗位呢？

10几分钟过去了，由于抢救及时，那名患者渐渐恢复了意识。此时我又想起了病重的母亲，好想立即赶去，可是我放不下刚刚抢救过来的病人，我更加不放心将这样一个重担交给一个新职工。又过了近半小时，我看到眼里充满泪水的父亲跑过来，对着我大吼：“是不是等你母亲闭眼了你才肯过来看她！……”一句句埋怨且愤怒的话刺向我的心头，我再也压抑不住自己的情绪，委屈的眼泪像洪水般地夺眶而出。就在这时，护士长不知道什么时候已经出现在我们眼前，她拍拍我的肩轻轻地说：“我知道你很为难，你为了工作欠家里人的实在太多，让我来帮你一起承担吧！”随后护士长安抚了一下父亲的情绪，又陪着他一起去看望母亲。护士长的出现如雪中送炭温润了我的心，让我安心继续工作。

终于等到下班，我直冲母亲身边，看着她蜡黄的脸蛋，我心中无限愧疚，身为一名护士，亲人躺在病床上时还要让年迈的父亲去照料，自己却帮不上一点忙。尽管如此，我对于自己做出的这个抉择，虽然“不孝”，但我不悔，如果我的所作所为可以换来更多患者的健康，更多家属的笑容，那么所有的付出都是值得的。

是的，在我们这个职业圈子里，有太多的护理姐妹为了工作付出了太多，她们不顾家里嗷嗷待哺的孩子，不顾需要照顾的年迈父母，毅然选择去照顾更多的患者，为了能让更多的家庭团聚，她们牺牲了最宝贵的亲情。如果说护理工作是一座山，我们便是那默默爬山的人，要想做一个称职的、成功的登山者，领略到无限的风光，就要不断磨练自己，不畏劳苦，不怕脏累，具备良好的心理素质与职业道德，不断地学习进取，用知识武装头脑，不断完善自己，提高自己的业务能力。因此作为一名医务工作者，我感到无比的光荣，我将在这条路上无怨无悔地走下去，因为我知道病人需要我！

曙光医院护理部张雅丽主任点评

谨记那份责任，在母亲与患者之间，年轻的护士选择了继续留在救援的一线，把病重的母亲托付给同仁。当病人苏醒，谁也不会去在意一名护士的委屈、辛酸与坚持；对于家人，每个护士都曾满怀歉意与无奈。以爱心换康复，以真诚换理解，带上燕尾帽的那刻，护士们曾庄严宣誓：忠贞职守，尊重生命。

中医药大学医院管理处王珏副处长点评

葛步琴护士的日记让我潸然泪下，在“忠”与“孝”面前她选择了忠于职守。多么好的护士，多么高贵的心灵。愿社会和家人多给护士关爱与理解。

牵　挂

蒋月莹　普陀医院供应室

朋友间闲聊时总会问起我，当初如何会选择护士这个职业的？我会很惭愧地告诉他们：选择这个职业并不是出于对这个职业的热爱，而是家长的选择。可是，在这个岗位上工作了十多年，每每有想要放弃的念头时，却总有种剪不断，理还乱的情愫在牵扯着我。就像一根细细的红线，联系着我和病人。其中有一位病人，直到现在我依然能够清晰地记得他的容貌和姓名。

那时我还是一个在中医内科工作的年轻的小护士。一个酷暑，我们科收治了一位大面积脑梗塞还伴有血管性痴呆的陈姓病人。他的具体情况我已记不清了，只记得当时他半身不遂且情绪激动，不和别人交流，更不愿接受任何治疗和护理。凡是有人接近他的床位他就吐唾沫，嘴里叫着："滚开，滚开！"就是因为怕打针所以才会不安和躁动，可是越躁动静脉针就越容易滑落，就这样越打越怕，越怕越打。不得已我们对这位病人使用了约束带。可是他的静脉注射却成了一个大难题。这天，轮到我上早班，我要给他进行静脉注射了，端着注射盘，我硬着头皮走到他的床前，在家属的百般劝说和我的“连哄带骗”下，他终于答应让我给他打针了，但是他的一个手指在约束带下艰难地伸出来并且有些害怕似地说：“一针，一针。”“好的，我保证就打一针。”我爽快地答应并且手脚麻利地扎止血带、消毒、注射、固定。就在我做完这一系列动作后，病人对我既信任又感谢地说道：“谢谢，谢谢。”我知道由于脑梗塞影响了语言中枢，他每次说话只会两个字两个字地往外蹦。听到他住院后第一次说出感谢的话，他的家属连忙夸奖病人：“爸爸你表现真好，下次就天天让小蒋给你打针。”这位病人也连连点头，“好的，好的，小蒋，小蒋”。

就这么简单，一次静脉注射，让他对我建立了一种信任和依赖。每天我上班到岗后总要先到这位病人的床前向他问好。在他发脾气，或不愿配合治疗的时候他的女儿总会对他说：“你不乖，小蒋就不来给你打针了。”还有一次，这位病人要进行床边摄片，看到一个机器推到他的床前，他很不安，认为别人要害他，涨红脸大叫：“滚开，滚开。”还要从床上起来，几位男士出动也无济于事。听到病房里面的声音我连忙走到他的床前握着他的手说：“你要听话，我们是在帮你看病，小蒋陪你。”就这样我握着他的手陪他一起完成了这次床边摄片。有时候碰到我出夜休，他看不到我的身影出现在病房里就会问他的女儿：“小蒋？小蒋？”他的女儿就会骗他：“你不乖，小蒋说你表现好了他才会给你打针？”他就会一整天不说话，但是却非常耐心地配合病区里的医生和护士进行所有的治疗。当我上班了，他的女儿告诉我他的表现时我心里既高兴又内疚，高兴的是有一位病人会牵挂我，内疚的是我却骗了他。在病区各位同仁的精心治疗和护理下这位病人病情稳定出院了，我也因为工作需要调离了中医内科。

过了快一年的时间，我去参加老科室的同事聚会，推杯换盏间又聊到了工作，有一位中医内科的医生问道：“小蒋，你还记得那个叫陈××的病人吗？他上个月又住进中医内科了。”“记得，他胖胖的，国字脸，粗粗的眉毛，说话两个字两个字一说的。他现在好吗？”我连忙接话。“他现在病情更重了，连家人也不认识了，说话只会说唯一两个字了。”说完这位医生神秘地笑了，“猜猜看他说哪两个字？”我摇了摇头。“小蒋，小蒋。”一个似曾相识的词语从这位医生的口中流出。此时的我突然之间热泪盈眶……

普陀医院护理部姚丽文主任点评

作为一名平凡的护士，她们不求感谢、不求回报，更不求鲜花和掌声，只希望在她们付出宽容和爱心的同时，能收获一份尊重、理解和支持。

中医药大学医院管理处王珏副处长点评

蒋月莹护士的故事深深地感动着我，来自于病人的“牵挂”让她热泪盈眶，这是一种由内而发的感动。平凡中我们不难看到她质朴的职业精神。

天使的奉献

韩莉莉　普陀医院监护室

护士虽然经常不被人们理解，但它是神圣的职业。加入监护室的工作已经3年半了。在这3年半的日日夜夜里，我们遇见过形形色色的病人及家属，遇见过各种不公平，但是看到患者在我们的帮助下减轻了痛苦，就觉得一切都是值得的。

有一首诗曾写到："既然选择了远方，就注定要流浪。"如果你问护士有信仰吗，有！所有护士的信仰是"爱与奉献"，只有这才能解释他们的工作的真实写照！

有人问我当年高考为什么会选择护理这个行业，说实话：当时家里的亲戚、朋友没有人从事医疗工作的，家里人觉得护士，白衣天使，光鲜而亮丽，就选择了护理专业。刚上班时总是让新鲜感包围着，兴奋地接触与之有关的一切，当进入临床工作时间久了，随着时间的推移，我才知道护士的艰辛与无奈。原来护士并不像外人看到的那样，不但工作繁重，更要求我们严谨，还有永无止境的大小夜班。尤其是夜班，总怕自己忘了事情，好不容易下了夜班，连睡觉都在回想自己有什么忘记的吧！如果说护士是份职业，还不如说它是份责任。

护士是医生的眼睛，我们要注意观察病人的病情变化，要把病情变化告知医生；护士是医生的耳朵，要把病人的主诉告知医生；护士是医生的双手，要来执行医嘱。护士要做病人及家属的倾听者。有时候我会问自己，这就是我的生活吗？我生活的真实写照，不是像大家看到的身着护士服的白衣天使，又有谁能理解那一身白衣背后的辛酸呢？每个人要求我们像天使一样微笑服务，无数个不眠的夜晚，都是抢救病人，还有家属的大呼小叫，对待这一切我们只是默默的承受着。生病了坚持上班，好不容易盼到了休假，还有各种的考试。每年还要接受无数次的从中央到地方的检查：理论、操作考试；背制度；病房环境整理。ICU对护士的技术、应变能力都有更高的要求，加上更高的工作强度，实在让人疲惫不堪。但是这里的病人24小时在护士的监护下与死神搏斗着，我们为病人进行全方位的治疗与护理：从输液喂药到外出检查，从喂饭到大小便，从翻身拍背到床上擦浴，从修剪指甲到床上洗头，就算是亲生父母也不曾给予这样的照顾吧！因为我们知道在这里护士是危重病人的唯一依托！虽然会有不理解，但正是我们的日夜守护才给危重患者生的希望。我会更加珍惜我所工作的每一天，或许我只能在护理岗位上默默无闻的度过我的美好时光，但这是生活的真谛，也将成为我一生的财富，更是我年老时最有意义的回忆！

普陀医院护理部姚丽文主任点评

进入重症监护室治疗的病人，几乎都是急危重症患者和大手术之后的病人，病种多，病情复杂，所以对护士的素质要求极高。她们不但要运用各种先进仪器对患者进行实时观察和严密监护，及时捕捉和判断患者生命体征的细微变化，从容应对可能出现的突发情况,还要对重症患者进行无微不至的生活护理,甚至心理诊疗。所以敏锐的观察力,敏捷的动作,高度的责任心,慎独精神,良好的沟通能力和自我调适能力等等,都是ICU护士必不可少的素质。

中医药大学医院管理处王珏副处长点评

ICU的护士比一般的护士更多接触到患者生命消逝的底线,因此每天担负着高技术、高强度的工作。韩莉莉护士的日记中我们体会到了她的“疲惫不堪”,但她却依然表示要珍惜她工作的每一天,这就是一位普通护士的信念。赞美你护士!

岁月如歌

程亚男　市中医医院九病区

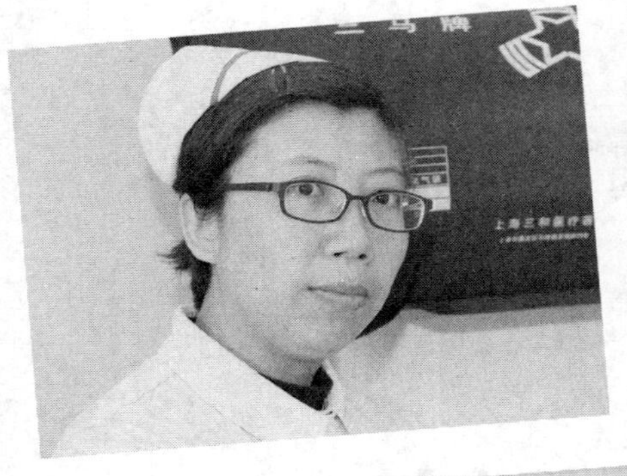

我觉得，生命并不一定需要一场透彻心灵的洗礼，也许只是一点点感动，一点点感悟，它也会在我们的心里反复泛起温暖的气泡，草长莺飞，记忆不泯……

今天白天陆陆续续送走了3个重病人，下班后又写了会护士长日志。5点半钟，我和值班护士巡视病房，发现五床病人呼之不应，第一反应就是抢救。护士立即推来抢救车，家属却说："不要抢救了，就让她这样平静地走吧！很感谢你们在住院期间细致入微的照顾，我们已经知足了。"说完，家里人流下了眼泪。

看着病榻上微弱的生命，一个进进出出两年之久的病人，我们之间已建立了深厚的感情。从刚进病房和正常人一样办出入院，到之后病情加重肚子挺得犹如怀孕一般，最后，都没有办法下床走路，但她始终对生命充满热爱。每次我们进病房查房，她总是放下手上的十字绣，露出阳光般的微笑，有时聊聊病情，有时聊聊家常，时间久了，感情也深了，她想为科内每位要结婚的护士绣上大大的一副双喜画。弥留之际，望着监护仪上越来越慢的心率，越来越低的血压，心里千般万般不舍，绣到一半的画，也伴随生命的逝去，再也无法完成了。生命即将离开，内心真是澎湃。我静静地陪在身旁，守着她走完生命最后的路程。家属哀伤的哭声似乎还在病房里回荡，心里也总是有种说不出的难受，如释重负还是感慨生命的脆弱无情！岁月如歌，此时生命之歌在我喉，在我心。

我的儿子也动过手术。儿子手术后，伤口特别疼，坐也不是，睡也不是。我陪在旁边，那种心痛！从家属的角度看病人，就特别理解，理解家属不愿再增加病人的痛苦。

我那可爱的儿子，他有时候问我："妈妈，你喜欢你的护士工作吗？"我捏了捏他那胖嘟嘟的脸问他：你猜猜看。他说："妈妈喜欢工作多于我，因为陪我的时间越来越少了。"我此时内心五味杂陈，不知说什么好！我们是普通的女性，在家里是女儿、是妻子、是母亲。而我们又不是普通的女性，我们是这个城市与生命健康同行的人，我们责任重大。我想说岁月如歌，生命之歌我会一直唱下去。

护理事业，陪伴我一生的美丽日记，是如此的贴近生命。在这里，我感受到了生命的流逝，也感受到了生命的脆弱。我感谢生活，给我那么多的机会；我感谢工作，给我锻炼的勇气。无论遇到过多少的挫折，我都将之视为财富，没有什么可以表扬自己。但岁月如歌，我也这样告诉我的护士姐妹们，有一份耕耘就有一份收获，爱自己的工作，我们就会赢得尊重！

厚厚的日记本依然静静地躺在写字台上，微黄的纸张还在风中吟唱，护士的歌将一直唱下去……在20年的护理生涯中，我愿意用自己的热情，温暖所有我护理过的病人。

市中医医院徐建副院长点评

护士是一个看过无数生离死别的职业，由于职业的特殊性，需要经常倒班，不能很好顾及家庭。作者从一个母亲的角度叙述了护理职业的特殊性，让读者了解到护理职业是一个平凡的岗位，是日复一日地重复着繁琐的作业。然而护理职业又是一个崇高的事业，它无怨无悔地守护着生命和健康。护士之歌，生命和健康的岁月之歌；护士之歌，奉献和温暖的生命之歌。

中医药大学医院管理处王珏副处长点评

护理工作平凡中孕育伟大。每当护士一丝不苟地查对医嘱和药品时，每当护士敏锐细致地观察病情、果断严谨地抢救生命时，每当护士无微不至地替病人做生活护理时……她彰显的是人间的“真、善、美”！程亚男护士长的日记让我们认识到，平凡的白衣天使虽然从事着琐碎而繁重的护理工作，但却拥有一颗善良而高贵的心。

大爱无疆

程　鑫　曙光医院骨伤科

那天听到陈奕迅的《十年》，才忽然发现我工作也已经有10年了。10年之前，我还是一名刚毕业的小护士，带着九分热情与一分迷茫踏上护理岗位；10年之后，热情未减，迷茫已消，每一天都用自己的知识为病人服务，最开心的事是看见病人的笑容。

回忆这10年工作历程，最难忘的要属2008年底去都江堰中医院进行医疗支援的3个月了。为了参加援建，我推迟了已经定好的婚期，与同事一起奔赴灾区。一下飞机放下背包，我们医疗队就开始了工作，整个国庆期间都没有休息。通过了解发现当地护理工作面临很多困难。因为在5·12地震中，护理人员损失惨重：遇难9人，受伤4人，仅内科病房就有7名护士牺牲在工作岗位上。目前在护理临床上班的人员只有45人，其中肛肠科病房、手术室等几个科室包括护士长在内也只有3个人。而医院的床位数要逐渐增加，护理人员更加紧缺。科室的护士长为了保证日常临床工作的完成，投入临床工作的精力过多，放在管理工作上的时间较少。

在开始的一个月内，我上午工作在中医院最忙碌的内科和外科病房，协助护士进行临床工作，为病人配药、输液。这样既能够稍微缓解内、外科护士人手紧张的困境，也可以在最短的时间内，充分了解中医院护理工作的流程。虽然那时我还不能完全听懂四川话，但我很快就用笑容和娴熟的技术让病人认可了我，病人也喜欢教我几句四川话，和我聊聊地震后的生活。下午我就在护理部熟悉护理管理情况。

在以后两个月我将工作重点放在管理上面。与护理部主任一起巡视病房，了解各项工作的开展情况；协助护理部制定相关文件，如制定护理部及各科护理人员的岗位职责及工作要求；建立供应室与病房消毒物品的交接登记制度，制作抢救车的物品示意图，制作抢救仪器使用流程等。我还发挥上海“螺丝壳里做道场”的精神，重新布局治疗室，确保医疗垃圾正确分类。

除了在中医院的工作，我也经常随医疗队去乡下义诊，为灾民送医送药，宣传医疗保健知识。有一次，在义诊时看见一户灾民，住的房子四面漏风，马上入冬了，家里一床厚棉被都没有。那个时候我真希望自己有一盏阿拉丁神灯，可以让每一户灾民都住在明亮温暖的房子里。义诊结束后我们医疗队马上买了几床棉被和其他御寒物品送过去。

赠人玫瑰，手有余香。我相信：只要每个人献出一点爱心，世界就会变得更美好。

曙光医院护理部张雅丽主任点评

灾难面前，守望相助。身为一名年轻护士，当汶川地震的灾情传来，她毅然推迟婚期，奔赴前线，与灾区的姐妹们并肩作战。护士的工作很琐碎，渗透在救治的细枝末节；护士的心愿很简单：让人间充满爱……

中医药大学医院管理处王珏副处长点评

程鑫护士的日记记载了她去都江堰中医院医疗支援的故事，这是一段宝贵的经历，体现了上海护士的智慧、体现了上海护士的大爱，可歌可泣。

护士的委屈

傅欣玮　市中医医院门诊

护士是神圣而伟大的职业，我有幸成为其中之一，在上海市中医医院门诊担任一名护士。作为一名刚踏入这个行业的年轻护士，用我对这份工作炽热的心去真诚对待每一位病人，是我当护士的那天起给自己立下的目标。

我目前在门诊功能科，每天从早晨七点半开始一天的工作，忙忙碌碌到下午四点半。在门诊工作的特点就是每天都可以接触到形形色色的病人。我是一名新护士，在工作中积累经验不是一件容易的事，常常是受了委屈碰了壁才明白，不同的病人、不同的问题要用不同的方法去处理。曾经遇到过一名病人来做阴超，她说自己也是“医护工作者”，态度强硬地和我说自己需要赶着去上班让我给她插个队，被我当下就拒绝了。因为，第一她并不是急诊病人，第二也不属于照顾范畴内的病人。于是她便找种种理由开始对我谩骂，甚至人身攻击、诅咒等等，言语不堪入耳。任她谩骂，我并无回应一句，只耐心解释。只可惜她并不理解，并拿起边上的电话机就向我狠狠地砸来，连求助保安都来不及。候诊做超声的病人中少数几位来安慰我，眼泪也情不自禁掉下来。我心里想着同样一个问题，“医护工作者”您为什么就不知道就诊秩序安排呢？这件事后我明白，即使你做好自己的本职工作，真诚地对待每一个人，也并不一定会得到同等的回报，甚至会收到投诉，但这种委屈是不可避免的——因为你是“天使”。

如果每个病人可以按时来就诊，那么过号问题上的矛盾也就相对容易解决了，现在存在的问题是病人过号的排序，过号后退3个号是医院有规章规定的，可是过号病人很多时只能按先来后到按次序退号，就不止后退3个号了，这时他们的情绪往往都会很激动，骂出的话也不堪入耳，自己迟到就应该遵守医院的规章制度，不但不愿遵守反而大声辱骂，有时真的非常无奈和郁闷。

在人们心中，护士的形象总是圣洁美丽的，身轻如燕地穿梭于医院里。可是真实情况确实苦乐参半。护士是一个平凡的岗位，选择了护理行业，便是选择了奉献。我们在窗口岗位，肩上担着的是病人对整个医院的印象，虽然很辛苦很劳累，但是当病人对你的服务赞不绝口的时候，也会带来很多的快乐和满足感。只有真正体会过了才明白其中的酸甜苦辣。无论什么时候遇到什么样的情况，我对护理事业热爱的信念是不会改变的，南丁格尔手中的那盏灯在心中照亮着前方的路途。

市中医医院护理部张洁常务副主任点评

护士的职业是神圣的，但神圣的称誉是由崇高的追求、娴熟的技能、真诚的关爱构成的。让我们用崇高的追求直面各种酸甜苦辣，有一天你会觉得生活是五彩缤纷的，甜多苦少；用真诚的关爱去宽怀理解患者，有一天你也会换取患者对你的理解；用不断的实践去化解各类“碰壁”，明天你将会快乐和幸福。

中医药大学医院管理处王珏副处长点评

年轻护士傅欣玮为维护诊疗秩序遭受病人的谩骂甚至动粗，但这并没有改变她对护理事业的热爱，仍然坚持把爱献给病人，她说道："护士是一个平凡的岗位，选择了护理行业，便是选择了奉献。"多么难能可贵啊！在我们的护士用爱来营造优质和谐的医疗环境的同时，也希望社会更多的理解、关心护士。

激励效能在管理中的应用

蔡国芳　龙华医院感染科

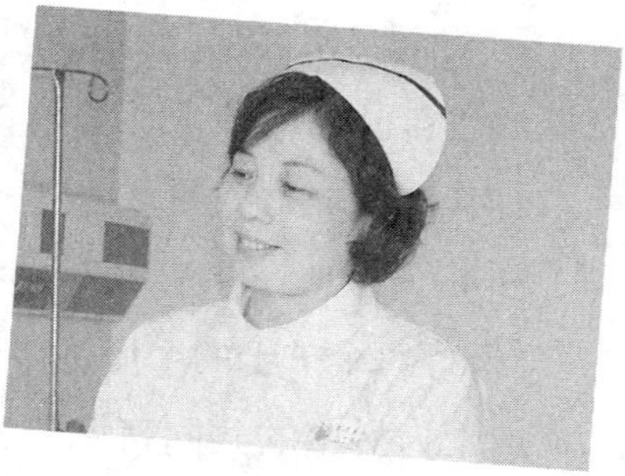

我从1992担任护士长至今已有20个年头了，曾经负责过心内科、呼吸科、肛肠科，现在在感染科工作。积累了不少基层护理管理经验。最近我时常在想，当你即将离开为之付出青春年华、热爱、熟悉的岗位，你能留给后辈尤其年轻护士长们什么呢？深刻体会护士长工作确实非常辛苦。她像蜡烛一样，燃烧自己，照亮别人；她像竹一样，掏空自己，甘为人梯。作为护士长要有强烈的使命感和责任感，遇到问题、困难要勇于担当，对待工作认真、脚踏实地。在当今医疗市场下，护士长更要适应新时期的管理模式，树立开拓创新意识，继续学习意识，尤其是激励效能意识。在此我与大家分享护士长如何在护理管理中树立激励效能意识。

评价一个成功的管理者，看其领导的群体潜能发挥比其个人的肯干更重要，看其群体的效能比其个人的工作效率更有价值。众所周知，护理工作点滴零散，既有脑力劳动又有体力劳动，既有事务性工作，又有技术性工作。4年前刚来到肝科病房时，护理团队以年长或身体薄弱者居多，我也近50岁了，精力与记忆不如以前。调动每一个人的积极性发挥出最大的效能是我工作首要任务之一。

首先要树立良好的自身形象，它不仅能对护士产生潜移默化的激励作用，也是提高管理工作效能的有效途径。记得有一天晚上12点多，接到值班医生来电，16床肝硬化患者突然并发躁动性肝昏迷，在镇静剂不宜使用的情况下，当班护士运用约束带固定，但约束带被狂躁的患者在挣扎中扯断，静脉通路给药几次中断。我立即打车赶到医院。路上指导护士不要急，继续静脉注射。赶到医院，在多人协助下运用非常规技术将患者四肢关节、肩关节固定好，静脉通路得以建立，患者病情得到控制。当班护士学到实用性强的技术也深受感动。所以护士长在工作中有所创新，努力使自己成为护士心目中效仿的偶像是很重要的。

其次要充分发挥护士的个人潜能，用其所长。护士长在管理过程中了解每一个护士的特长和个性，正确评估他们的能力。挖掘每个护士的潜力，发挥每个护士的个体优势，调动护士的积极性和创造性，从而有效地激励护士为科室的共同目标而各显神通。我们团队每位成员承担了科室部分管理工作，小质控把控质量关，操作联络员协助进行业务培训，有科研、安全、静脉输液、辨证施护小组，有板报宣传员，有礼仪示范员，让每一个护士有一个发挥自己才华的场所。护士有了成绩给予及时鼓励，出现缺陷批评要有艺术，不在公开场合点名批评，作私下提醒。在原则性的问题上一定要严格，在分配上要公平，在交往上要爱而不宠，远而不疏。在日复一日的工作中，只有每一个体的潜能发挥到了最大，集体才能产生最佳效能。

龙华医院张嗣博副院长点评

护士长既是一位科室的管理者，同时也是科室护士姐妹的榜样。和蔼的态度，精湛的技术以及深厚的理论功底都是每一位称职的护士长应当具备的。榜样的作用正是正向激励的一种，如何做出表率、带好队伍值得护士长们深思。

中医药大学医院管理处王珏副处长点评

蔡国芳护士长根据工作实际，综合运用激励机制，把激励视作对护士的引导与支持，使科室群体效能的发挥达到最佳状态，经验值得借鉴。

我幸福，因为我是一名护士

蔡　珏　曙光医院肾病科

“咔嚓！”“咔嚓咔嚓！”……

“我要和蔡老师拍！”“我也要和蔡老师拍！”“我也要……”

“姐妹们，今天是2011年5月12日，我们又一次迎来了我们自己的节日——5·12国际护士节，在这个喜庆的日子里，我们要深深地感谢我们来自远方的姐妹——蔡老师，在她的无私帮助下，我们医院的临床护理工作又上了一个新的台阶，在今年的中医医院管理年检查中获得了第一名的好成绩……”

一张张热情洋溢的笑脸，伴随着经久不息的掌声，在我的眼前渐渐地变得模糊，朦胧中，我仿佛又回到了两个多月前刚刚踏上这片土地的那一天。车子在坑坑洼洼的土路上颠簸着，灰蒙蒙的路边，偶尔有乡民赶着牛车、马车擦肩而过，虽然这辈子从没有看到过牛车、马车，但刚刚晕机、现在又晕车的我没有丝毫的新奇与激动。虽然当初在报名要求参加援滇医疗队的时候，把一切的困难都想过了，但眼前的一切还是让我的心情愈发沉重起来，才刚刚离开上海五六个小时，我就开始疯狂地想念那儿的一切，家人、同事、宽敞的马路、灯火辉煌的街景……我狠狠地甩了甩头，我要把上海的一切，暂时远远地抛在脑后，我到这儿来，就是来工作的。我来，是代表了上海人民对云南人民的深情厚谊，也代表了我们曙光医院800多名护士的形象和水平！

“中医专科专病护理常规有没有？”“没有……”

“中医护理技术操作常规有没有？”“没有……”

“危重病人护理常规有没有？”“没有……”

“护理安全管理制度有没有？”“没有……”

“护理查房制度有没有？”“没有……”

“护理人员应急预案有没有？”“没有……”

“没有……”

“没有……”

“没有……”

而这是一家创建近20年，核定床位400张，实际开放床位已达600余张，年出院病人数达8 000余人次，年手术病人数接近5 000台的二级甲等医院。

“好，没关系！我们一样样来！一点点来！”望着一张张充满渴求的脸，我感到了肩上担子的沉重和时间的紧迫。每天上午在各病区轮流实际指导工作，下午在办公室制定护理常规、制度、规范，晚上是各种讲课。令我没想到的是，最初原本准备给护士长的讲课，结果小小的办公室里，甚至走廊上都挤满了来旁听的护士，有的护士下了班甚至连晚饭都没吃就直接赶了过来，孩子也丢给了家人。后来的讲课就转移到了医院最大的会议室，变成了全院护士讲课，她们是那么地专注，真的就像是海绵吸水一样不漏过你说的每一句话。每次讲课结束了，她们还是围着你，久久地不愿散去，问着各种各样的问题，她们簇拥着一路把我送回住处，既是为了我的安全，也是为了一路上，还有这样那样的问题要问。她们是那么的聪明，所有的问题一点就通；她们又是那么的执著，一个问题不解决绝不轻言后退；她们还是那么的认真，今天你指出的一个问题，明天一早你再去看，全院就都已经整改落实。仿佛每时每刻我的身边总有一群人，只要一有空，她们就会围着你，大山外的一切，无论是工作还是生活，对她们来说都是那么的陌生和新奇。

初到的不适，很快在繁忙的工作中消逝得无影无踪，真诚、无私，让我们很快亲如姐妹，年轻的女孩子，甚至会悄悄地把自己的心事吐露给你，有好吃的总记得带给你，甚至亲戚家里杀猪宰羊了，也会热情地请你去吃饭，虽然，吃得最多的还是当地人称"洋芋"的土豆，但他们会把你当作最尊贵的客人，让你坐在最尊贵的位置上，呵呵，这份承受不起的礼遇常常让在课堂上侃侃而谈的我手足无措……

跟着救护车下乡抢救病人的日子，心情总是那么沉重，离开城镇不过十几分钟的车程，昏暗破败的土房、奄奄一息的病人、悲伤无措的亲属……虽然国家在当地实行了住院分娩费用全免的政策，然而交通的不便，以及封建习俗的禁锢，仍不时有产妇在家分娩而造成母子伤亡的惨剧发生；山路上不时有面黄肌瘦的孩童穿着不合体的衣服、露趾的旧鞋、本该背着书包的双肩却背着重重的柴禾、默默低着头走过……你甚至不忍多看他们一眼，怕自己眼神里禁不住流露出的悲悯会伤害到他们……

在上海，在这个中国最现代最发达的城市里，在这个城市最声名卓著的中医医院里，做着一份旱涝保收、衣食无忧的工作。虽然每天忙忙碌碌，常常也有着诸多的牢骚抱怨，但也有着优越的工作环境，有着不断学习进步的机会，有着良好的休闲娱乐条件。我从来没有像现在这样，觉得这一切都是那么的珍贵，同样是一个人、一名护士，我是那么的幸福！

曙光医院周嘉副院长点评

面对云南人民的渴切眼神，你把对家人的思念深深放在心底，全身心投入工作。你的辛勤工作，你的无私付出，你的工作成绩，彰显的不仅是你个人工作能力与爱心，更代表了曙光医院的护理质量，上海护理的内涵与高度——大爱无疆。

中医药大学医院管理处王珏副处长点评

援滇医疗队的生活让蔡珏护士长得到了历练，在那里帮助建立各项制度、规范护理工作，最后获得中医医院管理年检查第一名的好成绩，这是援建的成功，也体现了无私奉献的护理精神。

一个老护士的心语

蔡俊萍　曙光医院肛肠科

在临床第一线从事护理工作近30年，一直是以饱满的仁心、执着的热情、勤劳的双手、敏捷的步履活动在我每一个工作中的病区，初衷不改。

及时发现病情变化，成功挽救患者生命，使我工作价值感倍增；耐心安慰鼓励，患者最终消除疑虑，对战胜疾病充满信心，不断成为我继续工作的动力；患者需要时，端水送饭、协助大小便，我为每一次能够真正帮助他人做点实实在在的小事而感觉到自己生命的意义。曾几何时，患者二便失禁，帮他清理时，不断溢出的大小便沾染双手，臭气熏目，我洗净双手，帮他继续清洁；曾几何时，肝硬化患者突然大出血吐得我满身满脸，根本来不及自我清洁，我参加抢救、加班加点；曾几何时，面对医学也无能为力的生命，我默默相陪，握着她们的手、让她们静静地走完生命最后的一程。曾几何时，患者告诉我“在我最痛苦的时候如果没有你在鼓励，我不知道该如何度过”！曾几何时，患者告诉我“我会在天堂里永远保佑你”！而所有这些，都是我护士生涯中的点点滴滴，因为我相信，自己此生的使命就是做一个能够帮助患者缓解痛苦的好护士！

为了做一个好护士，学习成为我几十年来从不间断的需求，专业知识、哲学、心理学、美学、音乐等等，凡能有益于我与患者沟通、能够引导他人积极向上地面对疾病和痛苦、能够帮助缓解病痛的理论知识、方式方法，能接触到的我都有所涉猎。为患者讲明因由、解释疑惑、指点自我护理的方向。每一次有的放矢的沟通都让患者豁然开朗，每一次因人而异的交流都使患者心悦诚服，我所护理过的患者常常对我说："你给我们讲的这些真的很有用，以后我一定要照你说的这样去做。"

但即便是努力工作，也不是时时得到所有患者的理解，由于患者对优质护理服务理解的偏差：有三级护理行动自如的男性患者在病房谈笑风生，却呼唤护士为他送一张报纸、扔一件污衣时，当面点评护士胸大胸平，护士解说劝阻，得到反应是"你们不是优质护理吗？你这是什么态度？我要投诉你"！更有患者为了减免医药费趁夜班护士单独值班时无理取闹，以投诉为要挟，似乎一句"投诉"就足以使护士忍气吞声、饱受屈辱。当然，这只是几十年护士生涯中我所见到的一点点不和谐的音符，也只是近年来少数患者个性表达的一种方式，却伤害了我们护士一颗诚挚的心！小小不和谐的音符可以一带而过，虽然不会影响到全剧的完整性，但如何能让优美的乐曲不再有杂音，似乎不仅仅靠护士们自己的努力。

曙光医院护理部张雅丽主任点评

本文真实地反映了蔡俊萍个人的工作、思想和追求，也真实地反映出临床护理中出现的一些情况，其实许许多多个像蔡俊萍这样默默无闻、无私奉献在临床第一线的护理工作者，她们渴望能得到大家真正的理解和支持。

中医药大学医院管理处王珏副处长点评

蔡俊萍护士的日记让我们感受到她对护理工作热爱，近30年她默默奉献。同时也让我们体会到她的一丝期待，期待社会对护士更多的关心和爱护。这种期待是对美好的向往，这种期待是对社会上不良现象的鞭策。

幸　福

蔡　蔚　曙光医院传统中医科

时下最流行的问候是：你幸福吗？当一个人静思时，偶尔也会问自己：我幸福吗？想来应该算是吧，我有一个和睦、温馨的家，有一份外人看来光鲜的工作——护士长。为何只是外人看来光鲜呢？因为其中的辛酸如人饮水，冷暖自知。

回首过往，不得不感叹岁月的流逝，站在护士这个岗位上至今已有20年了。记得那年才20岁，初出校门，带着对未来的憧憬，对美好的向往，然而现实往往是残酷的，经历了急诊的忙碌、病房的繁琐、翻班的痛苦，曾经的我也动摇过。

记得女儿小的时候，爸爸妈妈主动接手家务，帮着带孩子、照顾家里，只为能让我毫无后顾之忧地工作并完成学历的深造。有个冬天的晚上，我上夜班，呀呀学语的女儿本来已经睡着了，听到我关门的声音，她睁开眼发现妈妈不见了，掀开被子穿着内衣裤跑到门口，哭着对她爸爸说："我要妈妈！"事后，当老公说起这件事的时候，我抱着女儿哭了好久，内心纠结着，这份职业是否还要坚持？感谢家人的支持，是他们让我坚定了信念。

女儿进幼儿园了，看着爸爸妈妈逐渐增多的白发，我和老公商量决定自己带孩子。那时的我又要翻班，又要料理家务，从那时起我的生物钟严重紊乱，至今都经常失眠。偶然的机会，听到女儿自豪地对小朋友说："我妈妈是白衣天使！"那一刻令我觉得我的职业是神圣的。

分院建成后，我筹建新的病房。一张床、一支笔，每一样物品就像是布置新家一样筹备着，最后我成了这里的护士长。领导是我坚强的后盾，同事是我强有力的支柱，我倾注了所有的心血，营造了这个和谐温馨的工作环境。新院新气象，接踵而来的参观、检查……曾经看到过这样一段话：护士工作严：一周一小考、一月一大考，理论考、三基考、操作考，事事要考；大检查、小检查，时时检查！护士工作苦：工作一年中三分之一的时间在上夜班，都快不见天日了；护士工作忙：工作忙、学习也忙，既有自学考，又有医院各种各样的科内学习、院内学习。这可能是大部分护士的心声吧！

每天穿梭在病房里，和不同的病人沟通，聆听他们的倾诉，缓减他们的痛苦，一个简单的问候，一句真心的鼓励，看到病人的笑颜，得到他们的赞许，那一刻心是甜的！工作中我找到了自己的价值，体会到了平凡中的伟大。在琐碎、繁忙中感受职业的快乐；在白天、黑夜中把青春放歌。选择了护士这一行，我无怨无悔！日子总是像从指尖流过的细沙，在不经意间悄然滑落。那些往日的付出和辛酸，在似水流年的荡涤下随波轻轻地逝去，而留下的欢乐和笑靥就在记忆深处历久弥新，这就是幸福！

曙光医院周嘉副院长点评

伴随着医院的成长发展与荣耀，蔡蔚成长为一个成熟稳重、经验丰富的护士长。平凡琐碎的工作日复一日，护士有限的精力既要照顾病人，又要兼顾家庭，当然也希望能两全其美，但是往往付出更多的时间和精力是给予了我们的患者。因为我们的付出，病人得到帮助，这就是医护人员的幸福之源。

中医药大学医院管理处王珏副处长点评

20年的护理工作经历有太多的付出和辛酸，然而蔡蔚护士长无怨无悔，因为在工作中她建立了对护理工作的热爱。愿蔡蔚护士长把良好的职业情感传递给团队中的每一位。

感悟护士

管　颖　岳阳中西医结合医院脑外/卒中科

16年前，我从学校毕业踏上了护士的工作岗位，怀揣对未来的美好憧憬，开始了我的职业生涯。

“护士”这个词在很多脑海里的第一反应就是白衣天使、纯洁、美好的代名词。可是真正参加工作后，所要面对的决不是洁白，我们面对的是病人。不论我们在家里如何的恃宠而骄，我们在医院里就是照顾病人的护士，要不怕苦、不怕累、不怕脏。大小便失禁的昏迷病人，随时呕吐的颅内高压病人，你要及时为病人处理，保持病人及床单位清洁。抢救时，加班加点，顾不得擦一下飞溅到你脸上身上的痰液，做了护士也要和规律的生活告别，三班轮转，节假日、双休日，别人休息，我们只能上班，一年有很长的时间与温暖的被窝无缘。

护士的工作远远不是伺候人那么简单，也不是打针发药那么单调。一名合格的护士更要具备政治素质、职业素质、业务素质。护士，更多的是奉献，是爱心的奉献，是技术的奉献，也是体力的奉献。正因为奉献，才有了像南丁格尔、王琇瑛、叶欣等一样优秀的护理人员。或许护士的工作让很多人望而生畏，但是当你真正成为一名合格的护士，荣耀、自豪、骄傲会让你忘记所有的辛苦。当你忙碌一夜，却救回一条生命，这时的幸福感是无法用言语来表达的。我为我的职业崇高性而感到无尚荣光，更为我的使命和责任而感到无比的荣耀。

随着自己的成长，我对这份职业有了更广阔更深刻的感悟。通过在岳阳医院的不断学习和工作，在护理部老师关心和指导下，在与我共事的同事们的帮助下，我从一名懵懵懂懂的小护士晋升为了一名主管护师，同时也走上了护士长这一管理岗位。我已不是一个单一的自我，而是一个集体的带头人，除了自己努力工作外，还必须掌握现代管理艺术，带动全体护理人员，提高护理质量。那时我学会了思考，我发现，不断地高标准严要求自己，才会有前进的动力。当病人的情况在你的团队细心护理下有了进展时，当你在工作中不断摸索经验提高管理效率并取得成绩时，你会发自内心的开心与满足。

今天，再次回忆起当初的那种心情，还是像昨天一样清晰，但我的工作、感受却完全不一样。经过多年的历练，我对医院、对自己的工作都有了新的认识和体会。这里就是我的家，医院的发展壮大需要我们每个人从自我做起，从身边做起。

岳阳中西医结合医院陆嘉惠副院长点评

年轻、漂亮的管颖护士长是岳阳医院医疗任务最繁重的护理单元——B6（卒中单元/神经外科）病区的一道靓丽风景线，多年来她以纤瘦的身影、温暖的微笑穿梭、服务于无数重症患者之间。在这样一个全院输液量最多、基础护理量最为繁重的护理病区，要带领好身边22名护理姐妹，管颖需要的不仅是令人信服的自身专业技术、良好的沟通协调能力，更重要的是一份对事业、对病患的无私热爱！

中医药大学医院管理处王珏副处长点评

字里行间流露出管颖护士长对护理工作的深深热爱，她说道：“当你忙碌一夜，却救回一条生命，这时的幸福感是无法用言语来表达的。”正是因为有这种主观幸福感，才使她忙并快乐着。我们期待社会和医院更多地关心护士，从而提高护士的主观满意度，这对稳定护士队伍，提高护理质量是非常重要的。

护理管理工作之感悟

戴金花　岳阳中西医结合医院骨伤脊柱科

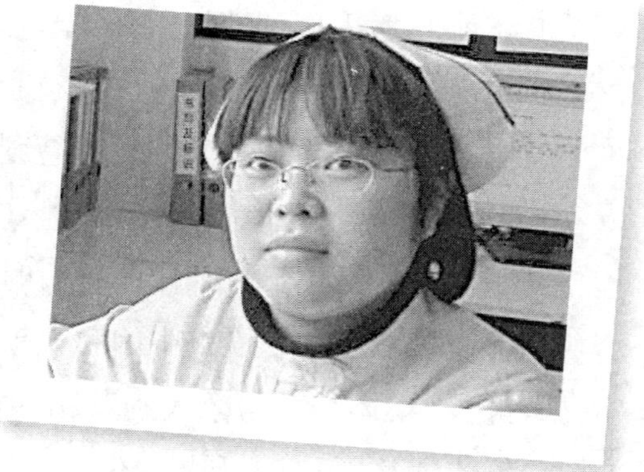

护士，一个光鲜而又卑微的职业，介于医生与病人之间，喜爱尊重她的人美誉护士为“白衣天使”，嗤之以鼻的人贬低她为“保姆阿姨”。对我而言，当初选择这个专业，后来从事这份职业，纯属偶然与意外。开始工作之初，没有同龄新职工的新鲜与激情。工作近10年来，我逐渐接受这份职业，也慢慢喜欢这份职业。但是繁琐的工作，以及护士社会地位低、经济收入差，也让我彷徨、让我犹豫、让我不知所措。如今，我俨然成为一个科室，一个小团队的领导者，我从临床护理繁琐的工作中逐步解脱出来，却又接踵而来一个个严峻的临床护理管理，诸如团队建设、病房建设、护士队伍建设的问题。

首先说到团队建设，我想起在我承担管理工作之初，曾经有幸接受过一堂九院护理部主任阮老师的护理管理课程，使我深刻地认识到，团队的凝聚力是互相信任，作为团队核心人物的我，怎样将信任植根于每位团队人员，怎样将医护、护患、患患关系和谐处理，怎样将团队作用发扬光大，这是我这么长时间以来一直在探索学习的课题。

其次，说到病房建设，随着卫生部深化优质护理服务活动的开展，病人对于护理的要求逐步升高，病人不仅注重临床护理工作质量，同时也关注科室的软文化。诸如：科室整体布置，健康宣教情况等等。我们在临床护理工作中，发挥个别护士的优势，自行制作具备科室特点的健康宣教册，供患者取阅。同时，在临床护理工作中加强观察，注重病人舒适性，适当改进护理用具，提高病人的舒适性。

最后，护士队伍建设问题是我面临的最大挑战，如果说病房建设是硬装修，那么护士队伍建设就是软装修。它与团队建设不同，它需要关注护士们的心理及生理动态，关注他们的护理环境舒适性，同时也要关注他们临床护理知识的拓宽。在实际建设过程中，因人制宜，发挥护士的优势，取长补短；同时，进行护士办公区域环境建设，增加沟通交流板块，听取护士意见；再者，进行科室相关知识与技能培训，提高护士整体护理水平。

在承担护士长工作的这段时间，我经历了医院的三级复审，却在9月份迎接质控中心检查中因私人事情暂时离开我的团队。回来后我自省其身，当集体利益与个人利益相冲突时，作为一名科室的领导者，我应该先集体利益，再个人利益，不应只考虑自身需要。这是作为一名刚上任的护士长，我还有需要改进及学习的地方。

如今，我已经承担护士长工作将近9个月，当时承担这份工作的忐忑已经渐渐离我远去，我逐渐能得心应手于日常的护理管理工作，遇到突发状况也能积极应对。9个月的管理工作，使我获益匪浅，让我认识到传承与发展，创新与奋进，这是作为我这样年轻，管理经验尚浅的护士长应该在护理管理方面努力的方向！

岳阳医院陆嘉惠副院长点评

戴金花是我院年轻骨干护士中的姣姣者，娴熟的专业技能、良好的沟通能力以及外语能力，成功入选并出色完成第三批上海中医药大学“优秀护理青年人才培养计划”。而将年轻的她推向护理管理岗位，是对其职业生涯的考验与挑战，在9个月的任职期间，戴金花表现了较强的适应力并赢得了部门领导的肯定与团队成员的认可，希望“学习”“思考”与“付出”能作为小戴今后工作的信条，相信她一定能很快成为一名出色的护士长。

中医药大学医院管理处王珏副处长点评

护理管理是一门应用性科学，同时也是一门艺术，管理和艺术应有机结合起来。如何运用管理艺术，是新护士长面临的新课题，我们认为领导艺术和激励艺术的学习、实践和提高是新护士长成长过程中的必修课。

苦乐参半的护士生活

瞿海赟　龙华医院浦东分院内科

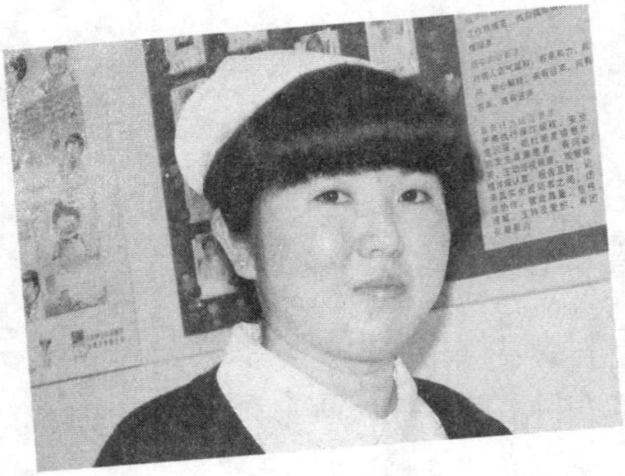

我是内科一名普普通通的护士，从毕业分配至今我已在医院工作了整整13个年头，从跨出校园的青涩学生成长为一名合格的白衣天使。记得小时候有一次看到电视里正播着护校的授帽仪式，一个个年轻的面孔头戴洁白的燕尾帽，手持蜡烛，庄严宣誓成为一名合格的白衣天使，多么神圣。择业时我毫不犹豫地选择了护士，并梦想着早日毕业，能和电视里的大姐姐们一样早日戴上燕尾帽，踏上工作岗位。随着时间一年又一年地过去，我从这份职业中体会到了快乐、心酸、疲惫、辛苦。

记得有一次，我上夜班，有一个脑溢血再次出血的病人，很快陷入昏迷之中，瞳孔散大，呼吸心跳停止，我和值班医生迅速给予建立静脉通路，加压输入甘露醇，吸氧，胸外按压，呼吸兴奋剂，升压药……慢慢的，经过近一个小时的抢救，这个病人先是恢复了心跳，然后瞳孔逐渐恢复，意识也慢慢恢复……我们从死亡线上把他拉了回来。当时，看见他睁开眼睛的那一刻，我觉得自己的职业真的很神圣，虽然患者当时并不能够说话，但看见他充满感激的眼神，就已经滋润了我们整个心田。虽然这只是我们平时繁忙工作中很微不足道的一笔，但对于他及他的家人来说却是刻骨铭心的经历。这种眼神我永远也不会忘记，平时我们遭遇的所有的委屈、不解，在那一刻顿时化解。我在想：其实我只是尽了我应尽的职责，在我看来是多么微不足道呀，可是在他们心里却犹如施了重恩。是的，作为一位护士，我们做不出什么大事业，更谈不上会有什么丰功伟绩，但是看到病人和家属那感激的眼神、那句深情的谢谢，这就是对我们最大的肯定。相信我们日后会把工作做得更细，更人性化一些，我想这就是对病人和病人家属最大的报答吧！

特别是节假日更没有时间陪伴在家人身边。但科室里的“小妈妈”们却都能放弃自己的小家，服从科室安排，按时上班，从不计较个人得失。每次下班都能听到耳旁响起：哟，我的靴子比早上紧了好多，都穿不进了。是啊，护士的工作站的时间多，好多姐妹都有下肢静脉曲张的病，但大家都熬了过来。护士的真实生活就是这样，苦乐参半。

我们既然选择了护理事业，拯救生命就是我们的天职，更是我们的荣幸。让我们的爱心、热心、耐心、细心、关心、责任心投入到工作中去，以病人的满意为最终服务目标。在多年的临床护理工作中，苦过、累过、挣扎过，却始终没改变自己心中永恒的信仰。心想，我既然选择了护士这一职业，就应该把它做好。我热爱自己的职业，我无怨无悔！我感谢我的职业，是它让我知道如何平等、善良、真诚地对待每一个生命，是它让我理解活着就是一种希望！我感谢我的职业，是它让我懂得了如何珍爱生命，明白了平凡就是幸福，奉献就是快乐！

龙华医院护理部周文琴主任点评

瞿海赟的这篇日记道出了许多护士姐妹的心声，虽然工作辛苦，但能换来患者和家属的理解、感激，便是对我们工作最大的肯定。可贵的是，从她身上看到了新一代护理人员散发出的优良品质：爱心、责任心、奉献之心、感恩之心……

中医药大学医院管理处王珏副处长点评

护士的职业是最平凡的，然而她们以病人的健康为己任，以病人的满意为最终服务目标，因此我们认为护士的心灵是最高贵的。